브루투스의 심장

ブルータス
の心臓

브루투스의 심장

히가시노 게이고

민경욱 옮김

RHK
알에이치코리아

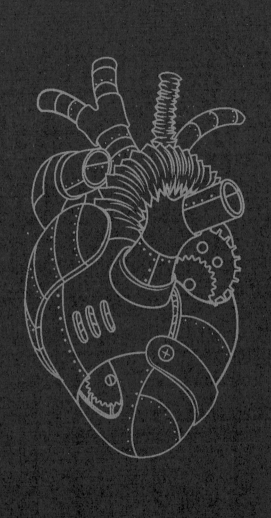

프롤로그

   나오미의 곁을 지나는데 이상하게도 등줄기에서 오한 같은 게 느껴졌다.

   다카시마 유지는 그 자리에 멈춰 서서, 나오미를 올려다봤다. 나오미는 변함없이 무표정했다. 가늘고 긴 팔을 리드미컬하게, 그리고 놀라우리만치 정확하게 움직였다. 그 움직임에 이상한 점은 없었다. 모든 게 평소와 다름없었다.

   그는 나오미 옆으로 시선을 옮겼다. 그곳에는 하루코가 서 있었다. 하루코가 맡은 일은 나오미의 전(前) 공정으로, 세부 부품의 조립과 용접이었다.

   나오미와 하루코 곁을 떠난 유지는 통로로 나와 일상적인 코스를 따라 걷기 시작했다. 공장 안은 어슴푸레했다. 사실 칠흑같이 어둡다 해도 저들의 일에는 지장이 없다. 희미하게나마 조명이 켜져 있는 것은 오직 그를 위해서였다. 그는 불빛 없이는 걸을 수가 없다.

그는 몇 미터쯤 걷다가 다시 멈춰 서서, 통로 양쪽에서 진행되는 작업을 점검했다.

시간은 새벽 3시. 이곳 제3조립공장에서는 서른 대의 로봇이 가동되고 있다. 로봇들에게는 휴식과 식사가 필요 없기 때문에 스물네 시간 작업이 이루어지고 있었다.

이 공장에서 일하는 사람은 유지를 포함해 딱 두 명이다. 그러나 그는 근무 중에 다른 파트너와 얼굴을 마주칠 기회가 없었다. 한쪽이 낮 근무면 다른 한쪽은 밤 근무라 두 사람의 타임카드 시간이 겹치는 일은 거의 없었다.

서른 대의 차디찬 로봇을 상대하며 긴 밤을 보내다 날이 밝으면 파트너와 교대하는 것이다. 두 사람이 만나는 것은 이 때뿐이다. 그러나 만나지 못하는 경우도 많았다. 인수인계도 컴퓨터에만 기록하면 그만이기 때문이다.

일을 끝낸 뒤엔 옷을 갈아입고 독신자 기숙사로 돌아온다. 야근자 전용 식당에서 맛없는 식사를 마치고 목욕을 한 다음 예약 녹화한 비디오를 보고 잠자리에 드는 게 일상이었다. 눈을 뜨면 저녁. 다시 맛없는 식사를 하고 출근. 직장에서는 30대의 로봇이 어젯밤과 똑같은 일을, 평소와 마찬가지로 수행한다. 그걸 둘러보며 잘못된 곳을 고치고 부품을 공급한다.

그런 생활이 2주일 동안 이어진다. 그다음 2주는 낮 근무, 그 뒤 다시 야근. 유지는 그런 생활을 1년 이상 계속해왔다.

이젠 한계야. 유지는 대형 용접 로봇을 올려다보며 중얼거렸다. 야근을 시작한 지 오늘로 꼭 열흘째다. 누군가와 대화를 나누고 싶다. 사람이 그립다.

그는 애인을 생각했다. 긴 머리에 일본 인형 얼굴을 빼다 박은 애인하고는 매주 일요일마다 만났다. 그는 말이 없는 편이고 애인도 다른 젊은 여자들에 비해 말수가 적었다. 그래도 그녀와 지내는 시간이 그에게는 피로 회복제와 같았다. 다시 한 주일을 버틸 힘을 주었다.

그런데 지난주 일요일에는 만나지 못했다. 애인에게 긴한 용무가 생겼기 때문이다. 어쩔 수 없이 그는 혼자 쇼핑을 나갔다. 기분전환이나 할까 했는데 애인과의 데이트와는 비교조차 할 수 없었다.

애인과 2주나 만나지 못한 게 유지를 더욱 초조하게 만들었다. 밤 근무라 전화도 제대로 할 수 없었다.

결혼을 하면 아무래도 직장을 옮겨야 될 것 같다……. 그는 새삼 결심했다. 아직 부모님께 인사를 드린 건 아니지만 그녀와 결혼할 생각이었다. 그렇게 하면 매일 함께 있을 수 있지만 지금 이대로는 그것도 여의치 않을 것이다. 당분간 맞벌이를 계속할 계획이라 2주씩 주기적으로 얼굴도 못 보는 생활을 해야만 한다.

다른 직장도 2교대가 상식이 된 터라 야근을 완전히 피할 수는 없겠지만 지금보다야 나을 것이고 무엇보다 그곳에는 함께 일하는, 살아 있는 진짜 사람이 있다. 유지 입장에서는 그것만으로도 충분히 매력적이었다. 수입이 좀 줄어든다고 하더라도 말이다.

"어떤 엘리트가 고안해냈는지 모르지만 이쪽 입장이 되어 보라지."

죽 늘어선 로봇들을 바라보며 유지는 혀를 찼다.

이상을 알리는 버저가 울린 것은 그때였다.

유지가 방금 지나온 곳에서 울린 소리였다. 그는 버저 소리와 함께 깜빡이는 등을 보지도 않고 이상을 알리는 로봇을 향해 걸어갔다. 미묘한 소리의 차이로 어떤 로봇의 어디에 문제가 생겼는지 알 수 있었다. 게다가 상태가 안 좋은 기계는 대체로 늘 정해져 있다.

"역시 너였니?"

그는 부품 공급 장치에서 부품을 꺼내려는 동작을 하다 정지한 하루코를 보고 투덜댔다. 말은 그렇게 했지만 상태가 나쁜 것은 하루코가 아니라 부품 공급 장치였다. 다품종 소량 생산이라 다양한 사이즈의 부품이 공급되기 때문에 도중에 걸리는 경우가 아주 많았다.

공급 장치는 하루코와 나오미 사이에 있었다.

유지가 살펴보니 생각한 대로 부품이 비스듬하게 걸려 있었다. 그것을 제자리에 돌려놓으려고 했지만 좀처럼 잘 되지가 않았다.

"제대로 걸렸군. 제기랄!"

유지는 고개를 들어 하루코를 보며 중얼거렸다.

그 순간, 그는 보았다. 하루코의 몸체에 드리워진 나오미의 그림자가 움직이는 것을. 돌아볼 여유도, 소리를 지를 틈도 없었다. 도망치려고 하기도 전에 나오미의 길고 가느다란 강철 팔이 작업 모자를 쓴 그의 머리 위로 떨어졌다.

유지는 의식을 잃고 로봇 앞에 있는 테이블 위로 쓰러졌다.

나오미는 쓰러진 그의 몸을 위에서 내리눌렀다. 유지는 희미하게 신음소리를 냈다. 하지만 그 소리도 이내 사라졌다.

몇 초 뒤, 나오미의 몸체에서 이상을 알리는 버저가 울리기 시작했다. 그러나 아무도 달려오지 않았다.

새벽 3시에 벌어진 일이었다.

나오미와 하루코를 제외한 로봇들은 충실하게 작업을 계속했다. 관리자를 죽인 로봇들이 이런저런 문제로 버저를 울리기 시작한 것은 좀 더 시간이 흐른 뒤였다.

1장

살인의 비통

1

앞 패널에 붙은 디지털시계로 시선을 옮기자 23시 29분에서 30분으로 넘어서고 있었다.

그건, 나고야 인터체인지를 나온 지 한 시간이 지났다는 말이다. 자동차는 이미 시즈오카에 들어서고 있었다.

잘 빠지네. 스에나가 다쿠야는 혼잣말을 했다. 오늘 밤은 사고나 정체가 없었다. 예정된 시각까지 아쓰기에 도착할 수 있을 것이다.

아쓰기에서 짐을 넘겨주면 그의 역할은 끝난다. 그다음은 곧장 나고야로 돌아오면 된다.

다쿠야는 손을 뻗어 라디오를 켜려다가 이내 그만두었다. 신경을 분산시키지 않기 위해 지금까지 참았던 것이다. 조금 더 긴장을 유지하는 게 낫다. 지금 여기서 사고라도 나면 끝장이다.

사고만이 아니다. 속도위반으로 경찰차에 잡히면 큰일이다. 오늘 밤 이곳을 달렸다는 기록을 남기게 되기 때문이다.

다쿠야는 속도계를 봤다. 시속 팔십에서 백 킬로미터를 유지하고 있다. 초보일 때도 이렇게 얌전하게 운전한 적은 없었다. 앞차의 후미등이 보이지 않을 때마다 액셀러레이터를 밟고 싶은 충동에 사로잡혔지만 그것도 꾹 참았다. 오늘 밤의 목적은 어디까지나 무사히 아쓰기에 도착하는 것이다.

급커브 길이 나오자 다쿠야는 속도를 뚝 떨어뜨리고 신중하게 핸들을 꺾었다. 추월 차선으로 커다란 트럭이 지나갔다.

커브를 다 돌았을 때 뒤쪽 짐칸에서 소리가 났다. 순간 온몸이 움찔하면서 심장박동이 빨라졌다.

다쿠야는 전방을 주시하면서 룸미러를 움직여 짐칸을 살폈다. 푸른색 침낭의 위치가 조금 바뀌어 있었다. 커브를 트는 바람에 움직인 모양이다. 다른 이상은 없어 보였다.

"깜짝 놀랐네."

입술을 일그러뜨리며 다쿠야는 룸미러를 원래대로 돌려놨다. 뒤에서 쫓아오는 자동차의 헤드라이트가 룸미러에 비쳤다. 평소에도 이런 속도로 고속도로를 달리는 사람이 많은지 그의 차를 애써 추월하려고 하지는 않았다.

내가 무엇을 싣고 달리는지 녀석들은 상상도 못하겠지.

다쿠야는 주변의 차들을 훑어보며 씩 웃었다.

3주 전…….

"농담하지 마."

야스코의 몸과 하나가 된 상태에서 다쿠야는 그녀의 얼굴을 노려봤다. 야스코도 그의 목에 팔을 두른 채 마주보았다. 두 사람의 허리는 더 이상 움직이지 않았다.

"물론 농담이 아니지."

숨소리는 조금 거칠었지만 야스코는 차분하게 대답했다. 독특한 허스키 보이스에 이국적인 얼굴에서 표정을 읽어내기란 어려웠다.

"설마 내 아이라고 얘기하고 싶은 건 아니지?"

페니스에 힘을 주어 그녀의 몸속 깊이 들어갔다. 야스코는 한순간 미간을 찌푸리며 눈을 감았지만 이내 다시 뜨고 다쿠야를 보았다.

"자기, 혈액형이 뭐야?"

"글쎄, 뭘까."

"O형이지. 나도 O형이니까 아이가 O형이면 자기 아이일 가능성이 높지."

"네가 사귄 남자 중에 A형이나 B형도 있겠지. 그래도 O형은 나올 수 있어. 누구 아인지 어떻게 알지?"

야스코는 킥킥 목울대를 울리며 웃었다.

"그러면 어쩌지."

"딴청 부리지 마. 내가 아무것도 모를 거라 생각했어?"

"그렇지는 않지만 모르는 사람도 많은걸."

"지울 거지?"

다쿠야가 묻자 야스코는 미소를 지은 채 "낳을 거야." 하고 딱 잘라 말했다.

"누구 아인지도 모르는데 낳겠다고?"

"낳으면 알겠지. 그리고 난 알 수 있어."

자신만만한 대답이었다.

"내 아이란 말이야?"

"어떡할까. 나는 아무래도 상관없는데."

"아이 아버질 알면 어떻게 할 건데?"

"책임지라고 해야지."

당연한 거 아니냐는 시선이다.

"어떻게 책임지게 할 건데?"

다쿠야가 묻자 야스코는 눈을 크게 떴다.

"아이가 생기면 책임지는 게 당연한 거 아니야?"

"결혼? 농담 마. 그건 불가능한 약속이야."

"그건 알고 있어. 그래도 지금이 내겐 아주 중요한 시기야."

야스코는 의미심장한 눈빛을 보냈다.

"인정만 해주면 돼. 결혼 같은 건 안 해줘도 돼. 그거면 된다니까."

"양육비라도 뜯어낼 생각이야?"

"뜯어내다니, 어떻게 그런 저급한 소리를. 당연한 권리야. 게다가 당신이 얻게 될 재산에 비하면 내게 지불하는 돈은 별것 아니지."

"진심으로 하는 소리야?"

"물론 진심이지."

다쿠야는 그녀의 허벅지를 들어 올린 다음 무릎을 꿇고 상체를 일으켰다. 페니스는 시든 채 그녀의 몸속에 있었다. 그대로 팔을 뻗어 손바닥으로 야스코의 목을 감싸 쥐었다.

"지워."

그렇게 말하며 가볍게 목을 졸랐다.

야스코의 얼굴에서 웃음이 사라졌다. 팽팽한 가슴이 거칠어진 호흡에 따라 흔들렸다. 목덜미에서 배어나온 땀이 다쿠야의 손으로 흘러내렸다.

"죽이고 싶어?"

다쿠야는 입을 다문 채 천천히 엄지에 힘을 줬다. 야스코의 눈빛에 공포가 희미하게 드러났다. 하지만 앙다문 입술은 그녀의 강한 기질을 고스란히 드러내고 있었다.

다쿠야는 손가락의 힘을 조금 뺐다.

"대단한 여자야. 평생 나한테 들러붙을 생각이군. 그런데 내 아이가 아니면 비극이지. 안 그래?"

"자기가 무슨 말을 해도 지우진 않을 거야."

야스코의 얼굴에 다시 여유가 돌아오면서 붉은 입술 사이로 하얀 이가 보였다.

"이미 마음을 정했어."

다쿠야는 다시 야스코의 가는 목을 조였다. 그녀가 눈을 부릅뜨며 동시에 질을 조였다. 그 자극으로 페니스가 다시 단단해지자 다쿠야는 몸을 움직이기 시작했다. 목을 조른 채 계속 움직이자 야스코는 눈을 살짝 감고 입을 벌렸다.

"다른 남자들한테도 똑같이 얘기했어?"

다쿠야의 말에 야스코는 살며시 눈을 뜨고 흘겨봤다. 그리고 차가운 미소를 지은 뒤 다시 쾌락을 음미하듯 뜨거운 숨결을 토해냈다.

손을 쓰려면 빨리 해야겠어……. 마치 살아 있는 붉은 생물처럼 보이는 입술을 바라보며 다쿠야는 그 방법을 생각하기 시작했다.

2

스에나가 다쿠야가 중견 산업기기 메이커인 MM중공(重工)에 취직한 지 올해로 9년이 되었다.

소속은 연구개발2과. 현재 담당한 주요 업무는 인공지능 로봇의 개발과 응용이다. 근무지는 기본적으로 조후(調布)의 본사 빌딩이지만 한 달에 몇 번씩은 사이타마에 있는 공장으로 간다. 그곳에 다쿠야가 개발에 참여한 로봇이 여러 대 가동되고 있기 때문이다.

나는 선택된 인간이다, 라고 다쿠야는 생각했다. 단순한 엘리트가 아니라 인생의 승리자가 되어야만 하는 인간이라는 뜻이다.

그렇다고 다쿠야가 결코 축복받은 인생을 걸어온 건 아니다. 오히려 그 반대였다는 게 더 옳을 것이다. 시가 현에서 태어난 그는 어릴 때 어머니를 잃고 미장공인 아버지 밑에서 자랐다. 하지만 아버지가 아버지다운 살가운 애정을 보여준 기억은 거의 없다. 언제나 취해 있었고, 싸구려 술을 사기 위해서라면 다쿠야의 초등학교 급식비까지 서슴없이 써버리는 남자였다. 일 처리도 변변치 못해서 툭하면 결근을 일삼았던 것 같다. 그런 환경을 걱정해서인지 종종 이모가 와서 밥을 차려주곤 했다. 다쿠야는 이모가 만든 카레라이스를 무척 좋아했고, 카레만큼이나 이모를 좋아했다.

하지만 그 이모도 얼마 지나지 않아 오지 않게 되었다. 일이 벌어졌기 때문이다.

그날, 학교에서 돌아온 다쿠야는 방에서 싸우는 소리를 들었다. 놀라서 문을 열어보니, 취한 아버지가 이모를 쓰러뜨린 채 그 위에 올라타고 있었다. 다쿠야를 본 아버지는 고장난 인형처럼 움직임을 멈췄고 그 틈을 타 이모는 몸을 피했다. 이모는 흐트러진 치마를 바로잡고 다쿠야 옆을 스치며 밖으로 나갔다. 얻어맞았는지 뺨은 벌겋게 부어올랐고 그 위로 눈물이 흐르고 있었다.

이모의 뒷모습을 절망적인 마음으로 바라보던 다쿠야는 방 한가운데서 양반다리를 하고 있는 아버지의 얼굴로 시선을 던졌다. 행위의 구체적인 내용은 몰랐지만 아버지가 이모에게 모욕적인 일을 저질렀다는 것만은 알 수 있었다.

술병을 끌어당기던 아버지가 아들의 시선을 느꼈는지 "뭐냐, 그 눈은?" 하고 다쿠야를 있는 힘껏 찼다.

다쿠야는 자빠지면서 기둥 모서리에 머리를 세게 부딪쳤다. 엄청난 통증에 머리로 손을 가져가자 피가 묻어났다. 그런데도 아버지는 개의치 않았다. 지금도 다쿠야의 오른쪽 귀 뒤에는 2센티미터 정도의 흉터가 남아 있다.

아버지를 미워하고 경멸한 소년기였다.

이 남자는 인생의 패배자다. 저렇게 되고 싶지 않다고 생각하며 하루하루를 보냈다.

그런데 고등학교에 올라가자마자 아버지의 태도가 돌변했다. 비교적 성실하게 일했고 술도 거의 마시지 않았다. 그리고 "대학에 가고 싶으면 그렇게 해라. 그 정도 돈은 댈 테니까." 하며 기분 나쁘게 상냥한 미소까지 지었다.

물론 다쿠야는 대학에 갈 생각이었다. 도쿄의 일류 국립대가 목표였다. 그만한 실력을 쌓기 위해 모든 욕망을 억제했다.

그러나 아버지 신세를 질 생각은 털끝만큼도 없었다. 고등학교를 졸업하면 실질적으로 아버지와 인연을 끊을 작정이었다. 장학금을 받고 아르바이트를 하면 혼자 살 수 있다. 아버지가 갑자기 태도를 바꾼 건 틀림없이 그의 그런 속마음을 느꼈기 때문일 것이다. 소심하고 열등한 남자는 그제야 자신의 노후가 걱정되었던 모양이다.

고등학교 3학년을 마친 봄, 다쿠야는 자신이 세운 계획대로 도쿄의 대학에 합격했고, 등록금과 이사 비용을 모두 스스로 조달했다. 이 순간을 위해 고등학교 내내 아르바이트를 하며 돈을 모았다. 기숙사에 들어가기 전날 밤, 아버지는 무슨 말인가를 하려고 했다. 아버지로서 한마디 하려는 걸까. 만약 그러면 비웃어주겠다고 생각했다. 다쿠야는 그런 아버지를 무시하고 이불로 들어가 자는 척했다.

떠나는 날 아침, 그는 모든 미련을 버리고 신칸센에 올랐다. 배웅 나온 사람은 아무도 없었다. 창밖으로 멀어지는 고향을 보면서 그는 '잘 있어라!' 하고 마음속으로 소리쳤다. 그리고 그것을 마지막으로 결코 뒤돌아보지 않았다.

다쿠야는 대학생이 된 뒤에도 다른 사람보다 몇 배는 노력했다. 들을 수 있는 강의는 최대한 들었고, 그 모든 수업에서 우수한 성적을 받았다. 또 아르바이트는 몸도 단련하고 수입도 좋다는 점 때문에 주로 육체노동을 골랐다. 여자애들과 놀러 다닐 목적으로 대학에 다니는 녀석들을 보면 안됐다고, 그들은 선택받은 인간이 아니라고 생각했다.

다쿠야에게도 애인이 몇 명 있었다. 대부분 다른 여자대학교의 학생이었다. 그러나 결과적으로 그 여자들은 생리적 욕구를 처리하는 존재에 불과했다. 그 여자들은 풍만한 가슴과 긴 다리를 가졌지만 다쿠야가 추구하는 요소는 하나도 갖고 있지 못했다. 모두가 평범한 중산층의 딸이었다. 은행 총재의 딸도, 정치가의 외동딸도 아니었다. 게다가 하나같이 머리가 나빴다.

대학원에 진학하기 직전, 아버지가 세상을 떠났다는 소식이 날아왔다.

뇌출혈이라는 소식을 들었을 때 다쿠야는 '드디어 내게도 운이 따르는군.' 하는 심정이었다. 고향에는 한 번도 돌아가지 않았지만 그 마을에 여전히 그 남자, 자신의 아버지라 칭하는 남자가 살고 있다는 게 가장 큰 고민거리였기 때문이다. 그런 남자의 아들이라면 취직에도 영향을 끼치지 않을까 걱정했던 것이다.

그날 밤, 다쿠야는 샴페인을 사서 혼자 이 행운을 축하했다. 무심결에 웃음이 새어나올 만큼 최고로 기분 좋은 밤이었다.

아버지의 장례는 형식적으로 치렀다. 그 뒤로 성묘는 한 번도 하지 않았다. 애초 스에나가 가(家)라는 집안에 애착도 없었던지라 그 무덤이 어떻게 되든 상관없었다.

대학원에서 MM중공과의 공동 연구에 참여했다. 차세대 로봇 개발이 주제였다. 따라서 대학원을 졸업한 뒤의 취직도, 그가 MM중공을 희망하자 곧바로 결정되었다.

입사 후에는 그때까지 대학원에서 했던 연구에 계속 참여할 수 있는 부서에 배치되었다. 신입사원이라기보다 능력 있는 스태프로 인정받은 것이다.

내겐 행운이 따른다. 드디어 행운의 여신이 내게 손을 내밀었다……. 당시 그는 이렇게 생각했다.

회사는 처음부터 다쿠야에게 꽤 큰 기대를 걸었다. 그리고 그 역시, 그 기대에 멋지게 부응했다. 1년에 한 번 열리는 연구발표회에 이제까지 네 번 참여했는데, 그중 세 번은 1위에 올랐다. 시각인식 로봇의 새로운 방식을 만들어냈을 때에는 국내 학회의 주목을 받은 데 이어 미국에서 열린 국제학회에서도 발표했다.

순풍에 돛을 단 격이었다.

최근에는 윗사람도 그를 주시하기 시작했는데, 다쿠야는 그 역시 당연하다고 생각했다. 자기 덕분에 개발2과가 승승장구하고 있으니 말이다.

그러나 그는 지금 상태에 만족하지 않았다. 현재 자신은 다른 사람보다 조금 뛰어난 '근로자'에 불과했다. 누군가의 지배를 받고 있다는 사실엔 변함이 없었던 것이다.

인간이 모두 평등하다는 건 환상일 뿐이라는 게 그의 오랜 철학이었다. 이 세상은 불공평과 차별로 가득 차 있다. 누구나 태어난 그 순간부터 다양한 계층으로 나뉘어진다.

언젠가 반드시 최상층의 인간이 된다, 지배자가 된다…….
그것이 다쿠야의 최종 목표였다.

3

후지가와 휴게소가 보였다. 이쯤에서 쉴까 잠깐 생각했지만 이내 운전을 계속하기로 했다. 아직 그 정도로 피곤하진 않았다. 참을 수 있는 데까지 참아보기로 했다.

시간은 정확했다. 조금도 어긋나지 않았다. 당연한 일이라고 그는 조용히 읊조렸다. 어긋날 수 없다. 내가 한 일이니까. 내가 실수를 할 리가 없지 않나.

자동차는 일정 속도를 유지한 채 아쓰기로 향하고 있었다.

다쿠야는 니시나 도시키와의 만남을 행운이라고 생각했다.

26

니시나는 MM중공의 창업자인 니시나 게이이치로의 아들이다. 게이이치로가 죽자 그 많은 유산을 상속했을 뿐만 아니라 지금은 전무이사 자리에 앉아 있었다.

니시나가 현재 주력하고 있는 것이 다쿠야가 참여한 로봇사업부였다. 사이타마에 조성한 새 공장은 백 퍼센트 로봇으로 가동하는 시범 공장인데 이 프로젝트를 주창한 게 바로 니시나였다.

다쿠야는 니시나 전무와 관계를 맺어두는 게 좋겠다고 생각했다. 실력이나 세력에서나 차기 사장이 될 게 분명했다. 또한 상당 기간 장기 집권을 할 가능성도 농후했다.

그렇다고 해도 평범한 관계로는 의미가 없다. 다쿠야의 실적에 대해서는 니시나도 알고 있을 게 분명하기 때문에 반드시 개인적인 연줄을 만들고 싶었다.

하지만 일개 사원과 회사 중역이라는 차이 때문에 연결 고리가 너무 적었다. 니시나에 대한 정보를 어떻게든 모아야겠다고 생각한 다쿠야는 아마미야 야스코를 주목했다.

야스코가 로봇사업부에 배속된 것은 작년 봄이었다. 화사한 신입사원들 중에서도 그녀는 단연 돋보이는 존재였다. 서양인의 피가 섞인 게 아닐까 싶을 정도로 콧날이 오뚝하고 키도 컸으며 자기소개를 할 때의 말투도 상당히 능숙해 보였다.

"신입사원 주제에 너무 달변 아니야? 물장사 쪽에서 아르바이트라도 한 것 같아."

입이 험한 사원 중에는 이렇게 평하는 사람도 있었다. 다쿠야도 역시 같은 인상을 받았지만, 회사에서는 그런 점을 야스코의 장점으로 받아들인 모양이었다. 연수 기간이 끝나자 야스코는 임원실에 배치되었다. 요컨대 전무나 상무의 업무를 보좌하게 된 것이다.

다쿠야는, 이 아마미야 야스코에게 접근했다.

그가 취한 방법은 지극히 단순했다. 야스코가 야근으로 늦는 날을 골라 퇴근길에 기다렸다. 할 말이 있으니 식사라도 함께하자는 그의 제안에 야스코는 처음에는 미심쩍어했지만 "그렇다면 제가 아는 가게에서 해요." 하며 스페인 요리 전문 레스토랑 이름을 댔다. 그때 다쿠야는 야스코가 그런 고급스러운 식당에도 익숙한 여자라는 걸 깨달았다.

용건을 말할 때에도 다쿠야는 단도직입적으로 니시나 전무에 대한 정보를 얻고 싶다고 밝혔다.

"정보?"

야스코는 눈을 크게 떴다.

"뭐든 좋아요. 앞으로 스케줄이 뭔지, 아니면 현재 개인적인 관심사가 무엇인지, 뭐든 괜찮습니다."

"스케줄이라면, 업무 일정 말인가요?"

"그것도 괜찮지만 가능하면 사적인 스케줄을 알고 싶습니다. 관심 대상 같은 거요."

이렇게 말하자 야스코는 무언가를 상상하듯 눈을 치켜뜨고 있다가 미소를 지었다.

"스에나가 씨, 무슨 생각을 하고 계신 거죠?"

"당신한테 문제가 되진 않을 겁니다. 어때요? 해줄 수 있나요? 물론 그에 대한 보상은 하겠습니다. 물론 평범한 월급쟁이라 한계가 있지만요."

야스코는 어깨를 으쓱하더니 "왠지 재밌겠네요. 스파이 같아요." 하며 짓궂은 표정을 지었다. 그런 표정을 보니 역시 아직 이십대 초반이라는 생각이 들었다.

"하지만 스에나가 씨가 기대하는 정보를 얻을 수 있을지는 모르겠네요. 저는 그저 단순 업무를 할 뿐이고, 전무님 비서는 아니니까요."

"그 점은 신경 쓰지 마세요. 전무에 관한 것이면 뭐든 됩니다."

"그래요……."

야스코는 잠시 생각에 잠긴 듯 고개를 숙이고 있다가 "알겠어요. 최고의 엘리트가 부탁하는 거니 거절할 수가 없네요." 하며 웃었다.

이때 이용했던 스페인 음식점이 그 후에도 정보를 주고받는 장소가 되었다. 2주일에 한번씩 정기적으로 만났고, 중요한 정보가 있으면 야스코가 연락을 했다. 처음에는 해외 시찰 스케줄이나 현재 어떤 프로젝트에 주목하고 있는지 같은, 굳이 야스코에게 듣지 않아도 알 수 있는 정보가 대부분이었으나 차츰 개인적인 정보가 많아졌다. 그만큼 야스코도 직장 생활에 익숙해졌던 것이다.

그녀의 정보 중에서 처음으로 다쿠야의 마음을 사로잡은 것은 무네가타 신이치에 대한 얘기였다.

무네가타는 니시나가 주력하고 있는 또 다른 분야, 즉 항공기사업부의 연구 주임이자 니시나의 맏딸 사오리의 남편이기도 했다. 사오리는 올해 스물일곱, 무네가타는 서른여덟이다. 3년 전, 니시나가 무네가타의 실력을 인정해 딸과 결혼시켰다고 한다.

"딸의 결혼 상대는 집안이 명문인지 여부가 중요한 게 아니라, 그 남자에게 니시나 가문을 보좌할 능력이 있는지가 중요하다고 전무가 입버릇처럼 얘기했다네요."

술잔을 기울이던 야스코가 곁눈질로 다쿠야를 보며 말했다. 이 무렵에는 식사 후에 술도 한잔씩 하게 되었다.

"MX Ⅲ가 행운을 가져다준 거네."

현재 MM중공이 독자적으로 개발 중인 단거리 수송기의 원형이 된 비행기이다. 에너지 효율을 비약적으로 향상시켰을 뿐만 아니라 이착륙 시의 활주 거리를 크게 줄이는 데 성공했다. 무네가타는 이 MXⅢ 개발팀의 리더였다. 다쿠야는 사업부가 달라 그와 거의 얘기를 나눠보지 못했다.

"항공기사업부의 무네가타는 면도칼이야."

이런 소문을 듣긴 했다. 즉 무서울 정도로 유능하고 수완이 좋다는 말이었다. 깡마른 외모 때문에 신경질적으로 보였지만, 사람은 겉으로 봐선 알 수 없는 법이다.

"무네가타 씨는 아주 평범한 샐러리맨의 아들이었으니까 정계나 재계의 발판을 노리고 딸을 결혼시킨 게 아니라는 건 분명해요."

"그런 것 같군."

다쿠야는 몇 번씩 '니시나 가문의 보좌'라는 말을 중얼거렸다.

이 정보를 들은 직후 다쿠야는 양복 안주머니에서 흰 봉투를 꺼내 야스코 앞에 놓았다.

"그냥 성의야. 너무 적어서 미안하지만 앞으로도 잘 부탁한다는 뜻으로 받아줘."

야스코는 봉투를 슬쩍 보고는 살짝 웃으며 다쿠야 쪽으로 다시 밀었다.

"늘 맛있는 밥을 사줘서 미안했어요. 그런데 이런 것까지 받을 순 없어요."

"그다지 큰 액수도 아니야. 그냥 미안해서."

"신경 쓰지 마세요. 대단한 일을 하는 것도 아닌데요. 나중에 스에나가 씨가 목적하는 걸 얻어서 더 이상 내 정보가 필요 없게 되면 그때 선물이나 하나 해주세요. 그걸로 됐어요."

야스코는 그의 눈을 바라보며 말했다. 다쿠야는 조금 망설이다 결국 봉투를 집어 들고 "그럼, 이 돈으로 한잔 더 할까?" 하고 제안했다. 야스코는 천천히 눈을 감으며 고개를 끄덕였다.

결국 이날 밤, 다쿠야는 야스코와 잠자리를 같이했다. 그녀가 자신에게 호감을 가지고 있다는 사실은 전부터 알았고, 그 역시 야스코에게서 성적 매력을 느꼈던 것이다. 그럼에도 지금까지 자제해온 것은 어떤 형태로든 직장 동료와 관계를 맺는 건 위험하다고 생각했기 때문이다. 따라서 야스코를 안았다는 것은 그녀에 대한 경계심이 그만큼 흐려졌다는 걸 의미했다.

다쿠야는 이때의 방심을 두고두고 후회하게 된다.

어떤 순간이라도 자신 이외의 인간을 믿어선 안 된다는 게 어린 시절부터의 신념이었다. 그런데 왜 유독 그때만 그렇게 방심했던 걸까. 다쿠야는 그 이유를 알고 있었다. 그녀의 성적 매력에 욕망이 자극되어 판단력이 흐려졌던 것이다.

하지만 그녀를 안은 게 실수였다는 사실을 알게 된 것은 그로부터 꽤 시간이 흐른 뒤였다.

어쨌든 야스코에게서 얻은 정보를 기초로 니시나에게 접근하는 작전은 서서히 효과를 보기 시작했다. 업무의 진행 방식을 니시나의 기호에 맞추었고, 어떤 기회로 잡담을 나누게 될 때에도 얘깃거리가 궁하지 않았다. 니시나도 자신의 실력에 대해서는 충분히 알고 있을 거라 자부했기 때문에 다쿠야는 이젠 개인적인 인연을 만들었으면 좋겠다는 생각을 하기에 이르렀다.

야스코에게서 급한 용건이 있다는 연락이 온 것은 그 해가 저물어갈 무렵이었다. 그녀에게서 정보를 얻기 시작한 지 반년이 흘렀고, 만날 때마다 당연하다는 듯이 육체관계를 맺었다.

"빅뉴스야. 미국에서 호시코가 돌아온대."

결혼한 사오리 말고 그 밑으로 딸 하나가 더 있다는 말은 이미 들었다. 현재 미국 유학 중이라고 했는데······.

"전무가 불러서 왔대. 자기가 기다리고 기다리던 기회야."

야스코는 어느덧 그를 '자기'라고 불렀다.

"기회? 무슨 소리야?"

그렇게 말하는 다쿠야에게 야스코는 의외라는 표정을 지었다.

"자기, 의외로 둔하네. 무네가타 씨 모델을 따를 생각 아니야?"

"모델?"

이야기를 듣고서야 깨달았다. 니시나와 개인적인 인연을 만드는 게 다쿠야의 목적이니 그의 딸과 결혼하면 더 이상 바랄 게 없었다. 하지만 호시코는 아직 학생인 데다 일본에 없었고, 야스코 또한 거의 화제에 올리지 않았기 때문에 그 가능성에 대해선 전혀 고려해보지 않았다.

"당분간 미국으로 돌아가지 않을 건가?"

다쿠야가 물었다.

"그보다 유학 자체가 끝난 것 같아. 전무는 슬슬 데릴사윗감을 물색 중인 모양이야."

"데릴사위? 시집을 보내는 게 아니고?"

"옛날에는 그럴 생각이었던 것 같아. 어쨌든 니시나 가문에는 어엿한 후계자가 있으니까."

야스코는 빈정대는 투로 말했다.

후계자란 니시나 나오키를 말하는 것이었다. 사오리와 호시코의 오빠다. 그는 현재 로봇사업부 개발기획실의 실장이었다. 다쿠야보다 한 살 많은 나이에 실장이 됐으니 아무래도 부친의 후광이 큰 역할을 했을 것이다.

다쿠야 입장에서는 이 나오키에게 접근하는 방법도 있었다. 하지만 그렇게 하지 않았던 건 인연을 맺는다 해도 별다른 이득이 없다고 판단했기 때문이다. 명목만 기획실장이라는 자리에 앉아 있을 뿐 실제로 모든 업무를 추진하는 것은 그보다 나이가 많은 부실장이었다. 로봇을 좋아하는 전무가 아들을 가당치도 않은 목각 로봇으로 만들 셈인가보다, 라고 사람들이 뒤에서 수군대는 소리를 다쿠야도 들은 적이 있다.

아무리 니시나 가문의 후계자라 해도 실세가 아니라면 접근해봐야 무의미하다……. 그게 다쿠야의 결론이었다.

"전무는 바로 그 점을 걱정하고 있는 거야."

야스코가 말을 이었다.

"지금의 세력 판도라면 전무가 차기 사장이 되는 건 틀림없어. 하지만 창업 2세대가 되면 가문이 안전하다고 보장할 순없지. 그러니까 누군가 보좌할 인물이 필요한 거야. 무네가타 씨도 그런 사람 중 하나고."

"딸의 남편에게는 니시나 가문을 보좌할 능력만 있으면 된다, 저번에 네가 이렇게 말하지 않았어?"

"바로 그 보좌관 역할을 할 또 한 사람을 찾고 있다는 말이지."

"데릴사위를 삼는다는 건 그런 뜻을 분명히 한 건가?"

"물론 그런 뜻도 있지만 무엇보다 호시코가 원하는 거래. 도우미들이 잔뜩 있는 집을 나가지 않아도 되고, 원하는 대로 살 수 있잖아. 무엇보다 그 여자, 지금 살고 있는 그 저택에서 나가고 싶지 않겠지."

"크겠군."

"수백 평은 된다고 하더라. 언니 사오리 부부도 자그마한 집을 짓고 산다는데, 그 넓은 미국 땅에서 살던 호시코가 침실 창문으로 앞집에 널어놓은 빨래까지 보이는 집에서 살 수 있겠어?"

으흠. 다쿠야는 한숨을 내쉬었다. 그리고 다시 자기 눈앞에 펼쳐진 기회에 대해 생각했다. 무일푼의 천애고아인 자신이 일거에 태양과도 같은 지위로 뛰어오르려면 이만한 야망을 품는 수밖에 없지 않을까.

"해마다 새해 신년회가 니시나 저택에서 열려."

야스코가 말을 이었다.

"평소에는 각 사업부의 부장급 이상만 참석하는데, 올해는 젊은 사원 몇 명을 동석시킨대. 겉으로는 젊은 사원과의 대화를 원활히 하자는 게 목적이지만 진짜 이유는 다른 데 있지."

"데릴사윗감을 선뵈는 자리라는 말이군."

다쿠야가 말하자 야스코가 윙크를 해 보였다.

"아버지와 딸이 가치를 매기는 거지."

"역시."

"한 가지 덧붙이면, 전무의 첫 번째 후보는 자기야. 아랫사람한테 자기에 대해 이런저런 조사를 시켰나봐."

"흐음, 첫 번째 후보라……"

기뻤지만 뜻밖의 일은 아니었다. 젊은 사원 중에서는 최고라는 자부심이 있었다. 야스코를 통해 얻은 정보를 바탕으로 니시나에게 접근해온 것도 헛되지는 않았다.

다쿠야는 고개를 끄덕이며 버번을 한꺼번에 들이켰다. 머릿속이 가볍게 흔들리는 걸 느끼면서 잔을 든 손에 힘을 주었다. 마음 깊은 곳에서 끈끈한 투지가 끓어오르는 게 느껴졌다.

재패니즈 드림이다! 다쿠야는 그렇게 읊조렸다.

4

아시가라 휴게소로 진입해 화장실에서 제일 먼 곳에 차를 세웠다. 내리기 전에 짐칸을 확인했다. 위치가 조금 바뀌긴 했지만 담요는 벗겨지지 않았다. 밤이라 어두워서 만약 누군가 들여다본다 해도 뭘 실었는지는 모를 것이다.

차에서 내려 문이 모두 제대로 잠겼는지 확인한 후 화장실로 갔다. 볼일을 마치니 마음이 조금 가라앉았다. 담배는 이럴 때 피우고 싶은 걸 거라는 생각이 들었다. 다쿠야도 고등학교 때 담배를 피운 적이 있다. 하지만 그 뒤로는 거의 피우지 않았다.

화장실 옆에는 갖가지 자동판매기가 늘어서 있었다. 다쿠야는 인스턴트 블랙커피를 뽑아 마시며 하늘을 올려다봤다. 구름이 흩어지면서 별이 나타났다. 비가 올 염려는 없어 보였다. 역시 나는 운이 좋아.

자기소개를 마친 뒤, 다쿠야는 슬쩍 호시코를 살펴봤다. 조금 마른 체격에 키가 작았는데, 눈과 입이 커서 이목구비가 또렷해 보였다. 새빨간 드레스도 그녀의 결점을 보완해주었다. 다쿠야 옆에 있는 사람이 자기소개를 하는 중이었는데, 호시코가 여전히 다쿠야를 쳐다보는 바람에 두 사람의 눈이 마주쳤다. 다쿠야가 살짝 표정을 풀자 호시코는 턱을 들어 올리며 시선을 피해버렸다.

나한테 신경을 쓰고 있군. 그런 확신이 들었다.

니시나 저택에서 열린 신년회에서였다.

야스코에게 들은 대로 젊은 사원 몇 명이 불려왔는데 다쿠야도 그중 하나였다. 니시나에게 충분히 존재를 알렸고 실적도 좋았기 때문에 당연히 끼일 거라고 생각했지만 솔직히 정식 초대를 받고서야 안도의 숨을 내쉴 수 있었다.

파티는 15평이나 되는 거실에서 열렸다. 죽 이어진 테이블 위쪽에는 각 사업부의 부장급 이상이 자리를 잡았고, 모두 여섯 명인 젊은 사원은 맨 끝 테이블에 나란히 앉았다.

의외로 자기소개가 분위기를 띄워 긴장감이 약간 감돌던 파티 분위기가 부드러워졌다. 부장급 간부들은 서로 앞을 다퉈 니시나 곁으로 가려고 애썼다. 술잔이 적당히 돌자 니시나도 얼큰하게 취해 기분이 좋아 보였다.

호시코가 자리를 뜨는 걸 보고 다쿠야도 일어섰다. 테이블 위에 놓인 꽃병에서 장미 한 송이를 빼냈다. 그리고 아무도 본 사람이 없다는 걸 확인하고 그녀를 쫓아 거실을 나왔다. 호시코는 복도를 돌아 다실(茶室) 쪽으로 가는 모양이었다. 그곳이라면 다른 사람에게 들킬 염려가 없었다. 다쿠야는 마침 잘됐다고 생각했다.

넓디넓은 저택은 대부분 서양식으로 개조를 했지만 낡은 흔적이 남아 있는 곳도 적지 않았다. 뒤뜰을 지나야 있는 다실도 그중 하나였다. 호시코는 툇마루에 서서 우두커니 마당을 바라보고 있었다. 그러다 다쿠야를 보고는 곧 조금 전까지의 당당한 표정으로 돌아왔다.

"아! 이런, 죄송합니다. 화장실을 가려다 너무 넓어서 헤매고 말았네요."

다쿠야는 당황한 척했다.

그렇게 말하는 다쿠야의 얼굴을 호시코는 차가운 시선으로 바라봤다. 무표정. 다쿠야는 포기하고 쓴웃음을 지었다.

"거짓말입니다. 실은, 아가씨를 따라왔습니다. 잠깐 얘기나 나눌까 해서요."

"그러면 처음부터 그렇게 얘기하시지."

호시코는 그렇게 말하고 다시 마당 쪽으로 시선을 돌렸다. 표정에는 변화가 없었다.

"뭐, 그야 그렇지만……."

다쿠야는 목소리를 낮추고 말을 이었다.

"좀 더 가까이 가도 되겠습니까?"

호시코는 얼굴을 조금 돌리면서 "그러세요." 하고 말했다. 다쿠야는 그녀 옆에 섰다. 어렴풋이 향수 냄새가 났다.

"피곤해 보이네요."

다쿠야는 말하면서 호시코의 얼굴을 살폈다.

호시코는 입술을 한번 깨문 뒤 "바보 같아." 하고 조그맣지만 또렷한 목소리로 말했다.

"제가 말입니까?"

다쿠야가 물었다.

"당신도 그래요. 새해인데 불려 나와서 상사 비위를 맞추고 바보 같은 자기소개나 하다니."

"그렇군요."

다쿠야는 콧등을 문질렀다.

"자존심 없는 사람은 매력 없어."

"너무 엄격하시네요. 만약 오늘 파티에 오지 않았다면, 아가씨 눈에 띌 수나 있었을까요?"

다쿠야의 말에 호시코는 순간 낭패한 표정을 짓다가 다시 큰 눈으로 무섭게 노려봤다.

"무슨 소리죠?"

"그거야 아가씨가 더 잘 아시겠지요."

그러자 호시코는 아주 신기한 물건이기라도 한 양 다쿠야의 얼굴을 쳐다봤다.

"당신, 참 이상한 사람이네. 나를 화나게 하려고 일부러 쫓아온 건가요?"

"그럴 생각은 아니었습니다. 그저 대화를 나누고 싶었을 뿐입니다. 기분이 나쁘셨나요?"

호시코는 질문에는 대답하지 않고 다시 고개를 돌렸다.

"당신이 뭘 알고 있는지는 모르겠지만, 난 언니하고 달라. 아버지가 원하는 대로는 하지 않을 거야. 내 배우자는 내가 직접 고를 거라고."

"그렇겠죠. 그건 저도 마찬가지입니다."

그렇게 말하고 다쿠야는 테이블 꽃병에서 슬쩍한 빨간 장미를 그녀에게 건넸다. 닭살 돋는 행동이라는 건 알고 있었다.

호시코는 장미를 들고 그의 눈을 보면서 꽃봉오리에 코를 댔다. 그리고 입술을 움직여 뭔가 말하려는 순간, 다쿠야 뒤에서 소리가 났다. 돌아보니 무네가타 신이치가 서 있었다.

그도 물론 이 파티에 참석했다. 지금까지 두 사람이 하는 얘기 들었을까. 하지만 이 남자의 표정은 좀처럼 읽어내기가 힘들었다. 야윈 얼굴에서 신경질적인 인상을 받았지만, 누구를 대하든 태도를 바꾸지 않는, 의외로 도량이 넓은 면모를 가진 듯했다. 니시나가 맏딸의 남편으로 선택한 것도 그 때문이 아닐까.

"호시코, 전무님이 찾으시네."

무네가타가 웃으며 말했다. 습관 때문인지 그는 니시나를 장인이라고 부르지 않았다.

호시코는 "그래요?" 대답하고 다쿠야 옆을 지나가다 뒤를 돌아보며 말했다.

"화장실은 이 복도를 따라 곧장 가면 나옵니다. 더 이상 헤매지 마세요."

그러곤 들고 있던 장미를 옆에 있는 상자에 던져 넣고 무네가타 앞을 지나 거실로 사라졌다.

다쿠야는 무네가타에게 목례를 하고 자신도 거실로 돌아가려고 했다. 옆을 지나가는데 "자네는 눈치가 빠르군." 하고 무네가타가 속삭이듯 말했다.

"예?" 하며 다쿠야는 발길을 멈췄다.

"눈치가 빠르다고 했네. 저 아가씨 마음을 잡는 가장 좋은 방법은 심기를 건드리는 거지."

다쿠야는 저도 모르게 무네가타의 얼굴을 봤다. 하지만 정작 그는 언제 그런 말을 했냐는 듯 태연했다.

"그럼, 열심히 해보게."

다쿠야가 대답 없이 서 있자 무네가타는 그런 말을 던지며 그의 어깨를 두드리고는 먼저 걷기 시작했다.

신년회를 치르고 1주일 뒤, 다쿠야는 니시나에게 불려갔다.

"자네, 골프를 잘 친다고 했지?"

다쿠야의 얼굴을 쳐다보고, 니시나가 금테 안경을 벗으며 말했다. 예리한 눈빛이 다쿠야의 본바탕을 꿰뚫는 것처럼 보였다.

"잘 치는 건 아니고 취미 정도라고 말씀드렸는데요."

지난번 자기소개 때 한 얘기였다.

"그거면 됐네. 어쨌든 골프만 치면 되니까. 실은 부탁이 있어서."

니시나의 부탁은 돌아오는 일요일, 자기 대신 골프를 쳐달라는 것이었다. 호시코와 홀을 돌 계획이었는데 급한 약속이 생겼다고 했다.

"젊은 사람이 호시코와 잘 맞을 것 같아서 말이야. 어때? 가주겠나?"

"그런 거라면."

기꺼이, 라는 말은 마음속으로만 했다. 호시코의 신랑감 콘테스트는 앞으로도 계속될 거라고 예상했는데, 이런 식으로 기회가 오리라고는 생각지도 못했다.

"그럼, 나머지 멤버는?"

설마 호시코와 단둘이 치라는 얘기는 아닐 것이다.

"응, 그건 벌써 다 정해놨네. 자네도 알지? 1과의 하시모토 군."

하시모토……. 다쿠야는 혀를 차고 싶은 심정이었다. 그 역시 지난번 신년회에 함께 불려갔던 젊은 사원 중 하나였다. 다쿠야보다 1년 후배인데 극한(極限) 로봇 개발에서 두각을 나타내고 있었다. 통통한 몸매에 어린애 같은 얼굴을 지닌, 박력이 부족한 남자라는 게 다쿠야가 받은 인상이었다.

"그리고 또 한 사람, 무네가타도 있지. 그 역시 실력이 꽤 좋으니 한번 겨뤄보게."

"무네가타 씨도……."

아무래도 김빠지는 골프가 될 것 같다는 생각이 들었다.

당일은 맑은 날씨에 1월인데도 춥지가 않았다. 프로 선수도 무색해할 만큼 유명 골프웨어를 빼입고 나타난 호시코는 만나자마자 다쿠야를 올려다보며 말했다.

"잘 친다고 들었어요. 실력을 보여줘요."

다쿠야는 쓴웃음을 지었다.

"미국에서 갈고 닦은 실력을 보이려고 나를 부른 게 아니었나요?"

"당신을? 말도 안 돼요. 당신을 부른 건 아버지가 맘대로 한 일이에요. 자존심도 없이."

호시코는 그렇게 말하고 하시모토에게 다가갔다. 그리고 다쿠야하고 있을 때와는 전혀 다른 미소를 지었다. 하시모토는 무척이나 수줍어했다.

플레이가 시작된 뒤에도 호시코의 태도에는 변화가 없었다. 하시모토와 다정하게 얘기를 나누다가도 다쿠야에게는 퉁명스럽게 대했다. 다쿠야의 스코어가 자기를 앞지른 것도 마음에 들지 않는 요인이었을지 모른다.

"처제가 자네를 상당히 의식하고 있는 것 같군. 저런 태도를 보이는 걸 보니 말이야."

다음 홀로 이동하는 동안 무네가타가 다쿠야와 나란히 걸으며 말했다.

"그런 것 같지 않은데요. 신년회 때도 저는 계속 무시만 당한걸요."

"저런 타입의 아가씨한테 자주 있는 일이지. 오늘 골프 행사도 전무님이 꾸민 일이라는 건 자네도 알고 있겠지?"

"그거야."

"자네를 지명한 건 분명 전무님이지만, 정말 싫었다면 가만히 있을 사람이 아니야. 여기로 오는 차 안에서도 줄곧 자네 얘기만 하더군. 물론 험담뿐이었지만. 그런 건방진 남자는 견딜 수가 없다고 하면서 말이야."

"건방지다고요?"

"다른 젊은 사원들은 처제의 미모에 끌린 것 같지만, 자네만은 다른 목적이 있으니까. 물론 처제도 그 사실을 알고 있겠지. 그래서 오히려 오기를 부리고 있는 게 아닐까."

그렇게 말한 무네가타는 씩 웃으며 걸음을 옮겼다.

게임을 잠시 중단한 네 사람은 클럽하우스에서 식사를 했다. 오전까지의 성적은 무네가타와 다쿠야가 동점으로 1위, 그 뒤를 호시코가 따랐다. 골프를 시작한 지 얼마 안 되었다는 하시모토에게는 기온이 높은 탓도 있었겠지만 진땀 나는 경기였을 것이다.

점심식사 후 다쿠야가 로비에서 신문을 읽고 있는데 호시코가 다가와 옆에 앉았다.

"자기소개 때 자랑하기에 얼마나 치나 싶었는데 꽤 하네요. 오래 쳤어요?"

호시코가 그에게 말을 건 것은 오후 들어 처음이었다.

"3년쯤 전에 시작했습니다. 연습은 자주 하는 편이죠."

"그것도 역시 출세를 위해?"

그러곤 큰 눈으로 뚫어져라 다쿠야를 노려보았다. 그는 대답하지 않고 "아가씨도 대단하시던데요. 긴 코스에 익숙한 것 같네요." 하고 치켜세웠지만 그녀는 말 중간부터 머리를 흔들었다.

"오늘은 최악이야. 그만하고 집에 갔으면 좋겠어."

불쾌하다는 듯 내뱉고는 홀쩍 일어나 가버렸다.

오후 라운드 도중 다시 무네가타가 말을 걸어왔다.

"자네한테 충고해두고 싶은 게 있네."

"뭘 말입니까?"

"타깃은 호시코만이 아니라는 말일세. 물론 전무님 마음에 드는 게 가장 중요하겠지만, 실은 적이 또 하나 있지."

"기획실장님 말입니까?"

니시나 나오키의 얼굴을 떠올리며 물었다. 무네가타는 고개를 끄덕이며 말했다.

"뭐라고 하든 니시나 가문의 후계자니까. 딸의 사윗감을 고른다기보다는 그의 충실한 심복을 고른다고 하는 게 옳을지도 모르지."

"무네가타 씨는 그 점에서 합격한 거네요."

다쿠야는 약간 빈정거리듯 말하며 눈을 마주쳤다.

"그렇지. 덕분에 확실한 지위를 얻을 수 있었지만, 동시에 영겁의 세월이 흘러도 마냥 시중꾼 노릇이나 해야 하는 신세가 됐지."

나오키의 시중꾼이라는 뜻일 것이다.

"만족할 순 없지만 뭐 어쩔 수 없다고 생각해. 자네도 야망을 품는 것까진 좋은데, 그쯤에서 마음을 비워두는 게 좋을 거야. 데릴사위가 되면 더 그렇지."

"참고하겠습니다."

다쿠야가 말하는 순간, 호시코가 티샷을 날렸다.

확실히 호시코의 사윗감으로 선택되려면 나오키의 존재는 클 수밖에 없다. 나오키가 뜻밖의 난관이 될지도 모르겠다는 생각은 다쿠야도 하고 있었다.

골프 모임이 있은 지 5일 뒤, 다쿠야가 집으로 돌아와 옷을 갈아입고 있는데 전화가 울렸다. 호시코의 목소리라는 걸 깨달았을 때, 다쿠야는 자신도 모르게 주먹에 힘이 들어갔다.

"여러 번 전화했어. 꽤 늦었네. 지금까지 회사에 있었어요?"

나무라는 듯한 말투였다. 시계가 10시를 가리키고 있었다.

"식사를 하느라고요. 그건 그렇고 저번에는 감사했습니다."

"인사는 됐어요. 그보다 지금 나하고 만나요."

"지금이요?"

"그래요. 30분이면 가니까 옷 갈아입고 맨션 앞에서 기다려요."

다쿠야가 대답할 틈도 없이 전화가 끊겼다.

시킨 대로 기다리고 있자니 흰색 포르쉐가 나타나 그 앞에 멈춰 섰다. 운전석에 앉은 호시코가 턱으로 조수석을 가리켰다.

다쿠야는 서둘러 차에 올라탔다.

"어디로 가는 겁니까?"

물어봤지만 호시코는 앞만 주시하고 있을 뿐 대답할 마음이 없는 것 같았다. 다쿠야는 포기하고 시트에 몸을 기댔다.

차는 중앙고속도로로 들어섰다.

"아가씨, 혹시 술 드신 거 아닙니까?"

그러자 그녀는 앞을 응시한 채 오른손 엄지와 검지를 10센티미터 정도 벌렸다.

"무슨 소립니까?"

다쿠야가 물었다.

"브랜디를 이만큼 먹었다고요."

다쿠야는 눈을 부릅떴다.

"아가씨, 농담하지 마세요. 차를 옆에 세우세요. 제가 운전하겠습니다."

그러나 호시코는 아무 말 없이 과감하게 액셀러레이터를 밟았다. 속도계의 눈금이 순식간에 올라가자 다쿠야는 시트 쪽으로 기댄 등에 압력을 느꼈다. 겨드랑이 밑에 땀이 찼다.

"아가씨."

"시끄러워. 당신한테 지시 따윈 받을 생각 없어."

호시코는 거칠게 내뱉고 속도를 더욱 높였다. 시속 백 킬로미터 전후로 달리는 다른 차들이 날아가듯 뒤쪽으로 사라졌다. 다쿠야는 입을 다물고, 대신 전방과 호시코의 옆얼굴에 주의를 집중했다. 무슨 일이 생기면 곧바로 대응할 수 있는 마음의 준비를 했다.

"스에나가 씨."

속도를 올린 채 호시코가 말했다.

"당신, 나와 결혼하고 싶죠?"

다쿠야가 바로 대답하지 않자 호시코는 "어때요?" 하며 초조하게 되물었다.

"맞습니다."

그가 대답했다.

좋아, 라고 얘기하듯 호시코가 머리를 끄덕였다.

"당신이 어떻게 생각하든, 뭘 바라든 당신 맘이지. 분수를 모르는 것도 말이야."

다쿠야는 입을 다물었다.

"그것 때문에 아버지 마음에 들려고 노력하는 건 자유야. 하지만 오빠한테 꼬리를 흔드는 일만은 참아줘. 그 사람하고 내 장래는 아무 관계가 없으니까."

"꼬리를 흔들 생각은 없습니다. 하지만 의식하지 않을 순 없죠."

"괜찮아. 무시해요."

"그렇게 말해도……."

말을 하려는데 호시코가 갑자기 핸들을 왼쪽으로 틀어 주행차선으로 들어가더니, 앞차를 추월한 다음 다시 핸들을 급히 꺾어 추월차선으로 나왔다.

"위험해요. 속도를 좀 줄이는 게……."

"이래라저래라 하지 말라고 했죠! 어쨌든 잘 알았지? 오빠는 무시해요. 누구한테 무슨 말을 들었는지 모르지만, 내 상대는 오직 나만을 위해 고를 거야. 그런 남자를 위해 선택하는 게 아니야. 말이 나온 김에 다 말해두겠는데, 니시나 가문의 후계자는 그 사람으로 정해진 게 아니야. 착각하지 말아요."

아무래도 호시코는 자신과 언니의 배우자가 나오키의 보좌역으로 뽑히는 데 반발하고 있는 듯했다. 그런 이야기가 오늘 니시나 집안에서 나왔는지도 모른다. 그래서 이렇게 흥분한 걸까.

하지만 그럴 때 화풀이 상대로 자신이 불려나온 것에 다쿠야는 일종의 보람 같은 걸 느꼈다. 그만큼 자신의 존재가 호시코에게 커졌다는 것을 의미하기 때문이다.

한동안 그렇게 달린 뒤 조금 마음이 가라앉았는지 호시코는 고속도로를 나와 상행선으로 바꿔 탔다. 그리고 이번에는 속도를 꽤 줄여 이제까지 온 길을 거슬러 올라갔다.

이날 밤 일을 계기로, 호시코는 종종 다쿠야를 불러냈다. 그렇긴 해도 식사를 한다거나 술을 마시는 일은 거의 없었고, 대체로 쇼핑할 때 짐을 들어주거나 운전사 역할을 하는 게 다였다. 그녀가 친구와 클럽에 들어가 있는 사이, 차 안에서 마냥 기다린 적도 있다.

하지만 어쨌든 그녀와의 관계가 가까워진 것은 틀림이 없었다. 이대로라면 모든 게 순조로울 거라는 게 다쿠야의 생각이었다.

그런 만큼……. 그는 생각했다. 그런 만큼 야스코의 갑작스러운 배신은 그에게 정말 뼈아픈 일이었다.

5

야스코가 왜 아이를 떼려 하지 않는지, 그 이유에 대해 다쿠야는 아직까지 완전히 이해하지 못했다. 지금 아이를 낳는 게 그녀한테 그다지 유리한 일은 아니라고 생각했기 때문이다. 뒤집어 얘기하면, 그런 생각을 했기 때문에 안심하고 그녀와 관계를 유지했다고 할 수도 있다.

하지만 야스코는 아이를 낳겠다고 했다. 그리고 응분의 책임을 지우겠다고 했다. 물론 거기에는 '내 아이'라는 조건이 있어야겠지만.

다쿠야는 그 여자가 자기 말고 누구와 관계하고 있는지 몰랐다. 그래서 태어날 아이가 자신의 아이일 확률이 얼마나 될지 판단할 수도 없었다.

하지만……. 그는 생각했다. 내 아이가 아니라도 그녀가 임신을 하고, 출산을 하는 건 좋지 않다. 왜냐면 그로 인해 두 사람의 관계가 공개될 가능성이 높기 때문이다.

그런 일은 절대로 피해야 했다. 다쿠야는 니시나 호시코의 자존심이 얼마나 강한지 알고 있었다. 야스코하고의 관계가 드러나면 호시코와의 결혼은 물론 MM중공에서의 입지도 일거에 무너진다.

다쿠야는 성행위를 하며 그녀의 목을 졸랐을 때의 느낌을 떠올렸다. 가능하다면 그대로 목을 졸라 죽이고 싶었다.

하루 빨리 손을 써야겠다는 생각에 초조했지만 뾰족한 대책을 세우지 못한 채 시간만 허비했다. 니시나 나오키의 호출을 받은 것은 다쿠야가 그렇게 애를 태우고 있을 무렵이었다.

개발기획실장이라지만 이름뿐이고, 실제로 모든 지시를 내리는 것은 하기와라라는 부실장이었다. 그래서 다쿠야는 지금까지 개발기획실과 협의할 일이 있으면 보통 하기와라와 얘기를 했다. 하기와라는 근속 년수 17년의 베테랑인데 비해, 나오키는 아버지의 후광으로 실장 자리에 앉은 것에 불과했다. 본인도 그 사실을 알고 있는 듯 나오키는 하루 종일 기획실 옆방에 틀어박혀 있었다.

안으로 들어가니, 지난번 골프 모임 때 만났던 하시모토 아쓰시가 먼저 와 있었다. 다쿠야는 역시 호시코와 관련된 일이겠거니 생각했다.

"다 모였군."

나오키는 다쿠야의 얼굴을 보며 자리에서 일어나 옆에 놓인 회의 탁자를 가리켰다. 하시모토가 앉고, 그 옆에 다쿠야가 앉았다.

나오키는 이 방 안에서 유일하게 혼자 근무하는 부하 여직원에게 말했다.

"나카모리 군은 잠깐 자리를 비켜주게나."

나카모리라는 여직원은 조그맣게 대답하고 자리에서 일어나 방을 나갔다. 고작 실장인 주제에 자기 집무실이 있고, 비서까지 딸려 있는 것도 니시나 가문의 힘 때문이겠지. 다쿠야는 새삼 그런 생각을 하면서 여비서의 뒷모습을 지켜봤다.

"자……."

나오키는 다쿠야 건너편에 앉은 다음, 테이블 위에 깍지를 끼고 어떻게 말을 꺼낼지 고민하는 듯 입을 다문 채 고개를 숙이고 있었다. 약간 그늘이 있긴 했지만 이목구비가 또렷해 미남 축에 들었다. 다쿠야는 그를 멋있다고 여기는 여직원이 많다는 걸 알고 있다. 그럴 만도 하다는 생각이 들었다.

"돌려 말하지 않는 게 낫겠군."

한참을 생각한 후, 나오키가 말했다.

"단도직입적으로 말하지."

다쿠야는 하시모토와 함께 고개를 끄덕였다. 분명 호시코 때문일 것이다. 그러나 나오키의 입에서 나온 말은 전혀 예상 밖이었다.

"용건은 아마미야 야스코의 임신에 대해서야."

다쿠야는 순간 할 말을 찾지 못해 나오키의 단정한 얼굴만 쳐다보았다. 하시모토도 우두커니 앉아 있었다. 나오키는 두 사람의 반응을 즐기기라도 하듯 옅은 미소를 지었다. 하지만 그 눈만큼은 웃고 있지 않았다.

"놀랐겠지. 무리도 아니야. 자네들도 야스코의 남자라는 걸 알았을 땐, 나도 엄청 놀랐으니까."

"자네들도……?"

다쿠야는 그렇게 말하고 나오키의 얼굴을 건너다봤다.

"그렇다면, 실장님도?"

"뭐, 그렇지."

나오키가 말했다.

어떻게 그런 여자가 다 있을까? 다쿠야는 야스코의 얼굴을 떠올렸다. 그런 다음 시선을 하시모토에게 던졌다. 하시모토가 다쿠야를 보며 어깨를 으쓱하더니 천천히 고개를 흔들었다.

"놀랐습니다. 그 여자한테 다른 남자가 있다는 건 알았지만."

"내가 조사한 바로는 우리 세 명이 전부야."

그렇게 말한 후, 나오키는 자초지종을 설명하기 시작했다. 그에 따르면 야스코가 임신 얘기를 꺼낸 시기도 비슷하고, 대화 내용도 비슷했다. 유산시키라는 그의 말에도 야스코는 따를 생각이 없다고 말했다. 다쿠야는 당연히 그랬을 거라고 생각했다.

"솔직히 난처하더군."

나오키는 쓴웃음을 흘렸다.

"그래서 일단 다른 남자를 찾아보기로 했지. 야스코가 나 말고도 다른 남자와 사귀고 있다는 건 알고 있었으니까."

"탐정이라도 고용하셨나요?"

다쿠야가 물었다.

"아니, 내가 직접 야스코를 미행했지. 무척 힘들었지만 재미도 있더군. 그 여자가 다른 남자와 만나는 걸 좀처럼 잡지 못해 초조했고."

나오키는 두 사람의 얼굴을 번갈아 쳐다본 후 "하시모토는 지난주 목요일, 스에나가는 지난주 화요일과 이번 주 수요일에 만났지. 안 그런가?" 하고 말했다.

"실장님은 월요일쯤이신가요?"

다쿠야가 농담을 섞어 말하자 나오키는 "맞아. 지난주 금요일과 이번 주 월요일." 하고 태연스럽게 대답했다.

"주기는 불규칙적이었지만 만나는 건 우리 셋뿐이었어."

"정말 용케 알아내셨네요."

하시모토가 진심으로 감탄한 듯 말했다.

"나야 어쨌든 한가하니까."

"그래서." 하고 다쿠야는 말을 이었다.

"우리를 알아내서 어떻게 하실 생각이었습니까? 아이 아버지가 누군지 밝혀내자는 겁니까?"

"그게 가능하면 좋지. 그러나 무리야. 자네들도 절대 자기 아이가 아니라고 단언할 수는 없겠지. 그건 나도 마찬가지야. 아버지가 나일지도 모르지."

그의 말에 다쿠야도, 하시모토도 입을 다물었다. 그 모습을 본 나오키는 만족스러운 듯 고개를 끄덕였다.

"처음 그 얘기를 들었을 때 아주 곤란하더군. 만약 내 아이라면, 그 여자가 평생 엄청난 양육비를 뜯어갈 테니까. 그런 문제가 생기면 아무리 니시나 가문의 장남이라고 해도 회사에서의 입장이 위험해질 수 있지."

"그걸 막기 위해선 포기하고 결혼하는 수밖에 없겠죠."

다쿠야가 말했다.

"그 여자도 그걸 노렸을지 몰라. 하지만 그럴 순 없어."

그건 그렇고, 하며 나오키는 다쿠야와 하시모토를 봤다.

"확인해두고 싶은데, 자네들은 얼마나 각오가 되어 있나? 만약 아이 아버지가 본인일 경우, 어떤 형태로든 책임을 질 각오가 되어 있나?"

그의 시선을 받은 다쿠야가 먼저 입을 열었다.

"솔직히 힘듭니다."

"그렇겠지. 호시코와의 일도 있고. 만약 자네 아이가 아니라도 야스코와의 관계가 밝혀지면 문제가 생길 테니까."

나오키는 입술을 약간 일그러뜨렸다. 그런 다음 하시모토에게 시선을 옮겼다.

"자네는 어떤가?"

"저도 마찬가집니다." 하고 하시모토가 말했다.

"솔직히 호시코 씨와 결혼하는 건 포기했습니다. 하지만 저한테는 그것 말고도……. 지금까지 모든 게 순조로웠는데, 그런 일로 발목을 잡히고 싶지 않습니다."

"그럼, 어쩔 셈인가?"

"그건……."

하시모토는 입을 다물었다.

고개를 끄덕인 나오키는 담배를 두세 모금 빨았다. 다쿠야는 담배 끝에서 흰 연기가 피어오르는 걸 보며 그의 말을 기다렸다.

"자네들도 생각했으리라 보는데……."

말을 꺼낸 뒤, 그는 다시 뜸을 들였다. 다쿠야도, 하시모토도 잠자코 있었다. 나오키는 눈을 감은 채 말했다.

"줄곧 생각해봤네. 야스코가 죽어주면 좋을 텐데……, 하고 말이야."

다쿠야 옆에 앉은 하시모토의 목에서 이상한 소리가 났다. 침을 삼키는 소리였다.

잠깐의 침묵. 마침내 나오키가 짧아진 담배꽁초를 크리스털 재떨이에 비벼 껐다.

"야스코가 죽어주면 좋을 텐데……."

다시 한번 말하고 두 사람을 바라보았다.

"그렇게 생각한 적 없나?"

다쿠야는 하시모토의 표정을 살폈다. 한 살 어린 후배는 이마에 손을 댄 채 꼼짝도 하지 않았다. 나오키가 무슨 말을 하고 싶은 건지 충분히 알 수 있었다. 그만큼 함부로 대답할 수 없는 문제인 것이다.

"실은 나한테 계획이 있네."

나오키가 말했다.

"무슨 계획인지는 말 안 해도 알겠지? 그 계획에는 자네들의 협력이 필요해. 아니, 이렇게 말하면 안 되겠군. 우리 셋이 힘을 합쳐야 한다고 해야지. 빨리 손을 쓰지 않으면 돌이킬 수 없게 될 거야."

그래도 다쿠야와 하시모토는 입을 다물고 있었다.

이윽고 나오키는 "이걸로 됐네." 하더니 의자에 몸을 기댔다.

"생각할 시간이 필요하겠지. 모레 밤에 호텔을 예약하지. 거기서 다시 모이세. 알고 있을 거라 생각하지만, 시간이 거의 없다는 걸 잊지 말게."

마지막 얘기를 할 때는 아주 낮은 목소리로 못을 박듯 말했다.

그날 밤, 다쿠야는 자기 방에서 나오키의 제안을 생각했다. 하지만 이미 마음을 정한 터였다. 나오키의 얘기가 아니더라도 해결책은 하나밖에 없었다.

야스코를 죽일 수밖에 없다.

그것이 지금의 곤경을 뛰어넘는 최선의 방법이다.

야스코가 유산을 하는 돌발적인 사고를 만들까도 생각했다. 그러나 그럴 경우 야스코가 소동을 일으킬 수도 있다.

죽일 수밖에 없다. 그런 여자 때문에 장래를 망칠 수는 없다.

그건 그렇고……. 다쿠야는 나오키에 대해 생각했다. 그가 야스코와 관계를 맺고 있었다는 것도 의외지만 이런 상의를 해왔다는 것은 다쿠야가 가지고 있던 나오키에 대한 이미지를 뿌리째 흔들기에 충분했다. 격리된 방에서 아무것도 하지 않고, 어영부영하는 무능한 남자라고만 생각했던 것이다.

묘한 상황이지만 다시 보게 됐다는 게 솔직한 느낌이었다.

나오키와 같은 비밀을 공유한다는 것은 다쿠야에게도 유리하다. 그를 내 편으로 만들어두면 호시코 일도 훨씬 수월하게 진행될 것이다.

그보다도 문제는 하시모토였다. 그 친구를 얼마나 신용할 수 있을까. 아니, 그 전에 하시모토에게 야스코를 죽일 만한 배포가 있을까.

방해가 될 경우 없애버리면 그만이다. 그러다 문득 살인을 너무 쉽게 생각하게 된 자신을 깨닫고 다쿠야는 고개를 흔들었다.

이틀 뒤, 약속대로 셋은 도쿄의 한 호텔방에 모였다. 트윈룸에 탁자와 의자 두 개가 놓여 있었다. 다쿠야와 하시모토가 의자에 앉고, 나오키는 침대에 걸터앉았다.

"예스인지 노인지, 결심은 섰나?"

나오키가 두 사람의 얼굴을 보며 말했다.

다쿠야는 곁눈질로 하시모토의 고개가 조그맣게 위아래로 움직이는 것을 확인한 후 자신도 끄덕였다.

　"좋아. 솔직히 아직도 고민하고 있으면 대답을 듣지 않고 여길 나가려 했네."

　나오키는 여기까지 말하고 트럼프를 꺼내, 다쿠야와 하시모토에게 한 장씩 돌렸다. 모두 조커였다. 나오키는 남은 카드를 다쿠야 앞으로 내밀고, 한 장을 임의로 빼내라고 했다.

　"뭡니까?"

　다쿠야가 물었다.

　"자네들의 답을 듣기 위한 방법이지."

　나오키가 대답했다.

　다쿠야는 더 이상 묻지 않고 하시모토가 보지 못하게 한 장을 뺐다. 스페이드 킹이었다. 이어서 하시모토도 얌전하게 카드를 집었다.

　"자, 운명의 순간이군."

　나오키가 말하며 흰 종이로 만든 상자를 꺼냈다.

　"예스라면 조커를, 노라면 한 장씩 집은 카드를 이 상자에 넣으면 되네. 둘 다 조커가 나오면 이번 얘기는 그대로 진행하는 거고, 다른 카드가 하나라도 나오면 우리들 모임은 여기서 끝이네. 야스코 문제는 각자 알아서 해결하는 거지."

　좋은 생각이군. 다쿠야는 감탄했다. 이런 방식이라면 일이

깨지더라도 나오키는 누가 예스라고 했는지, 노라고 했는지 알 수 없다. 다쿠야 자신이 예스라고 했어도 아무도 모르게 일을 끝낼 수 있다.

다쿠야는 카드를 확인한 후 상자에 넣었다. 뒤이어 하시모토도 넣었다. 나오키가 남은 카드를 다른 카드에 섞었다.

"그럼, 이제 됐나?"

나오키는 두 사람이 보지 못하게 상자 속에서 카드 두 장을 확인했다. 다쿠야는 그의 표정을 살폈다. 순간적으로 미간을 찡그린 나오키가 고개를 들었다.

"불행한 결과군. 아마미야 야스코에게는 말이야. 이제 우리의 의견이 일치했네."

그러곤 두 장의 카드를 꺼내 보여주었다.

나오키는 가장 좋은 건 의심받지 않는 것이라고 말했다. 야스코와의 관계가 제삼자에게 알려져선 안 된다고.

"그 점에 대해선 자신 있습니다."

하시모토는 당당하게 고개를 들었다.

"신중하게 행동해서 분명히 아무도 모를 겁니다."

"그건 너무 안일한 생각 아닐까. 실제로, 실장님도 우리에 대해 아셨잖아."

"한통속이었기 때문에 쉽게 안 거지만 스에나가 말처럼 안심하긴 일러. 게다가 야스코가 누군가에게 말했을 수도 있고. 아마 별일 없을 거라 생각하지만."

"하지만 그 점에 대해선 지금 와서 어떻게 할 도리가 없지 않습니까?"

다쿠야가 말했다.

"바로 그거야. 그래서 의심받을 때를 대비해 대책을 마련해야 하네."

나오키는 A4 용지를 꺼내 볼펜으로 '알리바이'라 적고 밑줄을 두 번 그었다.

"사건 관계자가 되면 형사는 반드시 이걸 물을 거야. 그때 알리바이를 증명할 수 있으면 혐의는 벗겨지게 마련이지. 증명 못하면 형사들이 들러붙게 될 테고."

"시간 트릭이라도 쓸 생각입니까?"

이마에 수건을 대고 있던 하시모토가 물었다. 땀도 나지 않는데, 아마 긴장했을 때의 버릇일 것이다.

"우리만 알고 경찰은 모르는 열차 같은 게 있다면 모르겠지만, 유감스럽게도 그런 건 없네."

"하지만 뭔가 생각해두신 건 있겠죠?"

다쿠야는 자신감에 넘쳐 있는 나오키의 모습을 보면서 물었다.

나오키는 고개를 한 번 끄덕이고 나서 말했다.

"경찰은 우선 단독범이거나, 많아야 두 명의 공범을 생각할 거야. 그들의 과거 경험이 그렇게 판단하도록 하겠지. 그러나 우린 셋이야. 여기서 트릭이 생길 수 있지."

"어떤 트릭?"

"릴레이."

"릴레이?"

"맞아. 바통은 시체고."

나오키는 종이에 '도쿄, 아쓰기, 나고야, 오사카'라는 도시 이름을 조금씩 사이를 두고 썼다. 그리고 오사카 위에 X표를 했다.

"야스코는 오사카에서 죽어. 하지만 시체가 발견되는 곳은……."

그가 쥔 볼펜 끝부분이 나고야와 아쓰기를 거쳐 도쿄에서 멈췄다.

"약 5백 킬로미터 떨어진 도쿄지."

다쿠야는 크게 숨을 들이마시고 하시모토를 봤다. 하시모토는 물끄러미 종이만 바라보고 있었다. 다쿠야는 천천히 숨을 내뱉으며 "설명해주세요." 하고 나오키에게 말했다.

나오키는 종이 위에 알파벳 A, B, C를 새로 써넣었다.

"이 A, B, C가 우리야. 실행 당일, A는 오사카, B는 나고야, C는 도쿄에 있게 돼. 우선 A가 야스코를 죽인다. 그게 저녁 6

시 반. 그 전에 A는 6시까지의 알리바이를 완벽하게 만들어 놓는다."

나오키는 '6시 30분, A가 야스코를 죽인다.'라고 '오사카' 라는 글자 옆에 썼다.

"그다음 A는 시체를 차에 싣고 나고야로 향한다. A는 나고야 역 근처에 있는 어떤 지점⋯⋯, 일단 그곳을 X 지점이라고 하지⋯⋯. 이 X 지점에 차를 놔둔 다음, 신칸센을 타고 오사카로 돌아온다. 별문제가 없다면 9시나, 늦어도 9시 반 신칸센은 탈 수 있을 거야. 그러면 11시 전에는 오사카에 도착할 수 있지. 그리고 A는 가능한 한 빨리 제삼자와 만난다. 이때 A의 알리바이 공백은 6시부터 11시 사이가 된다."

나오키는 여기서 말을 끊고 알아들었냐고 묻듯 고개를 들었다. 다쿠야는 대답 대신 고개를 살짝 끄덕였다.

"다음은 B." 하며 나오키는 볼펜으로 '나고야'를 가리켰다.

"B는 10시까지의 알리바이를 만들어둔다. 그 후 X 지점으로 가서 A가 두고 간 차에 탄다. 그리고 도쿄-나고야 간 고속도로를 타고 아쓰기 인터체인지로 향한다. 아쓰기에 도착하는 건 아마도 새벽 2시쯤 될 것이다. 인터체인지를 빠져나와 미리 정해둔 장소⋯⋯, 그곳을 Y 지점이라고 하지⋯⋯. 그곳으로 간다. Y 지점에서는 이미 C가 와서 기다리고 있다."

"C는 도쿄에서 거기까지 어떻게 갑니까?"

다쿠야가 물었다.

"물론 자동차로."

나오키가 대답했다.

"그리고 그 차에 시체를 옮긴다. C는 도쿄로 향하고, B는 나고야로 돌아온다."

"B는 상당히 강행군이네요. 여섯 시간 이상 운전을 해야 하니까요."

하시모토가 말하자 "B가 제일 편하지." 하고 나오키가 곧바로 부정했다.

"운전 시간은 길지만 그뿐이지. 대신 A는 직접 손을 써야 하고, C는 시체를 처리해야 하는 중요한 일이 남아 있어."

"시체는 어디서 발견됩니까?"

다쿠야가 물었다.

"어디든 상관없어. 어디든 빨리만 발견되면 돼. 그래야 사망 시간을 추정하기 쉽거든."

알리바이를 조작하는 이상, 야스코가 살해되는 시각이 정확하면 정확할수록 좋다는 뜻이다.

"잠깐 정리 좀 하죠."

하시모토가 말했다. 그는 회의 중에도 이런 식으로 그때까지 논의된 내용을 정리하는 버릇이 있다.

"자세히는 모르지만 사망 추정 시각이라는 게 보통 시간 폭이 있지 않나요? 이 경우라면 범행 시간은 오후 5시부터 8시 사이 정도로 밝혀질 겁니다. 즉 형사들은 5시부터 8시까지 어디에 있었습니까? 이렇게 물을 거라는 거죠."

"그런 경우라도 B와 C는 당연히 대답할 수 있지. 거짓말을 할 필요가 없으니까. 알리바이도 만들어뒀고."

"그렇다면 A는 뭐라고 얘기하죠? 6시까지는 알리바이가 있지만 그다음 11시까지는 없잖아요."

"A는 오사카에 있지. 시체가 발견된 건 도쿄고."

나오키가 설명하기 전에 다쿠야가 말했다.

"다섯 시간 안에 도쿄로 가서 야스코를 죽이고 다시 오사카로 돌아오는 건 불가능해."

그 말에 수긍한다는 표시로 나오키가 머리를 끄덕였다.

"결국 세 사람 모두 알리바이가 있다는 거지. 물론 이건 A, B, C가 공모했다는 사실을 경찰이 모른다는 전제로 하는 말이지만."

"하지만 가장 큰 문제는……."

다쿠야가 말했다.

"누가 A 역할을 하느냐는 겁니다. 누구든 직접 사람을 죽이는 살인자가 되고 싶지는 않을 테니까요."

"그건 그렇지만, 누군가 해야만 하는 일이지."

"한 가지 더 있습니다. A가 계획대로 살인을 저지른다 해도, 이후의 작업을 B와 C가 제대로 해주리란 보장이 없습니다. B와 C가 A에게 뒤집어씌울 수도 있고요. 나중에 A가 체포된다 해도 A의 진술이 거짓이라고 주장하면 되니까요."

"뒤의 두 사람을 믿을 수 없다는 말인가? 그럴 수 있지. 그래서 이만큼 큰일을 도모하려면 어떤 형태로든 서로를 묶어둘 필요가 있지."

나오키는 종이 한 장과 인주를 가져왔다.

"이렇게 하지. A로 결정된 사람은 이 종이에 우선 이렇게 적는다. 우리는 아마미야 야스코를 죽이기로 공모했다, 고 말이야. 그리고 글 가운데다 자기 손도장을 찍는다. B와 C로 결정된 사람은 그 양쪽에 서명하고 역시 손도장을 찍는다. 일종의 연판장이지. 이 종이는 A가 보관하기로 한다. 이로써 B와 C는 A를 배신할 수 없다."

나오키는 질문이 있냐는 뜻으로 고개를 약간 틀었다.

"저기요……."

하시모토가 입을 열었다.

"그럼, A는 누가 하죠? 역시 실장님이 정하실 건가요?"

그러자 나오키는 가만히 하시모토를 보다가 "내가 자네더러 A 역할을 맡으라고 하면 받아들일 수 있겠나?" 하고 물었다. 하시모토는 눈을 크게 뜨고 고개를 가로저었다.

"당연히 그렇겠지. 미리 말해두지만, 이 건에 관해서는 회사에서의 직위는 관계가 없네. 공평하게 결정해야지."

나오키는 조금 전 트럼프를 다시 꺼냈다.

"이 중에서 한 장씩 뽑게. 숫자가 높은 사람이 편한 역할을 하기로 하지. 어떤가?"

다쿠야는 잠시 생각한 후 "괜찮네요." 하고 대답했다. 하시모토도 동의했다.

"하지만 그 전에 카드를 확인해도 되겠습니까?"

다쿠야가 말하자 나오키는 싱긋 웃더니 카드를 내밀었다. 카드에는 특별한 점이 없었다. 하시모토에게 건네자 그 역시 자세히 살펴본 후 나오키에게 돌려줬다.

"이제 다 된 건가?"

카드를 몇 번 섞고 나서 나오키가 테이블 위에 카드를 놓았다.

"자, 스에나가부터 뽑게. 가장 높은 건 에이스, 낮은 건 2. 숫자가 같을 경우에는 다시 한번 뽑는다."

다쿠야는 마른 입술을 핥고 손을 뻗었다. 무슨 이유에선지 순간 야스코의 나체가 뇌리를 스쳤다.

뽑은 카드를 과감히 펼쳤다. "아!" 하는 소리는 낸 것은 하시모토였다.

"좋은 숫자를 뽑았군."

나오키가 말했다.

다쿠야의 카드는 하트 킹이었다. 다행이라고 생각했다. 설마 나머지 두 사람이 나란히 에이스를 뽑지는 않겠지.

"자, 이번엔 하시모토 차례."

　나오키의 재촉을 받은 하시모토가 손을 내밀었다. 하지만 카드를 잡기 직전에 그의 손이 멈췄다. 가늘게 떨고 있는 게 다쿠야의 눈에 보였다.

　하시모토는 심호흡을 한 후 각오를 한 듯 카드 한 장을 잡았다. 그리고 펼쳤다. 앗! 하고 놀란 듯 하시모토의 입이 벌어졌지만 소리가 되어 나오진 않았다. 그만큼 충격이 컸을 것이다. 그가 뽑은 카드는 클로버 4였다.

　하시모토는 손으로 입을 막고, 테이블 위에 놓인 카드를 쳐다봤다. 야스코를 죽이겠다는 각오를 하고 있는 것처럼도 보였고, 이 국면을 어떻게 타개할지 생각하는 것처럼도 보였다.

"그럼, 이번엔 내가 뽑지."

　나오키는 쌓여 있는 카드를 바라본 다음, 눈을 감고 그중 한 장을 집어 올렸다. 그리고 얼굴 옆으로 가져가 뒤집은 뒤 테이블 위에 내려놓았다. 스페이스 2였다.

　휴, 긴 한숨을 내뱉은 것은 하시모토였다. 다쿠야는 입을 다문 채 나오키의 얼굴을 봤다. 말을 꺼낸 사람이 그였으니 이런 결과가 최선일지도 모른다.

나오키는 굳게 입을 다문 채 1분 가까이 움직이지 않았다. 그러더니 이윽고 입술 끝에 차가운 미소를 떠올렸다.

"자, 배역이 결정됐으니 우선 연판장을 쓰지."

두 사람을 보면서 나오키가 말했다.

"자세한 얘기는 그 뒤에 하고."

6

아쓰기까지 앞으로 10킬로미터······. 표지판을 보고, 다쿠 야는 다시 정신을 가다듬었다. 끝까지 안심할 수 없기 때문 이다. 무슨 일이 일어날지 아직 모른다.

하시모토가 아쓰기에서 기다리고 있을 것이다. 거기서 시 체를 옮기고 나고야로 돌아온다. 거기까지가 다쿠야의 일이 었다. 돌아갈 때도 충분히 주의를 기울여야 한다. 시체를 싣 고 있지 않아도, 이런 시간에 여기를 달렸다는 기록이 남아 서는 안 된다.

또 한 대의 차가 상당히 빠른 속도로 추월해 갔다. 저들에 게 80킬로미터를 유지하며 달리는 원 박스 밴은 장애물에 불 과할 것이다.

아쓰기까지 시체를 운반하는 데 이 자동차를 선택한 것도 나오키의 아이디어였다.

"6시나 7시면 아직 날이 밝으니까, 살해는 차 안에서 하고 싶네. 그러려면 시체를 끌어내서 트렁크에 싣는 게 큰일이지. 적어도 혼자서는 말이야. 그런 점에서 원 박스 밴은 그대로 담요에 둘둘 말아 짐칸으로 굴리면 돼. 만약 밖에서 누가 본다 해도 짐을 운반하는 것처럼 보일 테니까."

나오키는 차를 구할 방법도 있다고 했다. 도요하시에 제재업을 하는 친척이 있는데, 그곳 차고에 평소엔 거의 사용하지 않는 밴이 있다고 했다. 당일 아침, 나오키는 신칸센을 타고 가서 그 차를 몰고 오사카로 오겠다고 했다.

"일부러 도요하시까지 가서 차를 구해야 합니까?"

하시모토가 의외라는 얼굴로 물었다.

"차를 빌리면 나중에 증거로 남을 테니까. 그리고 도요하시에서 자동차를 가져오는 데는 다른 이유도 있네."

나오키는 다쿠야를 보며 말을 이었다.

"아쓰기에서 시체를 옮겨 실은 뒤, 다시 고속도로를 타고 도요하시로 가서 차를 갖다놓는 거야. 거기서는 택시를 이용해 나고야로 돌아오고. 경찰이 아무리 의심한다 해도 이 밴의 존재를 알아차리지 못하는 한 도요하시의 택시 회사를 조사하지는 않을 테니까."

아쓰기부터 시체를 실어갈 차는 하시모토가 조달하기로 했다.

"그런데…… 어떤 방법으로 죽일 생각이십니까?"

다쿠야가 묻자 나오키도 조금 괴로운 표정을 지었다. 그가 처음으로 드러낸 감정이었다.

"아직 결정 못했네."

마침내 나오키가 입을 열었다.

"출혈이 생겨선 안 된다는 생각은 하고 있어. 그 방법에 대해서는 나한테 맡겨주게."

다쿠야는 그러겠습니다, 하고 말했다. 하시모토도 머리를 끄덕였다.

야스코를 오사카로 불러내는 방법도 나오키가 생각하기로 했다.

"시체를 처리할 장소는 하시모토가 생각해. 스에나가는 나고야와 아쓰기에서 시체를 옮겨 실을 장소를 물색하고."

알겠습니다, 하고 다쿠야가 대답했다.

"그리고 실행은 말이야, 다음 주 화요일에 하기로 하지. 11월 10일. 스에나가는 이날 무슨 수를 써서라도 나고야에 있을 수 있도록 준비해두게. 자네라면 적당한 이유를 붙여 출장을 갈 수 있겠지."

"예, 어떻게든 해보지요."

다쿠야가 대답했다.

이날은 여기까지 결정하고 헤어졌다. 다음 모임은 3일 뒤에 갖기로 하고, 그동안 각자가 맡은 일을 해결하기로 했다.

그런데 이날 이후, 다쿠야 주변에서 이상한 소문이 돌기 시작했다. 호시코가 다쿠야를 마음에 들어 해 단둘이 몇 번 만났다는 것이다. 몇몇 사람에게서 소문의 진위를 묻는 질문을 받는 바람에 그런 얘기가 돌고 있다는 사실을 알게 되었다. 물론 다쿠야는 호시코에 대해 누구에게도 말한 적이 없었다.

그렇다면 야스코가 흘린 건가? 아니, 그럴 리가 없다고 다쿠야는 생각했다. 그런 일을 해봐야 득이 될 게 없다. 그렇다면 누구지?

의문은 곧 밝혀졌다. 나오키가 사내 전화를 걸어 소문을 낸 것은 자신이라고 말했던 것이다. 다쿠야가 이유를 묻자 나오키는 그건 나중에 설명할 테니 지금 바로 개발기획실로 와달라고 했다.

다쿠야는 이상하게 생각하면서 기획실을 찾아갔다. 나오키는 늘 있던 실장실이 아니라 사원들이 있는 방에서 파일들을 펼쳐놓고 있었다. 부르셨습니까, 하며 다쿠야가 다가가자 나오키는 험악한 눈초리로 그를 쳐다봤다. 그리고 다시 파일로 시선을 돌렸다. 왠지 심상치 않은 사태라는 걸 직감했다.

"조심하지 않으면 곤란해."

나오키가 말했다. 잘 들리지 않을 정도로 잔뜩 찌푸린 목소리였다.

"예?"

다쿠야가 되물었다.

"이상한 소문이 나면 우리가 곤란해진다고."

다쿠야는 잠자코 나오키의 옆얼굴을 바라봤다. 어떻게 대답해야 할지 몰랐다. 옆에서 업무를 보는 몇몇 직원들이 두 사람의 대화를 듣고 있는지, 사무실은 정적에 가까웠다.

"오해를 살 행동은 조심해야지. 아버지가……."

여기까지 말한 나오키는 잠시 뜸을 들인 뒤 계속했다.

"전무님이 어쩔 셈인지는 모르지만, 호시코의 장래에 대해서는 나도 생각이 많아. 자네처럼 기준 밖의 인물이 촐랑대는 꼴은 못 보네."

알았나? 하며 나오키는 파일에서 시선을 떼고 고개를 들었다.

다쿠야는 당혹스러웠다. 도대체 무슨 속셈으로 저런 말을 하는지, 전혀 이해할 수 없었다. 여전히 입을 다문 채 "알았나?" 하는 나오키를 노려봤다.

"알겠습니다."

다쿠야는 어쩔 수 없이 대답했다.

나오키는 고개를 끄덕이며 파일을 덮고는 아무 말 없이 옆

방으로 사라졌다.

그런데 다쿠야가 자기 자리로 돌아오자 곧 나오키에게서 전화가 왔다.

"미안했네."

나오키가 먼저 말했다.

"자네라면 미리 의논하지 않아도 잘 연기해줄 거라 생각했네."

"무슨 말씀이신지?"

의도하지는 않았지만 목소리가 날카로워졌다는 걸 자신도 느낄 수 있었다.

"계획의 일환일세. 실은, 자네와 호시코에 대해 아는 사람이 몇몇 있다는 걸 깨달았지. 아마 무네가타 쪽에서 흘러나갔을 거네. 이대로 있다간 안 좋겠다는 생각이 들더군. 요컨대 이번 계획은 세 명의 공범 사이에 밀접한 관계가 전혀 없다는 게 대전제일세. 그런데 자네가 호시코의 남편감이면 나와 자네의 관계가 급격히 가까워지지 않나. 만약 둘 중 하나가 의심을 받는 경우, 경찰은 다른 한쪽의 공범 가능성을 파고들겠지."

"그럴 수 있겠네요."

"그래서 이번 연기를 생각해낸 걸세. 자네가 호시코의 신랑감 후보라는 걸 내가 인정하지 않으면, 자네와 내 관계는 아무것도 아닌 게 되겠지. 오히려 다른 사원들에게는 우리 사이가 나쁜 것으로 비치겠지. 이런 포석은 만약의 사태에 유용할 걸세."

"정말 그렇군요."

대답하면서, 다쿠야는 나오키가 이번 살인 계획을 즐기고 있는 게 아닐까 생각했다. 그렇지 않다면 결코 나올 수 없는 발상이었다.

"그런데 실장님."

"응?"

"조금 전 얘기가 전부 연기였다는 말씀입니까? 호시코 씨의 장래에 대해 생각해뒀다는 말씀……."

그러자 나오키는 다쿠야의 심중을 알아차렸다는 듯 수화기 저쪽에서 웃음을 터뜨렸다.

"걱정 말게. 사실, 나는 호시코가 누구와 결혼하든 알 바 아니네. 물론 아버지는 나더러 고르라고 하시지만, 솔직히 귀찮은 얘기지."

"그렇습니까?"

"그래. 그러니 걱정 말고 이번 계획에 전력을 기울여주게."

마치 업무 지시를 할 때처럼 나오키는 진지한 말투로 돌아왔다.

그리고 3일이 지났다. 세 사람은 다시 같은 호텔에 모였다.

"야스코의 아파트 근처에 미니코스 골프장이 있습니다. 조명이 없기 때문에 밤에는 깜깜하고 사람도 거의 다니지 않습니다. 여기에 시체를 버리면 아침에는 확실히 발견될 겁니다. 지나가다 안 좋은 일을 당했다고 판단할 가능성도 크고요."

지난 이틀 동안 상당히 꼼꼼하게 조사했는지 하시모토는 자신감에 넘쳐 설명했다. 다쿠야도 미니 골프장이 적당한 장소라고 생각했다. 나오키도 마음에 들었는지 하시모토의 제안을 받아들였다.

시체를 인수인계할 장소는 약속대로 다쿠야가 정했다. 나고야에서는 역 동쪽에 있는 주차장, 아쓰기에서는 고속도로를 빠져나와 몇 킬로미터 북쪽에 있는 공터를 선택했다.

"여기에 간단한 약도를 그려놓았습니다. 못 찾는 일이 없도록."

다쿠야가 건넨 메모를 보고, 두 사람 모두 수긍했다.

"자, 이걸로 모두 결정됐네. 그럼 지금부터 다시 한번 계획을 정리하지."

나오키는 놀러 갈 계획이라도 세우는 것처럼 잔뜩 들떠서 말했다.

7

시계가 1시 반을 가리켰다. 모든 게 순조로웠다. 이윽고 아쓰기로 나가는 출구가 가까워졌다.

긴 하루가 드디어 끝나는군. 다쿠야는 한숨을 크게 쉬었다.

정말로 긴 하루였다. 출장이라는 명목으로 오늘 아침 도쿄를 출발한 후 몇 시간이 지난 거지?

다쿠야는 연구용 설비 구입을 위한 견적에 나고야의 한 기업을 추가하고, 실적 및 기계의 상태를 조사한다는 명목으로 출장을 왔다. 하루 만에 돌아오는 게 당연한 거리였지만 이런저런 이유를 붙여 1박 허가를 받았다. 다쿠야의 출장에 대해 상사가 이러쿵저러쿵 토를 다는 경우는 거의 없었다.

나고야에 도착해서는 애당초 선택할 마음이 없는 업자를 속내를 숨긴 채 만났다. 상대는 대대적으로 환대해주었다.

반나절 정도면 끝날 일이었지만 일부러 시간을 끌면서 다음 날을 위해 업무를 조금 남겼다. 그러는 게 겉보기에 관심이 있는 것처럼 보였는지, 업자는 무척이나 기뻐했다. 다쿠야에게 나고야의 밤거리를 안내하겠다고 제안할 정도였다. 하지만 그는 10시까지 함께 식사를 했을 뿐 술자리는 정중하게 거절했다. 오늘 업무 결과를 호텔에서 정리하고 싶다는 핑계를 대자 업자는 별다른 말을 하지 못했다.

역 앞에 예약해둔 비즈니스호텔에서 체크인을 마치고 옷을 갈아입은 후 열쇠를 지닌 채 밖으로 나왔다. 그리고 약속한 주차장으로 갔다.

주차장은 한적했다. 여기저기 빈 공간이 있어서 다쿠야는 밴을 쉽게 찾았다. 생각했던 대로 외진 구석에 세워져 있었던 것이다.

창을 통해 안을 들여다보니 짐칸에 푸른색 담요에 싸인 길고 큰 짐이 누워 있었다. 그 짐의 정체가 무엇인지 알고 있어서인지, 담요의 굴곡이 또렷이 그 본래의 형태를 드러내고 있는 것처럼 보였다.

바보 같은 여자……. 다쿠야는 흥, 하고 비웃었다. 헛된 욕심을 품지 않았다면, 얼마간의 돈은 받을 수 있었을 텐데.

밴 뒤로 돌아가 차체 밑에 비닐테이프로 붙여놓은 열쇠를 찾아냈다. 오른쪽 문을 열고 탔다. 룸미러를 조절해 다시 한 번 뒷자리를 살폈다. 어떤 방법으로 죽였는지, 피나 오물이 튄 흔적은 전혀 없었다.

이제 돌이킬 수 없다……. 혼잣말을 하고 다쿠야는 시동을 걸었다.

주차장을 나와 곧장 동쪽을 향해 달렸다. 메이도 구(區)에 있는 나고야 인터체인지로 들어선 때가 10시 35분이었다.

아쓰기로 나가는 출구가 보였다.

다쿠야는 제일 안쪽 차선으로 들어갔다.

고속도로를 빠져나와 129번 도로를 타고 북쪽으로 달렸다. 늘 혼잡한 도로인데 시간대가 새벽이라 그런지 텅 비어 있었다. 혼아쓰기 역을 지나 조금 더 직진하다 좌회전했다. 갑자기 불빛이 줄어들고, 창고 같은 건물이 늘어서 있는 게 보였다.

더 좁은 도로로 접어들어 속도를 줄이고 천천히 나아갔다. 자재 적재소로 쓰이는 공터가 나올 즈음에서 포장도로가 끊겼다.

공터 구석에 흰색 세단이 세워져 있었다. 다쿠야는 그쪽으로 접근하며 자동차 번호판을 확인했다. 틀림없이 하시모토의 차였다. 다쿠야는 시체를 옮기기 쉽게 자동차 뒷부분이 마주 닿도록 차를 세웠다.

"예정대로 왔네요."

다쿠야가 차에서 내리자 하시모토도 문을 열고 나왔다. 불빛이라고는 전조등이 전부였다. 그래도 그의 뺨이 경직되어 있다는 걸 알 수 있었다.

"싣고 왔습니까?"

다쿠야의 밴을 보면서 하시모토가 떨리는 목소리로 물었다.

"당연하지."

다쿠야는 밴의 트렁크를 열었다. 하시모토는 담요에 싸인 것을 보는 순간 고개를 돌리더니 자신의 차 트렁크를 열었다.

짐칸으로 올라간 다쿠야는 빨리 오라는 말 대신 하시모토를 보며 턱으로 가리켰다.

"자, 잠깐만…… 기다려주세요."

하시모토는 짐칸 위로 올라가 무릎을 꿇고 시체를 향해 합장하며 눈을 감았다. 조금이라도 죄의식을 덜어보려는 것이다. 다쿠야는 이런 심리를 이해할 수 없었다. 이런 순간에 합장을 할 정도라면 살인에 가담하지 않으면 될 텐데 말이다.

눈을 뜬 후 하시모토는 농담을 던지기도 했지만 말투는 변함없이 딱딱했다.

"그쪽을 들어줘."

다쿠야는 시체의 다리로 여겨지는 부분을 손으로 가리켰다. 하시모토는 고개를 끄덕인 후 긴장된 몸짓으로 담요를 안았다. 다쿠야는 시체의 상반신을 일으켰다. 생각보다 훨씬 딱딱하고, 게다가 컸다. 체온은 느껴지지 않았다.

"가능한 한 시체를 움직이지 마. 이동했다는 걸 되도록 숨겨야 하니까."

시반이나 사후경직 등 시체에서 일어나는 현상에 대해 설명해준 나오키의 말이 떠올랐다.

"무겁네요."

허리를 숙인 자세로 시체를 운반하던 하시모토가 신음하듯 말했다. 진짜로 무거웠다. 의식이 없는 사람을 옮기는 게 얼마나 어려운지, 인명 구조원들이 하는 말을 종종 듣긴 했다.

"이렇게 무거우면 저 혼자 처리하긴 힘들겠어요."

세단 트렁크에 시체를 겨우 실었을 때 하시모토가 애원하듯 말했다.

"부탁드려요. 도와주세요."

"지금 와서 우는 소리 하지 마. 나는 지금부터 돌아가야 해."

다쿠야는 자기 차 트렁크를 닫았다.

"아침까지만 돌아가면 되잖아요. 여기서 시체를 버릴 곳까지는 한 시간이면 돼요. 거기서 돌아가도 상관없잖아요?"

"안 돼! 7시에 모닝콜을 부탁해놨어."

그것 역시 알리바이 증명에 도움이 될 것이다.

"맞출 수 있어요."

"터무니없는 소리 하지 마. 못 맞추면 어떻게 해?"

"별문제 없을 거예요. 호텔 직원이 잠깐 이상하다고 생각하겠지만요. 그보다 제 작업이 더 중요해요. 제가 시체를 버리는 동안 망만 봐주세요."

"호텔 직원의 순간적인 의심이 중요한 증언이 될 수도 있어. 너도 남자라면 약속을 지켜."

다쿠야가 매정하게 내뱉자, 하시모토는 실룩대긴 했지만

결국 꼬리를 내렸다.

"알겠습니다. 그럼, 시체를 조금 안쪽으로 운반하는 것만 도와주세요. 이대로는 트렁크 문이 닫히질 않아요."

시체를 들어 올리려는데 담요가 조금 벗겨졌다.

"앗!"

순간, 다쿠야는 시선을 피했다가 담요를 제대로 덮으려고 손을 뻗었다. 벗겨진 틈으로 시체의 발끝이 보였다. 그것을 본 다쿠야는 손을 멈추고 그대로 몸이 굳었다.

하시모토도 말을 하지 못했다.

기묘한 침묵이 몇 초 동안 계속되었다. 다쿠야는 천천히 얼굴을 찡그리며 하시모토를 바라보았다. 하시모토도 다쿠야를 보았다.

"이봐!"

낮은 목소리로 하시모토를 부른 다쿠야는 시체를 노려보며 말했다.

"이건……, 야스코가 아니야."

담요 틈으로 본 것은 야스코의 발이 아니었다. 전혀 달랐다.

"……어떻게 하죠?"

마침내 하시모토가 말문을 열었다. 그는 개처럼 거친 숨을 몰아쉬고 있었다.

"어떻게 하다니…… 확인해보는 수밖에 없지!"

다쿠야는 긴장한 채 담요를 조심스럽게 들쳤다. 그리고 시체의 얼굴이 드러난 순간, 하시모토는 뒤로 물러나다 엉덩방아를 찧고 낮게 비명을 질렀다.

"어떻게 된 거지?"

다쿠야는 신음했다.

"어떻게 니시나 나오키가 죽은 거지?"

2장

살인의 에러

1

고마에 시…….

그 맨션은 세타가야 거리에서 북쪽으로 조금 들어간 곳에 있었다. 걸어서 몇 분이면 다마 강변까지 갈 수 있고, 교통량도 많지 않아서 조용하니 환경이 좋았다.

3층짜리 맨션. 모든 방이 남향이고 주차장은 동쪽에 있었다. 자동차로 출퇴근하는 사람은 적었지만 그래도 주차장에는 빈자리 없이 빼곡하게 차들이 늘어서 있었다.

이 맨션에 조그만 인쇄소를 운영하는 남자가 살고 있었다. 아버지의 사업을 물려받은 것인데 그렇게 만만한 일은 아니었다. 급한 일거리인 경우 전날 밤 미리 차에 짐을 실었다가 다음 날 아침 일찍 직접 고객에게 배달하기도 한다.

오늘 아침이 그런 날이었다. 오전 중으로 해달라는 무리한 주문을 받아 어젯밤 10시 넘어서까지 인쇄기를 돌렸다. 작은 인쇄소는 이렇게 무리를 하지 않으면 꾸려나갈 수가 없다. 덕분에 어제는 11시가 넘어서야 귀가했다.

자동차는 안쪽에서 두 번째 자리에 주차되어 있었다. 몇 년 전에 산 라이트 밴. 그의 차 안쪽에는 볼보가 세워져 있었다.

가끔 그 차 주인을 봤다. 그보다 열 살쯤 어렸는데 독신이라 여유가 있는지, 고급품으로만 몸을 감싸고 다녔다.

애당초 독신이 이 맨션에 입주한 것 자체가 사치스러운 일이라고 생각했다. 이 맨션은 23구(區) 내에서 호화 맨션은 아니지만 최근 땅값이 올라 일반 샐러리맨은 엄두도 못 낼 가격이 되었기 때문이다. 그런데 볼보의 주인은 이 맨션에서도 가장 넓고 전망 좋은 집을 차지하고 있었다.

아마 정상적인 직업은 아닐 거야……. 반쯤 질투 섞인 상상을 하기도 했다.

차에 올라탄 그는 짐칸을 체크하고 잘못된 게 없는지 확인한 후 시동을 걸었다. 그러면서 사이드미러 위치를 확인했다. 왼쪽 사이드미러가 틀어져 있는 걸 발견하고 그는 혀를 찼다. 그의 차에는 전동 미러 같은 괜찮은 장비가 없었다.

왼쪽으로 몸을 내밀고 유리창을 내렸다. 손을 뻗어 거울을 움직일 때 뭔가가 비쳤다.

누군가 있다는 생각이 들었다. 거울에 사람 손이 비쳤기 때문이다. 그는 몸을 더 구부려 창밖으로 얼굴을 내밀었다.

몇 초 뒤, 그는 시동을 걸어둔 채 차에서 뛰어내렸다.

"사후 열두 시간은 지난 상태야."

도도 대학 법의학연구실의 안도 조교수는 손가락으로 금테 안경을 올리며 차분하게 말했다. 사야마 소이치는 손목시계를 보며 계산했다. 지금이 오전 7시 26분이니까 살해된 시간이 어젯밤 7시 무렵이란 얘긴가.

"뒤에서 목을 조른 것 같은데요."

"그래. 목 뒤에서 끈이 교차했어. 뒤에서 덮쳤을 거야."

시체는 차 두 대 사이에 끼인 채 누워 있었다. 신고한 사람의 증언에 따르면 옆에 주차된 볼보 주인이 틀림없다고 한다. 소지하고 있던 면허증과 명함으로 303호에 사는 니시나 나오키인 것으로 판명되었다. 나이는 서른셋, 명함에는 MM중공 연구개발부 개발기획실장이라는 직함이 적혀 있었다.

"사야마."

이름을 부르는 소리에 돌아보니 다니구치 경부가 자기 쪽으로 오라고 턱짓을 했다.

"시체를 발견한 인쇄소 사장은 어젯밤 11시가 넘어서 귀가했다는군."

다니구치는 그러지 않아도 고양이 같은 몸을 더욱 웅크리며 말했다.

"이상하네요."

사야마가 말했다.

"안도 선생님 말로는 사후 열두 시간 이상 경과했다던데. 딴 데서 살해한 다음 여기까지 운반했다는 얘긴가요?"

"밤 동안 운반해 왔겠지."

"주민 중에 뭔가 아는 사람이 있을지도 모르겠네요."

"지금, 탐문 중이야. 우리는 피해자 방이나 둘러보지."

다니구치가 맨션을 향해 걸음을 내딛자 사야마도 뒤를 따랐다. 건물을 올려다보니 몇몇 창이 열려 있고 주민들이 주차장을 내려다보고 있었다.

3층으로 올라가니 계단 바로 옆이 303호였다. 문은 이미 열려 있고, 수사관 몇 명이 드나들고 있었다. 다니구치는 집 안으로 들어갔지만 사야마는 302호의 벨을 눌렀다. 삼십대 중반의 주부로 보이는 여자가 나왔다.

사야마가 어제 옆집에서 무슨 소리가 나지 않았냐고 묻자 여자는 고개를 가로저었다.

"밤에도 전혀 소리가 나지 않았어요. 그나저나 니시나 씨가……."

그러고는 옆집 쪽으로 슬쩍 시선을 던지더니 눈살을 찌푸렸다.

"어제는 니시나 씨를 보지 못했나요?"

"아뇨. 아침 일찍 나가는 건 봤어요. 6시쯤. 평소보다 한 시간 빨리 나갔어요."

그렇다면 일상적인 출근이 아니었다는 말인가.

"어떤 옷을 입었나요?"

"늘 입던 대로죠. 회색 양복에 서류 가방 같은 걸 들었어요."

사야마는 말없이 머리를 끄덕이고는 들은 얘기를 수첩에 적었다. 그런 다음 고개를 들고 다시 니시나에 대한 인상을 물었다.

"자세히는 모르지만 좀 이상한 사람이었어요. 베란다에 나와서 몇 십 분씩 멍하니 바깥을 보거나……. 그러고 보니 다마 강가에서 트럼펫 부는 걸 본 적도 있네요."

"자주 얘기를 나누셨나요?"

"아뇨. 만나면 인사나 하는 정도였죠."

이어서 사야마는 니시나의 집을 드나드는 사람을 본 적이 있냐고 물었다. 그녀는 손으로 두 볼을 감싸고 머리를 기울이며 잠시 생각에 잠겼다가 "잘 모르겠어요." 하고 대답했다.

주부에게 인사를 하고 303호실 안을 들여다본 순간 사야마는 할 말을 잃었다.

"폭풍이 지나간 것 같지?"

다니구치가 다가오며 말했다.

"대단하네요."

말 그대로 실내는 폭풍이 쓸고 지나간 것 같았다. 혼자서 지내기에는 지나치게 넓은 방 세 개짜리 맨션이었는데, 모든 방이 누군가에 의해 철저히 어지럽혀져 있었다. 장갑을 끼면서 사야마는 내부를 둘러봤다. 옷장과 서랍장에 있던 옷들이 모두 바닥에 흩어져 있고, 책장에는 책이 거의 남아 있지 않았다. 책상 서랍도 전부 빠져나와 있고, 내용물이 남김없이 쏟아져 있었다.

"냉장고 안까지 뒤졌어."

다니구치가 말했다.

"뭔가를 찾았던 모양이군요."

"그런 것 같아. 범행 현장은 아닌 것 같고."

"아니겠죠. 여기서 범행이 일어났다면 일부러 시체를 주차장으로 옮길 이유가 없으니까요. 범행 현장을 감추기 위해 일부러 시체를 옮긴 거죠."

"시체를 옮긴 다음에 이 방을 뒤졌다는 건가?"

"아마도 그랬겠죠. 이만한 일을 옆집 사람들이 전혀 눈치 못 채게 했다면 상당히 용의주도한 놈인 것 같네요."

"문제는, 범인이 원하는 걸 찾았냐는 거지."

"단서가 될 만한 게 없나요?"

"단서라고 할 수 있을지는 모르지만……, 잠깐 이리 와보게."

두 사람은 거실로 갔다. 다니구치가 테이블 위에 있는 트럼프 카드와 재떨이 속의 재를 가리켰다.

"종이를 태운 흔적이 있지?"

"그러네요."

종이 같은 걸 구겨 재떨이 안에서 태운 듯했다. 종이는 검은 재가 되어 형체를 알아볼 수 없었다.

"무슨 글씨가 적혀 있네요. 어떻게, 읽을 수 없을까요?"

"읽을 수 있는 글자가 조금 남아 있어. A와 B 그리고 C라는 알파벳도 있는 것 같고. 그다음은 잘 모르겠네. 과학수사연구소에 의뢰하겠지만."

"ABC라……. 니시나 본인이 태운 걸까요?"

"그렇겠지. 범인이 했을 가능성은 낮아."

"범인이라면 가지고 가서 천천히 처리해도 됐을 테니까요."

"ABC 살인사건……. 왠지 성가신 사건이 될 것 같군."

다니구치는 옆에 놓인 트럼프 카드를 한 장 집어 테이블 위에 펼쳤다. 조커가 섬뜩한 웃음을 흘리고 있었다.

이날 오전, 경시청 수사1과의 사야마는 고마에 경찰서의 야노와 함께 MM중공을 방문했다. 키가 크고 체격이 듬직한 야노는 사야마보다 아홉 살 연하로 아직 이십대였다. 그는 평소에도 날카로운 눈매를 더욱 번득이며 처음 맡은 살인사건 수사에 의욕이 넘쳐 있었다.

"납득이 가질 않아요. 니시나가 무슨 일 때문에 오사카에서 돌아왔을까요?"

MM중공의 접객실에서 상대를 기다리는 동안, 야노가 잔뜩 목소리를 낮춰 얘기했다. 2평 정도의 좁은 공간이지만 방음이 철저하고 응접세트도 조악하지 않았다. 여기 말고 여러 개의 테이블이 놓인 접객 로비가 따로 있었지만, 사야마 일행이 안내 데스크에 이름을 대자 푸른 제복을 입은 아가씨가 약간 굳은 표정으로 이 방까지 안내해주었다. 그들도 어느 정도는 사정을 알고 있는 듯했다.

"돌아와서 살해됐다고 단정할 순 없어. 살해된 다음에 실려 왔을 수도 있지."

야노보다 더 목소리를 낮춰 사야마가 대답했다.

"오사카에서 살해된 다음 도쿄까지 운반됐다는 말입니까?"

야노의 눈이 커졌다.

"엄청난 일이네요. 그렇게까지 할 필요가 있었을까요?"

"그거야 모르지. 그럴 가능성도 있다는 말이야."

"저는 니시나가 도쿄로 돌아와서 살해됐다고 생각하는데."

"상상은 자유지."

그렇게 말하고 사야마는 팔짱을 낀 채 눈을 감았다. 그도 나름대로 생각할 게 있었다.

니시나 나오키의 신원이 밝혀지자마자 집과 회사에 연락을 취했다. 집은 그리 멀지 않았다. 사야마는 피해자의 아버지 도시키가 MM중공의 전무라는 얘기를 듣고서야 상황을 납득했다. 그도 니시나 일족에 대한 얘기를 들은 적이 있었다.

사망자 신원을 확인하기 위해 나타난 도시키는 시체를 보자마자 자기 아들이라고 단언했다. 다소 호흡이 거칠긴 했지만 이런 사태에 직면했다고는 생각할 수 없을 정도로 차분한 말투였다. 하지만 손수건을 쥔 오른손만은 시종일관 떨리고 있었다.

"단서는 있나요?"

도시키는 시체에서 눈을 떼지 않고 물었다. 수사관 중 하나가 아직 없다고 대답하자 "하루라도 빨리 범인을 잡아주시오. 모든 협력을 다할 테니." 하고 그 수사관을 노려보며 말했다.

최선을 다하겠습니다, 하고 사야마 일행은 고개를 숙였다.

한편 회사에서는 무척 흥미진진한 정보를 얻었다. 나오키는 어제부터 국제로봇학회에 참석차 오사카로 출장을 갔다고 했다. 그렇다면 평소보다 일찍 집을 나섰다는 옆집 여자의 증언과도 일치한다.

분명히 오사카로 간 나오키의 시체가 도쿄에서 발견되었다……. 야노가 말한 대로 이 점은 확실히 이상했다. 하지만 그보다 사야마의 마음에 걸리는 게 있었다. 왜 범인은 하필 그때를 노려 나오키를 살해했을까. 범인에게는 좋은 타이밍이었다는 얘긴데…….

노크 소리에 대답을 하자, 바짝 마른 데다 안색이 좋지 않은 사십대 전반의 남자가 나타났다. 개발기획실의 하기와라

부실장이라고 했다. 살해된 나오키의 부하라는 얘긴데, 하기
와라가 훨씬 연상이라는 사실에 사야마는 묘한 느낌이 들었
다. 이게 바로 니시나 가문의 권력이라는 거겠지.

사야마 일행은 신분을 밝히고 곧장 용건으로 들어갔다. 니
시나 나오키가 어떤 사람이었는지 묻자 하기와라는 턱을 씰
룩거리더니 "솔직히 말씀드리면, 불쌍한 사람이라고 생각했
습니다."라고 말했다.

"불쌍하다고요?"

"그런 입장에 있는 사람은 가문의 기대가 크게 마련이죠.
하지만 미진한 제 눈에는, 본인은 그 기대에 미치지 못하는
것처럼 보였습니다."

사야마는 하기와라가 자신을 낮추는 데 익숙한 남자라고
생각했다.

"일에서는 어땠습니까?"

사야마가 묻자 하기와라는 대답하기 전에 또 턱을 움직였
다. 머릿속으로 재빨리 생각을 정리할 때의 버릇인 것 같았다.

"일……에는 거의 관심이 없었던 것 같습니다."

"무슨 말씀이죠?"

"대부분의 시간을 자기 방에 틀어박혀 지냈고, 저희들 사무
실에는 거의 나오지 않았습니다. 의논을 하려고 하면 자네들
좋을 대로 하라는 식이었죠. 보고서를 보기는 했어도, 잘못

된 점을 지적한 경우는 거의 없었습니다."

"그래도 업무에 지장이 없나요?"

"예. 지금까지 제가 알아서 했습니다."

자기만 있으면 실장 같은 건 필요 없다는 말투였다. 그 점은 사야마가 업무 내용에 대해 질문했을 때 더욱 두드러졌다.

"연구개발부의 연구원들은 닥치는 대로 연구를 추진하는 게 아닙니다. 꼭 해야 하는 전문 대상이 있고, 그 대상에 따라 크고 작은 프로젝트를 가동하고 있지요. 개발기획실은 그 프로젝트를 운영하는 곳으로, 조정자와 같은 역할을 합니다. 오케스트라의 지휘자라고 하면 적당한 표현일 겁니다. 각 프로젝트의 담당자는 그 과정을 최대한 자세히 제게 보고하고, 제가 지시할 게 있으면 담당자들에게 얘기합니다. 그 부분에 관해서는 별문제 없이 진행되고 있다고 자부합니다."

마지막 말을 할 때는 자신감에 넘쳐 있었다.

"그렇다면, 니시나 씨가 업무와 관련해 문제에 휘말릴 가능성은 없다는 말씀이신가요?"

"없습니다. 없을 거라고 생각합니다."

그렇게 대답하며 하기와라는 또 턱을 움직였다.

"그럼, 업무 말고 요즘 이상한 점은 없었습니까?"

"업무 이외에?"

하기와라의 눈이 미묘하게 흔들렸다. 하지만 사야마는 잠자코 지켜보았다.

"아니…… 없었던 것 같습니다."

"솔직히 말씀해주십시오. 정말 없었나요?"

야노가 갑자기 큰 소리로 말했다. 사야마는 야노의 무릎을 두드리며 달랬다. 이런 데서 으름장을 놓는다고 달라질 건 없다.

사야마는 볼펜 끝으로 수첩을 몇 번 톡톡 친 다음 다시 하기와라를 봤다.

"그럼, 이번 출장에 대해선 좀 아십니까?"

"학회에 참석한다고 들었습니다."

"그런 출장이 종종 있었습니까?"

"있긴 한데, 실장이 직접 참석하는 경우는 드뭅니다. 대체로 젊은 사원들이 참석하니까요."

"그래요?"

마음에 걸리는 증언이었다. 니시나 나오키는 왜 유독 이번 학회에 직접 참석한 걸까.

"니시나 씨로부터 출장 얘기를 언제 들으셨나요?"

"아, 예. 언제였더라."

하기와라는 손에 들고 있던 검은 노트를 펼치고 일정표 항목을 뒤졌다.

"정확히 1주일 전이었습니다. 1박으로 오사카에 갈 테니 잘 부탁한다고 하셨습니다."

"니시나 씨의 출장에 대해 하기와라 씨 말고 어떤 사람들이 알고 있나요?"

"부하들은 전부 알고 있지요. 그 외에는 거의 모를 겁니다."

"그렇군요. 그런데 니시나 씨의 시체는 고마에의 자택 부근에서 발견됐습니다. 1박 예정을 바꿀 만한 일이 생겼나요?"

하기와라는 곧바로 고개를 흔들었다.

"거기에 대해서는 전혀 짚이는 게 없습니다. 일부러 호텔까지 예약했거든요."

"그래요?"

하기와라로부터 더 이상 유용한 정보를 얻을 수 없다고 판단한 사야마는 다른 부하 직원 한 명을 불러달라고 부탁했다.

"그럼, 좀 한가한 사람을 불러드리지요."

하기와라가 일어서려 하자 사야마는 "이 전화로 불러주시지 않겠습니까?" 하고 구석에 놓인 사내 전화를 가리켰다. 하기와라가 부하에게 입막음을 시키는 걸 막기 위해서였다.

하기와라는 마땅치 않은 듯했지만 사무실로 전화를 걸어 부하를 불렀다. 가사이라는 남자 직원이 올 모양이다.

5분 뒤, 그 가사이가 접객실에 나타났다. 나오키보다 두 살 아래라고 했으니 서른은 넘겼을 텐데, 사야마가 보기엔 대학을 갓 졸업한 것처럼 보였다. 동안은 아닌데 전체적으로 선이 가늘고 지나치게 가벼운 인상이었다.

하기와라는 일어나 방을 나가고, 대신 가사이가 사야마 일행 앞에 앉았다.

"업무 중인데 죄송합니다."

사야마의 말에 그는 대답 대신 "강도를 당했거나, 뭐 그런 거 아닙니까?" 하고 호기심 가득한 목소리로 물었다. 보이는 대로 입이 가벼운 듯했다.

"아직 모릅니다. 물론 그럴 가능성도 있고요."

대답은 그렇게 했지만 실제로 사야마나 경찰에선 강도일 가능성은 없다고 생각했다. 단순 강도라면 시체를 옮길 이유가 없다. 또 사망 추정 시각이 강도를 당하기에는 너무 이른 7시 전후라는 것도 그런 가능성을 배제시켰다.

"어쨌든 그 실장님이 살해되다니. 정말 사람 일은 한 치 앞을 알 수가 없네요."

빤한 감상을 늘어놓으며 가사이는 유감스럽다는 표정을 지었다.

사야마는 하기와라에게 했던 질문을 다시 던졌다. 그러자 가사이의 입에서 하기와라와는 조금 뉘앙스가 다른 이야기가 흘러나왔다.

"다분히 실장님은, 솔직히, 허수아비 같은 점이 있긴 했습니다. 하지만 실장님이 일에 적극적이지 않은 데는 다른 이유도 있습니다."

"어떤?"

사야마가 재촉하자, 그는 자기가 얘기했다는 걸 비밀로 해 달라고 전제한 후 이야기를 계속했다.

"부실장님이 의도적으로 실장님을 소외시킨 부분도 있습니다. 물론 나이 어린 사람을 상사로 모시는 건 그리 반가운 일은 아니겠지만, 프로라면 그 정도는 참아야 한다고 생각합니다. 하기와라 부실장님은 기획실에 부실장만 있으면 된다는 걸 모두에게 보여주고 싶었던 것 같습니다."

"그러면 니시나 씨와 하기와라 씨 사이가 그다지 좋지 않았겠군요?"

"예, 서로 서먹서먹했죠. 아! 하지만 부실장님은 어제 늦게까지 야근을 하셨다고 합니다."

하기와라에게 혐의가 걸릴 거라 느꼈는지, 가사이는 서둘러 덧붙였다.

사야마는 쓴웃음을 지은 후, 최근 나오키에게 이상한 점은 없었는지 물었다. 하기와라에게 질문했을 때도 변화가 있었는데, 가사이의 경우에는 그 변화가 더욱 분명했다.

가사이는 "부실장님이 말씀 안 하셨나요? 여동생에 관해." 하고 소리를 죽여 말했다.

"여동생? 아뇨. 무슨 말씀이신지?"

그러자 가사이는 짐짓 점잖은 체하며 헛기침을 한 번 하더니 "이 말도 비밀로 해주십시오." 하고 전제한 뒤 말을 이었다.

이야기인즉, 니시나 나오키의 여동생 호시코에 대한 것이었다. 그녀의 남편감 후보로 소문이 난 남자의 존재 그리고 그 남자에게 나오키가 내뱉은 말.

"좀 심하다고 생각했습니다. 아무리 니시나 가문의 후계자라 해도, 여동생의 결혼에까지 참견하는 건 지나친 거 아닌가요?"

마치 자기 일이라도 되는 양 가사이는 입을 삐죽 내밀었다.

"흐음, 그런 일이 있었군요."

흥미로운 이야기라고 사야마는 생각했다. 호시코와 결혼하려면 나오키의 허락이 필요하다. 그런데 나오키가 반대했다.

스에나가 다쿠야라……. 사야마는 자신의 신경이 한 번도 만난 적이 없는 그 남자에게 끌리고 있다는 걸 깨달았다.

2

나카모리 유미에는 개발기획실로 발령 난 이래 줄곧 8시 10분에 출근했다. 업무 시작 시간이 8시 40분이라 남은 30분 동안 책상을 닦거나 꽃병의 물을 갈아주었다. 유미에는 이런 잡무를 별로 싫어하지 않았다. 쉬는 날에도 일찍 일어나 방 청소하는 걸 즐겼다.

하지만 오늘 아침은 그럴 필요가 없었다. 옷을 갈아입기 위해 탈의실에 들어섰을 때, 말도 안 되는 일이 일어났다는 걸 알았기 때문이다.

니시나 나오키가 죽었다는 것이다. 게다가 살해된 것 같다고 했다. 그런 사건이 일어났다는 걸 알려준 사람은 유미에의 동기 아사노 도모코였다. 도모코는 통통한 뺨에 홍조를 띄운 채 거친 숨을 몰아쉬며 자기가 얻어들은 정보를 늘어놓았다. 자신의 맨션 주차장에서 시체가 발견되었고, 사태 수습을 위해 중역들이 모였다는 것을…….

"믿을 수 없어."

유미에는 중얼거렸다.

"왜 니시나 씨가……."

업무가 시작되자마자 하기와라 부실장이 부하들을 모아놓고 그의 죽음에 대해 정식으로 발표했다. 이와 관련해 신문사 등에서 문의가 있을지 모르니 발언에 신중을 기하라는 당부가 뒤따랐다.

"나카모리 군은 특히 주의해주게."

하기와라가 유미에를 보며 말하자, 다른 사원들의 시선이 그녀에게 모아졌다. 유미는 고개를 끄덕인 후 곧장 시선을 아래로 떨어뜨렸다.

해산한 후에도 젊은 사원 몇이 모여 사건에 대해 얘기하기 시작했다. 그 소리가 유미에의 귀에도 들렸다.

"어제 오사카로 출장을 갔는데, 밤늦게 돌아오다 당했대."

무리 중에서 가장 나이 많은 가사이가 소리를 죽여가며 말했다.

"원래는 1박 예정이었잖아요. 학회가 오늘까지라."

다른 사원이 말했다.

"그러니까, 뭔가 급한 용무가 생긴 거겠지. 아니면 도쿄까지 돌아올 이유가 없지."

가사이가 그렇게 말하고 팔짱을 꼈을 때, 유미에와 눈이 마주쳤다. 그는 거북한 듯 헛기침을 하고는 자기 자리로 돌아갔다. 유미에의 존재를 발견한 다른 사람들도 입을 다물고 각자 자리로 돌아갔다.

유미에도 옆방에 있는 자기 자리로 가 앉았다. 창가에는 니시나 나오키의 책상이 있었다. 입사 직후 설계부에 소속되었던 그녀에게 1년 전, 갑자기 개발기획실로 오라는 발령이 떨어졌다. 그 이유에 대해서는 유미에 본인도 알지 못했다. 또, 왜 자기만 나오키와 같은 방을 쓰는지도 몰랐다. 소문에 따르면, 그건 나오키의 생각이었다고 한다. 그 바람에 나오키가 설계부에 있는 유미에를 마음에 들어해서 자기를 위해 빼내왔다는 소문도 따라다녔다. 기획실 사원들이 지금까지 이상한 시선으로 그녀를 보는 것도 그 때문이다.

물론 그건 단순한 소문에 지나지 않았다. 최근 1년간, 나오키가 그런 태도를 보인 적은 한 번도 없었다. 식사를 같이하자고 제안한 적도 없었다. 업무 도중, 농담 섞인 대화를 나누는 게 전부였다. 조금만 생각해도 나오키 같은 사람이 지방 출신에다 특별히 예쁘지도 않은 꼬마 아가씨를 상대할 이유가 없다는 건 불을 보듯 뻔했다.

유미에 자신도 그를 남자로 의식하지 못했다. 처지가 너무 달랐고, 또 나이도 너무 많았다. 무엇보다 나오키는 남자로서 왠지 늘 다가가기 어려운 분위기를 풍겼다. 빈틈이 없다고 해야 할까. 누구에게나 자신의 진심을 꽁꽁 감추고 있는 것 같았다.

하지만……. 유미에는 생각했다. 그가 문득문득 보여준 다정함에 끌린 건 사실이다. 그 다정함은 도대체 무엇이었을까.

그런 생각을 하고 있자니, 가슴 깊은 곳에서 감정이 복받쳐 올랐다. 유미에는 그걸 참기 위해 심호흡을 몇 번 하고, 책상 옆에 놓인 PC 스위치를 켜고 출장 경비를 계산하기 시작했다. 기계적인 작업은 감정을 진정시키는 효과가 있다.

개발기획실은 다른 부서에 비해 출장이 잦은 편은 아니지만 그래도 한 달에 몇 명씩 출장신청서가 올라온다. 대부분

수도권이지만 오사카나 나고야 등지로 가는 경우도 많고, 그럴 경우에는 유미에가 신칸센이나 비행기 티켓을 끊어주었다.

유미에는 키보드를 두드리던 손을 멈추고, 나오키가 출장 신청서를 제출했을 때를 떠올렸다. 1주일 전의 일이었다.

"신칸센으로 왕복 티켓을 끊을까요?" 하고 유미에가 나오키에게 물었다.

"좋아. 급한 용건도 없으니까. 학회 참가는 편한 출장이지."

"1박이죠? 호텔은 회의장 근처로 할까요?"

국제학회가 열리는 곳은 나카노시마 근처 빌딩이었다.

"아니, 신오사카 근처가 좋겠어. 호텔에 짐을 맡기고 회의장으로 갈 거니까."

"알겠습니다."

그래서 유미에는 신오사카 주변에 있는 회사 지정 비즈니스호텔 중에서 오사카그린호텔을 예약했다.

그런데 지금 생각해보니, 아무래도 좀 이상했다.

짐을 맡긴다고 했지만 남자 혼자, 그것도 일 때문에 가는 1박 출장이라면 짐이 많지는 않았을 것이다. 게다가 다음 날도 학회에 가야 하니, 역시 회의장 근처가 편하지 않았을까.

혹시 사건과 관계가 있는 게 아닐까. 여기까지 생각이 미친 순간, 유미에는 고개를 흔들었다. 설마 그럴 리 없겠지. 신오사카에 있는 호텔을 원한 것은 그냥 그러고 싶은 가벼운 마음 때문이었을 거야.

키보드 작업을 다시 시작했지만, 유미에는 여전히 나오키에 대해 생각하고 있었다. 한 번도 느긋하게 얘기를 나누지는 못했지만 야근 때문에 늦게 끝난 어느 날, 함께 퇴근한 적이 있다. 처음에는 평소와 마찬가지로 잡담을 하다 연애와 결혼이 화제가 되었다. 그녀가 당분간 그런 생각은 하고 싶지 않다고 말하자, 나오키는 고개를 약간 끄덕였다. 그러더니 갑자기 멈춰서 물끄러미 그녀의 눈을 들여다봤다. 무슨 할 얘기가 있는 듯했다. 왜 그러세요, 하고 묻자 아니, 아무것도 아니야, 하고는 다시 걷기 시작했다. 당황했다고 해야 하나. 나오키가 그런 표정을 보인 것은, 유미에가 아는 한 그때가 처음이었다.

그때 무슨 말을 하려 했을까. 이제는 알 길이 없어졌다.

일이 마무리되자 유미에는 복도로 나와 탕비실로 향했다. 업무 도중 그곳에서 잠깐씩 휴식을 취하는 게 낙이라면 낙이었다. MM중공은 커피 자동판매기가 설치되어 있기 때문에 평소 여직원들이 차를 직접 타는 일은 없었다.

탕비실 문을 열자 먼저 온 직원이 방구석에 놓인 의자에 앉아 있었다. 유미에도 잘 아는 여자였다. 이 시간이면 이곳에는 늘 누군가가 있게 마련이다.

"안녕하세요?"

유미에가 말을 걸었다. 하지만 그 여자는 뭔가를 골똘히 생각하는지 문이 열린 것도 전혀 깨닫지 못했다. 그러다 유미에의 얼굴을 보고서야 놀란 듯 입을 반쯤 벌렸다.

"왜 그래요?"

유미에가 물었다.

"응, 아무것도 아니야. 잠깐 쉬고 있었어."

상대는 그렇게 말하고 일어나더니 유미에에게 눈길 한 번주지 않고 나가버렸다. 보통 땐 농담 한마디 정도는 나누는 사이였는데.

무슨 일이지, 평소답지 않네. 아마미야 야스코의 긴 머리를 눈으로 쫓으며 유미에는 생각했다.

3

오기쿠보에 있는 아파트에 도착한 다쿠야는 양복을 입은 채침대 위에 쓰러졌다. 덥지도 않은데 온몸에 땀이 배어 있었다. 갈증이 심했고 심장박동이 좀처럼 가라앉지 않았다. 오늘하루 느꼈던 긴장을 생각하면 무리도 아니라고 생각했다.

일이 단단히 꼬였군. 중얼거리며 넥타이를 풀었다. 오늘 오후, 나고야에서 돌아온 후 아무것도 모르는 얼굴로 회사에 들렀다. 아니나 다를까 회사는 소란스러웠다. 회사 사람, 그것도 니시나 가문의 장남이 살해되었으니 어쩌면 당연한 일이었다.

그러나 다쿠야 일당의 계획대로라면, 오늘 MM중공을 뒤흔든 뉴스는 아마미야 야스코의 시체여야 했다.

하지만 그 야스코는 살아 있고, 죽은 것은 나오키였다. 야스코를 죽이자고 말을 꺼낸 사람이.

단단히 꼬였어……. 그는 다시 한번 중얼거렸다.

다쿠야는 어젯밤 일을 되짚어봤다. 아쓰기의 공터에서 시체를 옮겨 싣다 그것이 나오키라는 걸 깨달은 순간의 놀라움은 도저히 말로 표현할 수 없었다. 다쿠야도, 하시모토도, 마치 얼어붙은 듯 그 자리에서 움직이지 못했다. 말도 나오지 않았다.

"언제, 바뀐 거죠?"

하시모토가 잔뜩 긴장한 채 물었다. 바뀌었다는 표현이 적절한지 어떤지, 다쿠야는 알 수 없었다.

"적어도 내가 나고야를 출발할 때부터 다른 내용물이었겠지."

시체가 도중에 바뀔 리는 없었다.

"그런데 왜 이런 일이?"

"몰라."

다쿠야는 고개를 흔들었다.

"설마 야스코한테 반대로 당한 건……"

나오키가 죽은 것도 그랬지만, 시체를 담요로 싸서 밴에 실었다는 사실도 섬뜩했다. 범인은 왜 그런 짓을 했을까.

한동안 침묵이 이어진 뒤 다쿠야는 마침내 "어쩔 수 없어." 하고 입을 열었다.

"어쨌든 시체를 어딘가에 처분해야 해."

"이 근처에 버릴까요?"

하시모토가 떨리는 목소리로 말했다.

"그건 안 돼."

다쿠야는 단언했다.

"시체가 바뀌긴 했지만 도쿄까지 운반하는 게 나을 거야. 나오키가 어떤 이유 때문에 도쿄로 돌아왔고, 거기서 살해됐다고 경찰이 판단할지도 모르니까."

말은 그렇게 했지만 그다지 기대할 수 없는 일이라고 생각했다. 사망 시간을 추적하면 나오키가 오사카에서 당했는지, 도쿄에서 당했는지 금방 알아낼 수 있을 것이다. 다쿠야가 시체를 도쿄로 옮기고 싶었던 진짜 이유는 자신이 있던 나고야에서 되도록 멀리 떨어뜨리고 싶었기 때문이다.

그러나 하시모토는 그런 다쿠야의 속내를 알아차리지 못하고, 자기 나름대로 시체를 도쿄까지 운반해야 하는 까닭을 이해한 모양이었다.

"그런데, 역시 저 혼자 운반해야 합니까?"

"당연하지. 시체는 다르지만 할 일은 마찬가지야."

"하지만 대체 어디다 버리죠?"

울상이 된 하시모토가 말했다.

"실장은 고마에 맨션을 임대해 살고 있어. 그 근처에 버리면 내일 아침에는 발견되겠지."

아이고, 하며 하시모토는 머리를 감싸 쥐었다.

"이런 계획에 가담하는 게 아니었어. 회사에서 잘리더라도 살인범이 되는 것보다 나았을 텐데."

다쿠야는 이렇게 말하는 하시모토의 멱살을 잡았다.

"이제 와서 우는 소리 해봤자 소용없어. 일단 조금이라도 빨리 어떻게든 해야 해. 불평 그만하고 운반해!"

하시모토가 겁을 잔뜩 먹은 눈으로 고개를 끄덕였기 때문에 다쿠야는 손을 뗐다. 이런 녀석한테 시체 처리라는 중요한 일을 맡겨야 한다는 게 답답했다. 하지만 다른 방법이 없었다.

"부탁이니, 눈에 띄지 않게 잘 처리해. 가만, 그 전에."

다쿠야는 나오야의 옷 주머니를 뒤졌다. 그 연판장을 회수해야만 했다. 시체를 중계하는 장소를 표시한 종이도…….

그런데…….

두 종이 모두 찾지 못했다. 다쿠야의 얼굴에서 핏기가 사라졌다. 그게 제삼자의 손에 넘어가면 파멸이다.

"큰일이군."

다쿠야는 입술을 깨물었다.

"실장을 죽인 범인이 가져갔을지도 몰라."

"그런 일이……"

하시모토의 얼굴도 창백해졌다.

"어쨌든 더 이상 시간을 지체하면 안 되겠어. 출발하자고."

다쿠야는 차에 올라 시동을 걸었다. 그리고 하시모토의 차 옆으로 가서 창문을 열고 말했다.

"시체를 처분한 다음엔 트렁크를 깨끗이 청소해. 쓸데없는 증거를 남기지 않도록. 고속도로 영수증 같은 건 버리고."

"아, 이거 말인가요? 지금, 버리겠습니다."

하시모토는 영수증을 잘게 찢은 다음 창밖으로 버렸다. 종잇조각들이 바람에 날렸다.

"자, 그럼 출발해."

두 사람은 남쪽으로 곧장 달린 다음, 다쿠야는 도쿄-나고야 간 고속도로의 하행선을, 하시모토는 상행선을 탔다.

도요카와 인터체인지로 빠져나온 다쿠야는 그곳에서 남쪽으로 달려 도요하시로 들어갔다. 도요카와를 건너 미나토초라는 곳에 도착한 다음, 나오키의 메모에 적힌 대로 복잡한

길을 나아갔다. 야마나카제재(山中製材)라는 간판과 그 옆에 차고가 있는 걸 발견하고 일단 안도했다.

다쿠야는 차고에 차를 넣고 역을 향해 걷기 시작했다. 시계를 보니 새벽 5시가 넘어서고 있었다.

역 앞 택시 승강장에는 택시 세 대가 서 있었는데 운전사는 모두 모자를 깊이 눌러쓴 채 졸고 있었다. 앞유리창을 두드려 깨운 다음, 잽싸게 올라탔다.

다쿠야는 "나고야까지요."라고 말한 뒤 시트에 몸을 기댔다.

호텔에 도착한 시간이 6시 20분. 다른 사람한테 들키지 않도록 조심스럽게 방에 들어오자마자 피곤한 몸을 침대에 던졌다. 도저히 잠들 상태가 아니라고 생각했는데, 그래도 깜빡 졸았는지 전화벨 소리에 눈을 떴다. 시계를 보니 7시 정각. 정확한 모닝콜이었다.

다쿠야가 침대에서 무거운 몸을 일으켰을 때, 오늘 아침과 마찬가지로 전화가 울렸다. 가슴이 철렁하며 두방망이질 치기 시작했다. 마음을 가다듬은 다음 수화기를 들었다.

하시모토였다. 그와는 오늘 회사에서도 만났지만 단둘이 얘기를 나누진 못했다. 그럴 기회가 없었다.

"어젯밤은 아주 힘들었어요."

하시모토가 일단 운을 뗐다. 목소리가 가라앉아 있다. 그도 다쿠야와 마찬가지로, 아니 어쩌면 그 이상 피곤에 지쳐 있을 것이다.

"주차장에 버린 것 같던데."

"예. 처음에는 차 안에 앉혀놓으려고 했는데요, 차 안에서 습격당했다고 여겨질 것 같아서. 하지만 아무래도 그렇게 할 수 없어서 옆 차 사이에 놓아뒀어요. 너무 무거워서요."

자기만 번거로운 일을 떠맡게 되었다고 항의하는 말투였다. 대단히 힘든 작업이었으리라는 것은 다쿠야도 상상할 수 있었다. 그러나 예의를 차리거나 사과할 이유는 없었다. 그게 바로 다쿠야란 남자의 사고방식이었다.

"누가 보진 않았겠지?"

"그 점은 걱정 마십시오. 스에나가 씨는요?"

"다 잘됐어. 차는 실장 친척 집 차고에 돌려줬고."

"그랬군요. 그런데……."

하시모토는 잠깐 뜸을 들인 다음 말을 이었다.

"야스코가 살아 있어요."

"멀쩡하더군."

다쿠야가 말했다.

"그 여자, 어제 유급 휴가를 받았지?"

"예. 그랬습니다. 실장이 불러서 오사카에 간 게 분명한데."

"오사카에 가서 살해되기는커녕 오히려 상대를 죽였다?"

"그건 어려울 것 같은데요?"

"실장이 그런 실수를 했다고는……"

"하지만 만약 그랬다면, 그 여자는 분명 우리가 실장과 공범이라는 걸 알고 있을 겁니다."

그 연판장에 대해 얘기하는 것이었다.

"각오해두는 게 좋을 거야."

"예. 어젯밤 시체를 버리기 전에 실장 집에 들어가 연판장을 찾아봤습니다. 장갑을 껴서 지문이 남았을 염려는 없지만, 옆집 사람들이 눈치 채지 못하게 하려고 무척 마음을 졸였습니다. 실은, 시체만 버리고 후딱 도망치고 싶었는데."

여기서도 또 억울하다는 심정을 드러냈지만 다쿠야는 무시하고 "그런데도 연판장을 발견 못했다 이거지?" 하고 재촉했다.

"못 찾았습니다. 책상 속, 서랍장까지 다 뒤졌는데요. 그리고 살인 계획서도 없었습니다. 실장이 처분한 게 아닐까요?"

"계획서는 그럴지도 모르지. 신중한 성격이니까. 그랬군. 역시 연판장이 없어졌군."

"범인이 가지고 갔다고밖에 생각할 수 없습니다."

"그렇지."

"어떻게 할까요?"

또 약한 소리를 했다. 안절부절못하고 있다.

"이러니 저러니 해봐야 소용없어. 일단 실장을 죽인 범인을 알아내야 해. 생각해봐, 범인이 가지고 갔다면 아직 길은 있어. 경찰한테만 넘기지 않는다면 말이야."

"그럴까요? 익명으로 경찰에 우송하지는 않을까요?"

"그러지는 않을 거라고 생각해. 그런 짓을 한다고 범인한테 득 될 게 없으니까. 그 익명의 편지 때문에 꼬리가 잡힐 수도 있고."

"그러면 좋겠지만……. 그런데 어떻게 범인을 잡죠?"

"일단 야스코야. 그 여자한테서 눈을 떼지 마. 분명히 뭔가 알고 있을 거야."

"그러죠. 하지만……."

하시모토는 입을 다물었다가 물었다.

"범인을 잡은 다음에는 어떻게 하실 거죠? 그렇다 해도 야스코 문제는 해결이 되지 않는데……."

다쿠야는 한숨을 내쉬며 "그건 범인을 알아낸 다음에 생각해보지." 하고 일부러 내뱉듯 말했다.

수화기를 놓고 다쿠야는 다시 침대에 누웠다. 수많은 생각이 머릿속에서 맴돌았지만 좀처럼 정리가 되지 않았다. 야스코, 연판장…….

만약 나오키를 죽인 게 야스코가 아닐 경우, 범인은 어떻게 자신들의 살인 계획을 알았을까. 몰랐을 리가 없다. 알았기 때문에 나오키의 시체를 그 밴에 싣고 약속 장소에 놓아둔 것이다.

그렇다면 범인은 처음부터 야스코 살해 계획을 알고 있었단 말인가.

다쿠야는 머리를 긁었다. 조금 전 하시모토가 던진 질문이 떠올랐다. 범인을 찾아내면 어떻게 할 건가요…….

결정은 됐어. 스스로를 지키기 위해선 살인도 서슴지 않기로 이미 마음먹지 않았던가.

그 방침에는 변함이 없다.

다쿠야가 다시 침대에서 일어났을 때, 현관 벨이 울렸다. 문을 열기 전에 구멍으로 확인해보니 남자 두 명이 서 있었다. 눈매가 날카로운 젊은 남자와 다쿠야보다 몇 살 연상으로 보이는 남자 콤비였다.

혹시……. 다쿠야는 생각하며 문을 열었다. 나이 많은 남자가 다쿠야의 예상대로 인사했다.

"경찰청에서 나왔습니다. 피곤하실 텐데 죄송합니다만, 여쭙고 싶은 게 있어서요."

4

섬세해 보이지만 의외로 대담한 행동을 할 남자다……. 이 것이 사야마가 본 스에나가의 첫인상이었다. 눈매가 가늘고, 턱이 날카롭다. 표정만으론 진의를 알아내기 힘든 타입인 것 같다.

니시나 나오키를 화제에 올리자 "이제까지 회사를 책임졌던 사람인데."라며 사뭇 안타깝다는 듯 미간을 찡그렸다. 그저 형식적인 말처럼 느껴졌는데, 이런 태도는 이 남자만 그런 게 아니었다. 사야마가 만난 회사 관계자들은 하나같이 이런 표정을 지었다.

"오늘 여쭙고 싶은 건, 당신과 니시나 호시코 씨에 관한 겁니다. 당신이 데릴사위 후보라는 소문이 사실입니까?"

말하면서 스에나가의 얼굴을 보았다. 담백한 표정에 조금 변화가 생긴 것 같았다.

"그런 질문을 하시면, 사실은 아니라고 대답할 수밖에 없습니다."

스에나가는 단어 하나하나를 고르며 조심스럽게 대답했다.

"무슨 말씀이신지요?"

야노 형사가 물었다.

"제가 사윗감 후보라는 말은, 저희 둘 입에서 나온 게 아니기 때문입니다. 가끔 호시코 씨와 만난 사실은 부정하지 않 겠지만."

"아, 그렇군요. 교제 중이긴 한데 아직 결혼 얘기는 나오지 않은 상태라는 말이군요."

사야마가 말하자 "교제라기엔……. 그런 차원이 아닙니다. 아가씨의 놀이 상대 중 한 명일 뿐입니다." 하며 스에나가는 가볍게 고개를 흔들었다.

"하지만 당신과 관련해 회사에 소문이 돌았고, 니시나 나오 키 씨로부터 한소리를 들었다던데요?"

알고 있군, 하는 표정이다. 그러곤 손가락으로 귓등을 문지 르고 한숨을 내쉬었다. 숨길 수 없게 되었으니 포기하겠다는 것처럼 보였다.

"이상한 소문이 난 건 제 부주의 때문이라는 질책을 들었습 니다."

스에나가가 말했다.

"그뿐입니까? 우리가 듣기로는, 당신과 호시코 씨의 관계 를 인정하지 않겠다는 말도 했다던데."

수첩을 보며 말하다 사야마는 슬쩍 스에나가를 올려다봤 다. 스에나가는 순간 시선을 피했지만 곧 다시 눈을 맞췄다.

"동생의 상대는 자기가 찾는다, 고 하셨죠. 그러니까, 이상 한 소문은 곤란하다고."

"즉, 당신을 호시코 씨의 상대로 인정할 수 없다는 말이군요?"

"그렇죠. 하지만……." 하고 스에나가는 어깨를 으쓱하더니 머리를 긁적였다.

"제 입장에서는 조금 황당했습니다. 아까도 말씀드렸듯이, 저는 그럴 만한 존재가 아니거든요. 하지만 실장님 마음은 이해합니다."

그러니까 자신이 니시나 나오키를 증오해 해를 끼칠 이유는 없다……. 스에나가는 이렇게 말하고 있었다.

"그러면 앞으로 어떻게 하실 생각인가요? 호시코 씨하고는 안 만나실 겁니까?"

"글쎄요, 그건 제가 알 수 있는 일이 아닙니다. 지금까지 제가 아가씨를 불러낸 적은 없으니까요. 언제나 일방적으로 불려나갔거든요."

"그랬군요. 호시코 씨 마음에 달렸다, 이거군요."

"그렇습니다."

스에나가는 가볍게 눈을 감고 턱을 당겼다.

사야마는 볼펜을 꺼내 메모하는 시늉을 하며 애써 사무적인 어투로 말했다.

"마지막으로 한 가지만. 어젯밤 뭘 하셨는지 자세히 말씀해 주십시오."

스에나가는 조금 뜸을 들인 뒤 후, 하고 한숨을 내쉬었다.

"알리바이 말이군요."

"그렇습니다. 어제는 평소처럼 출근하셨나요?"

"아뇨."

스에나가가 말했다.

"어제는 나고야로 출장을 갔습니다."

"나고야 출장?"

사야마와 야노는 무심코 얼굴을 마주보았다. 나오키는 오사카 그리고 스에나가는 나고야.

"아침부터 말입니까?"

"물론 그렇습니다. 메이사이공기(名西工機)라는 회사에 갔습니다. 그쪽 회사 사람하고 쭉 같이 있었습니다."

"그 회사에 몇 시까지 계셨나요?"

"실은 식사까지 대접 받았습니다. 저녁을 마친 게 10시쯤이었습니다. 그 뒤에 호텔로 돌아갔습니다. 나고야센트럴호텔."

"그럼, 자고 오셨나요?"

"그렇습니다. 오늘 아침 일찍 메이사이공기에 가서 나머지 일을 마치고 돌아왔습니다. 출장 보고를 하기 위해 일단 회사에 들렀다가 조금 전에 돌아왔습니다. 그래서 솔직히 조금 피곤합니다."

스에나가는 짐짓 어깨를 주무르는 시늉을 했다.

"죄송합니다. 그런데 그 출장이 갑자기 결정된 건가요?"

"그렇게 갑자기는 아닙니다. 1주일 전쯤에 결정됐습니다."

"1주일 전이라."

사야마가 메이사이공기의 연락처를 묻자, 스에나가는 명함 한 장을 내밀었다. 그쪽 기술과장의 명함이었는데, 계속 그 남자와 같이 있었다고 했다.

"그럼 좀 빌려가겠습니다." 하며 사야마는 명함을 받아 넣었다.

그날 밤, 고마에 경찰서에 설치된 수사본부에서 회의가 이뤄졌다. 칠판에는 니시나 나오키의 어제부터의 행적이 쓰여 있었다.

- 오전 6시, 집에서 출발
- 오전 11시부터 오후 4시까지, 국제학회 출석
- 오후 6시, 오사카그린호텔 체크인

"그리고 시체가 발견된 게 오늘 아침 7시. 장소는 자기 집 맨션 주차장."

경시청 수사1과의 다니구치 경부가 한곳에 모인 수사관들을 둘러봤다. 의견이 있느냐고 묻는 눈빛이었다.

"사망 추정 시각은 어떻게 됩니까?"

관할서의 베테랑 형사가 물었다.

"감식반의 안도 조교수 말로는, 어제 오후 5시부터 8시 사이라는군. 자세한 것은 부검 결과가 나와봐야 알겠지만, 그다지 큰 변화는 없을 거라고 했네."

"그럼 범행 장소는 오사카로 봐야겠군요?"

다른 형사가 말했다.

"아마도 그렇겠지. 6시에는 오사카에 있었으니까. 짐을 호텔에 맡겼고, 니시나의 양복 윗주머니에 방 열쇠가 들어 있었네."

"그렇다면 범행 현장은 호텔 근처겠네요."

"그럴 가능성이 높네. 내일 몇 사람은 오사카로 가야 할 것 같아."

이때 사야마 옆자리에 앉아 있던 야노가 손을 들고 물었다.

"호텔에 체크인한 게 니시나 나오키 본인이었나요?"

다니구치는 야노가 아니라 사야마를 보며 말했다.

"오사카 부경(府警)에 사진을 보내 확인했네. 프런트 직원이 기억하고 있더라는군. 니시나 본인이 틀림없다고 했네."

"용케 기억하네."

사야마가 말했다. 솔직한 생각이었다. 사람의 기억일수록 믿을 게 못 된다.

"나도 그 점이 걸려서 다시 확인해봤네. 체크인할 때, 니시나가 될 수 있으면 방을 선택하고 싶다고 요구했다더군. 빈

방이 여러 개인데 어떤 방을 원하느냐고 직원이 물었더니, 가능한 한 엘리베이터에서 먼 방이면 좋겠다고 대답했다는 거야. 그래서 직원은 원하는 대로 해줬고, 그런 사정 때문에 니시나를 또렷이 기억하고 있다더군."

"흐음……, 니시나는 늘 그렇게 방을 골랐습니까?"

"글쎄, 하지만 그런 손님이 종종 있다는 얘기는 들었어."

어쨌든 이것으로 니시나 본인이 체크인한 것은 확인된 셈이다.

"잠깐만요."

다니구치 반의 젊은 형사 신도가 손을 들었다.

"시체가 도쿄에서 발견됐다는 건, 범인이 실어 날랐다는 말입니까?"

"그렇지."

다니구치 대신 관할서의 베테랑 형사가 대답했다. 다니구치는 잠자코 고개만 끄덕였다.

"도대체 무엇 때문에 그런 엄청난 일을 저질렀을까요? 범행 현장을 알리고 싶지 않았다면, 구태여 오사카에서 도쿄까지 운반할 필요는 없습니다. 산속이나, 오사카 앞바다에 버리면 그만일 텐데요."

"도쿄에서 살해된 것처럼 보이고 싶었던 게 아닐까?"

누군가 말했지만 신도는 "아뇨, 그건 아니라고 생각합니다." 하고 일언지하에 부정했다.

"니시나 나오키가 오사카에 있었다는 사실은 많은 사람들이 증명할 겁니다. 엄청난 노력과 정신력을 쏟아부을 만큼의 효과는 없다는 얘기죠."

"요컨대 시체를 왜 도쿄로 옮겼는지를 알면 사건의 진상에 접근할 수도 있다는 말이군⋯⋯."

다니구치는 혼잣말처럼 중얼거리고는 "니시나의 인간관계는 어떤가?" 하며 사야마 쪽을 봤다.

사야마는 우선 오늘 MM중공에서 들은 이야기를 설명했다. 업무상, 특히 대인관계가 나빴다는 정보는 얻지 못했다. 굳이 들라면 하기와라 부실장이 그를 배제하려 했다는 소문은 있다.

"원래 하기와라가 실장이 됐어야 했는데, 굴러들어온 젊은 놈한테 뺏긴 셈이니까요. 즐거운 상황은 아니었겠죠."

니시나 나오키는 입사 후 다양한 부서를 거친 다음 현재의 개발기획실장 자리에 앉았다.

"하지만 하기와라는 줄곧 회사에 있었던 듯합니다. 그러니 범행은 불가능했을 겁니다."

"게다가 동기도 충분치 않아. 하긴 동기란 제삼자가 판단할 수 있는 건 아니지만 말이야."

이번에도 다니구치는 혼잣말처럼 말하고 "니시나 호시코의 신랑감 후보에 대해 말해보게." 하고 사야마를 쳐다보았다.
스에나가에 대해서는 이미 다니구치에게 보고를 한 터였다.

사야마가 스에나가에 대해 말하자 수사관들의 얼굴에 변화
가 나타났다.

"차기 사장의 사위 자리라, 갸쿠타마노코시(逆玉の輿 : 신분
이 낮은 남자가 부자 집안으로 장가가는 것을 말함-역자)로군."

관할서 계장이 최근 유행어를 썼다.

"호시코하고 나오키는 어머니가 달라."

다니구치의 말에 사야마도 놀랐다. 처음 듣는 말이었다.

"조금 전, 신도 형사가 알아냈네."

그렇게 말하고 다니구치는 신도에게 시선을 옮겼다. 신도
가 일어섰다.

"니시나 도시키는 같은 MM중공의 사원으로 일하던 미쓰
이 후미코와 결혼해 나오키라는 아이를 낳았지만 곧 이혼했
습니다. 그때 아이는 후미코가 데려갔습니다. 두 사람 사이
에 어떤 합의가 있었는지는 지금 조사 중입니다. 후미코와
이혼하고 2년 뒤, 도시키는 두 번째 아내로 야마모토 기요미
를 맞았습니다. 이 기요미는 재작년에 병으로 죽었는데, 그
녀하고 사이에서 낳은 자녀가 이미 출가한 무네가타 사오리
와 조금 전 얘기가 나왔던 니시나 호시코입니다. 그러나 도
시키는 아무래도 사내아이가 필요했던 모양입니다. 미쓰이

후미코가 교통사고로 죽었다는 소식을 듣자마자 나오키를 데려왔거든요. 그게 나오키가 열다섯 살 때 일입니다."

"역시 니시나 가문의 후계자는 아들이어야 한다, 이거군."

베테랑 형사가 말하자, 다니구치가 덧붙였다.

"아들에게 뒤를 물려주고 사위로 하여금 그를 보좌하도록 한다는 게 니시나 도시키의 구상이었겠지. 나오키가 여동생의 상대는 자신이 결정한다고 말한 것 역시, 그런 배경이 있었기 때문일 거야."

"호시코는 어떻게 생각했을까요? 요즘 아가씨가 그런 낡은 사고방식을 받아들이기 힘들었을 텐데."

"동감이야." 하고 다니구치가 고개를 끄덕이며 말을 이었다.

"그 점에 대해서는 조금 더 조사할 필요가 있겠어. 스에나가와 호시코의 관계도 포함해서 말이야. 스에나가는 그저 시간 때우기 친구로, 사윗감 후보라는 의식은 없었다는 것처럼 얘기했지만."

"정말일까?" 하고 조금 전 '갸쿠타마노코시' 얘기를 했던 관할서 계장이 도저히 못 믿겠다는 투로 말했다.

"만약 스에나가에게 그런 야망이 있다면 나오키라는 존재가 상당히 큰 장애물이 됐을 거야."

그렇게 말한 후 계장은 "스에나가의 알리바이는 어땠습니까?" 하고 다니구치에게 물었다.

사야마가 대답했다.

"알리바이는 있었습니다. 스에나가는 어제부터 오늘까지 나고야로 출장을 갔었습니다."

"나고야라."

계장은 낮게 신음하며 말했다.

"때를 맞춰서 스에나가도 출장을 갔다는 게 걸리네요."

다니구치는 회의 책상에 팔을 올려 턱을 괴었다.

"그래도 나고야에 있었다면 범행은 불가능하지."

"본인 진술에 따르면, 밤 10시까지 거래처 사람과 함께 있었다고 합니다."

사야마가 말하자 "10시라. 그럼⋯⋯, 안 되겠군." 하고 다니구치가 한숨을 쉬었다. 하지만 완전히 납득한 표정은 아니었다. 왠지 께름칙하다는 얼굴이었다.

그것은 사야마도 마찬가지였다.

5

다음 날 아침, 유미에가 출근하자 수사관 몇이 사무실로 찾아와 나오키의 책상과 캐비닛을 뒤졌다. 곧 자신에게도 경찰이 찾아올 거라고 예상은 했지만 갑자기 이런 일을 당하리라고는 생각지 못했다.

할 수 없이 옆방에서 업무를 보고 있던 유미에는 수색이 거의 끝나갈 무렵 방으로 불려갔다. 회의용 책상을 사이에 두고 두 명의 형사와 마주앉았다. 다른 사원들은 없었다.

사야마라는 형사가 니시나 나오키의 최근 행동에 대해 물었다. 일 이외의 전화가 걸려온 적은 없는지, 나오키의 태도가 이상하다고 느낀 적은 없는지.

유미에는 전혀 짚이는 데가 없다고 대답했다.

조금 실망한 듯한 형사가 "당신이 출장 준비를 해줬다고 들었습니다." 하고 물었다. 유미에는 말없이 머리를 끄덕였다.

"뭐랄까, 평소와 다른 점은 없었습니까? 특별한 지시가 있었다든가."

"아뇨, 그런 건⋯⋯."

그렇게 대답하다가 잠시 망설였다.

"하지만⋯⋯."

"뭐가 있었습니까?"

사야마 형사가 말하는 것과 동시에 "솔직하게 말씀해주십시오." 하고 옆에 앉은 젊은 형사가 목소리를 높이는 바람에 유미에는 순간 움찔했다. 이 야노라는 형사는 처음부터 핏발 선 눈을 하고 있어서 마음에 들지 않았다. 마치 굶주린 들개 같았다.

사야마가 자네는 잠자코 있어, 하는 눈빛으로 야노를 노려보고는 다시 그녀에게 시선을 돌리며 "뭡니까?" 하고 부드럽게 물었다.

유미에는 조금 망설이다 나오키가 호텔을 예약할 때의 일을 형사에게 말했다. 학회장 근처가 좋지 않을까 생각했는데, 나오키가 신오사카 근처를 원했다는 얘기였다. 사야마라는 형사가 눈에 띄게 흥미를 보였다.

"신오사카 주변 호텔을 원했다는 거군요. 특별히 호텔 이름을 지정하지는 않았고요?"

"그렇습니다."

유미에가 대답했다.

사야마는 잠시 생각에 잠겼다가 다시 "그 밖에 다른 점은 없었습니까?" 하고 물었다.

"마음에 걸린 건 그 정도뿐이지만……." 유미에는 일단 이렇게 전제한 뒤 "아주 오랫동안 시간표를 들여다보고 계셨어요. 신칸센 시간표였던 것 같아요." 하고 말했다.

"출장 날 아침에 탈 신칸센 시간표를 보고 있었던 거 아닙니까?"

야노 형사가 귀가 따가울만큼 큰 목소리로 말했다.

"그럴지도 몰라요. 하지만 몇 시 기차가 있는지는 제가 다 알아봐드렸거든요. 그래서 새삼 다시 알아보실 필요는 없다고 생각했어요."

"니시나 씨가 보던 게 분명히 신칸센 항목이었습니까?"

사야마의 질문에 유미에는 머리를 끄덕였다.

"확실해요. 그 시간표의 신칸센 페이지는 색깔이 달라서 금방 알 수 있어요."

"그렇군요."

사야마는 여러 번 고개를 끄덕이며 수첩에 뭔가를 적었다. 자신의 기억이 조금이라도 도움이 된 것 같아 유미에의 기분도 그리 나쁘진 않았다.

"그런데……"

사야마가 수첩을 덮으면서 그녀의 얼굴을 봤다.

"지난번 부실장님한테 들은 얘긴데, 작년 가을에 다른 부서에서 옮겨왔다고요?"

"예……"

유미에는 별 쓸데없는 말까지 떠들어댔군, 생각하며 하기와라의 얼굴을 떠올렸다.

"듣기로는 이례적인 인사이동이라고 하던데, 그것에 대해 니시나 씨로부터 따로 들은 얘기가 있나요?"

"아뇨, 전혀 못 들었습니다. 그게 이번 일과 관계가 있나요?"

유미에가 되묻자 사야마는 "아뇨, 그런 건 아닙니다. 니시나

씨의 대인관계를 정리해두고 싶어서요." 하고 해명하듯 말하
곤 자리에서 일어섰다.

형사에게서 놓여난 뒤 방을 나와 탕비실로 향하는데, 복도
에서 누군가가 다가왔다. 돌아보니 사카이 고로가 작업복 차
림으로 다가와 "괜찮아?" 하고 물었다.

"응. 그럭저럭."

"옥상으로 갈까?"

손가락으로 위를 가리키는 고로의 제안에 유미에는 고개를
끄덕였다. 그녀의 사무실은 건물 맨 꼭대기 층에 있었다.

옥상에서는 사람들이 늘 비치발리볼을 하곤 했는데 나오키
건 때문인지 오늘은 아무도 없었다. 유미에는 고로를 따라
철조망 펜스까지 갔다.

"니시나 씨 사건, 정말 큰일인 것 같아." 하고 고로가 말을
꺼냈다.

"응."

유미에는 고개를 끄덕였다.

"지금도 그 일로 형사한테 불려갔다 왔어."

"형사? 흐음……, 너까지 조사받는구나."

"조사받은 게 아니고 그냥 몇 가지 묻고 싶다고 해서. 내가
실장님 출장 준비를 했으니까."

"아, 그래."

고로는 고개를 끄덕이면서 "어쨌든 지금은 여러 가지로 힘들겠네." 하고 말했다.

"그렇지 뭐."

"그럼, 이런 때 골치 아픈 얘긴 안 하는 게 낫겠군."

고로가 무슨 말을 하는지 유미에는 잘 알고 있었다. 입을 다물었다.

"그 얘기 말인데……."

고로는 펜스 그물에 양손을 걸고 아래를 내려다보며 말을 이었다.

"좀 더 기다릴게. 지금은 직장도 어수선하니, 천천히 생각할 시간이 없을 테니까."

"응."

유미에는 또 고개를 끄덕였다.

"나, 지금, 좀 피곤하거든."

"많은 일들이 벌어졌으니까 피곤하겠지. 무리하지 마."

"고마워." 하며 유미에는 웃었다.

"빨리 범인이 잡히면 좋을 텐데."

"응. 분명히 곧 잡힐 거야. 일본 경찰은 뛰어나니까."

사야마의 얼굴을 떠올리며 말했다.

"뛰어나지." 하며 고로도 동의했다.

유미에가 고로에게 프러포즈를 받은 것은, 2주쯤 전이었다. 일요일에 함께 데이트를 즐기고, 회사 기숙사까지 데려다주는 길에 갑자기 멈춰 서서 얘기를 꺼냈다. 자기와 결혼해주지 않겠느냐고.

뜻밖의 일은 아니었다. 오히려 드디어 결심했구나, 싶었다. 그의 마음을 이미 알고 있었기 때문이다. 그가 고백하고 싶은 걸 줄곧 참고 있다는 것도.

"조금, 시간을 주지 않을래?"

프러포즈를 받고 유미에는 고개를 숙인 채 그렇게 대답했다.

"생각해볼게. 여러 가지 마음 정리할 것도 있고."

"응. 알았어. 그건 나도 이해해. 천천히 생각해도 돼. 하지만……"

그는 말을 끊었다가 계속했다.

"하지만 좋은 대답을 기대할게."

유미에는 여전히 아래로 시선을 내리깔고 있었다.

그 뒤로도 결론이 나지 않은 채 오늘까지 왔다.

사카이 고로는 유미에와 마찬가지로 군마 현(縣) 출신에다 집도 가깝고 초등학교부터 고등학교까지 동창이었다. 소꿉동무라는 말이 딱 맞는 사이였다. 어릴 때 함께 놀았던 기억도 있다.

고등학교 졸업 후 두 사람의 진로는 일단 엇갈렸다. 고로는 도쿄에 있는 회사, 즉 MM중공에 취직했고, 유미에는 고향에 있는 단기대학에 입학했던 것이다. 유미에, 이제 여대생이 됐네……. 고등학교 졸업식 후 그가 그렇게 말하며 쓸쓸하게 웃던 게 기억난다. 당시 고로는 아버지를 여읜 지 얼마 되지 않아서 대학에 갈 형편이 못 되었다.

"여대생이라고 특별할 거 없어. 너야말로 좋은 회사에 취직 했잖아. MM중공이면 일류인데."

"그래도 고졸이야. 앞길이 거의 정해진 셈이지."

"그런 소리 하지 마. 그리고 고로, 도쿄에 가더라도 종종 놀러 와야 해."

"응. 올게. 그렇게 멀지 않으니까."

고로는 웃어주었다.

약속대로 그는 취직 후에도 자주 고향에 내려왔다. 거의 혼자 왔지만 가끔 회사 동료 두세 명을 데리고 올 때도 있었다. 고로는 입사 동기 중에서 맏형 같은 존재처럼 보였다.

그리고 마침내 유미에도 취직할 때가 되었다. 그녀는 고로와 마찬가지로 도쿄의 MM중공을 선택했다. 그 소식을 들었을 때 고로가 좋아하던 모습은 상상을 초월할 정도였다.

그로부터 약 2년…….

고로로선 기다릴 만큼 기다린 셈이다. 프러포즈를 하는 데도 상당한 결의가 필요했을 것이다.

유미에도 고로를 싫어하지 않았다. 오히려 호의를 품고 있었다. 고향이 같아 말이 잘 통했고, 함께 있으면 마음이 편했다.

하지만 결혼상대로 생각하기엔 좀 난처했다. 부족한 게 있어서가 아니라 이상하게 결혼상대로는 생각되지가 않았기 때문이다. 물론 고등학교밖에 나오지 않았다는, 그런 엉뚱한 이유 때문은 아니었다.

조금 더 생각할 시간을 달라……. 그저 단순히 시간을 벌기 위해 한 말이 아니었다. 솔직히 그녀도 조금 더 생각해야만 결심이 설 것 같았기 때문이다.

점심시간이 끝났음을 알리는 벨이 울렸다. 두 사람은 그때까지 펜스 너머로 건물 아래만 바라보고 있었다.

"내일 오후, 시간 있어?"

계단을 내려가기 전에 고로가 말했다.

"아마추어 밴드 공연이 있어. 대단하진 않지만 동료가 베이스를 친다고 해서 어쩔 수 없이 표를 샀거든."

내일은 금요일이다. 콘서트가 싫진 않았지만 유미에는 고개를 가로저었다.

"미안해. 내일은 안 돼. 장례식에 가야 할 것 같아. 도울 일이 많을 테니까."

"장례식? 아, 그렇지!"

고로는 잠깐 동안 니시나 나오키에 대해 잊고 있었던 모양이다. 니시나 저택에서는 오늘부터 조문이 이뤄지고 있었다.

"맑았으면 좋겠네. 비 오는 날의 장례식은 좀 그러니까."

고로는 그렇게 말하며 유미에의 어깨에 손을 얹었다.

6

누군가 어깨에 손을 올려 돌아보자 제일 먼저 고운 입술이
눈에 들어왔다. 중국 미녀를 연상시키는 약간 치켜 올라간
눈매가 다쿠야의 얼굴을 보고 있었다. 검은 옷을 입고 있어
서 그런지 수묵화에서 빠져 나온 사람처럼 보였다.

호시코가 눈짓으로 이제 왔느냐고 말하며 재빨리 방을 나
갔다. 다쿠야도 자리에서 일어섰다.

호시코를 쫓아 다른 방으로 가니, 그곳은 응접실이었다. 테
이블을 둘러싸고 갈색 가죽 소파가 놓여 있었는데, 그녀가
그중 하나에 몸을 묻었다. 그리고 어서 앉으라는 듯 턱으로
건너편 소파를 가리켰다. 다쿠야는 시키는 대로 했다.

그녀가 후, 긴 한숨을 내쉰 다음 "쓸데없이 사람이 많네."
하고 질렸다는 표정을 지었다.

"저런 인간을 조문하러 이렇게 많은 사람들이 모이다니."

"당연하지 않나요? 어쨌든 니시나 가문의 장남이 죽은 거

니까요."

그 말에 호시코는 지그시 그를 응시했다.

"그건, 내가 죽으면 사람들이 이렇게 모이지 않을 거란 말? 나는 여자고, 게다가 둘째 딸이니까?"

"그런 뜻이 아닙니다. 니시나 가문의 관혼상제라면, 엄청난 사람이 모이는 건 당연하다는 말이죠."

"흥, 니시나 가문이라고?"

다리를 꼰 호시코가 다쿠야를 향해 음험한 미소를 지었다.

"당신, 그 인간이 니시나 가문 사람이 아니라는 걸 알고 있어?"

"그 인간?"

"니시나 나오키 말이야. 그 인간, 나나 사오리 언니하곤 엄마가 달라. 이혼한 전처 사이에서 생긴 아들이지."

"예?"

처음 듣는 소리였다. 야스코도 그런 말은 한 적이 없었다.

"이복형제라는 말입니까? ……하지만 그렇다고 혈연관계가 아니라고는 할 수 없지 않습니까?"

"혈연 같은 건 상관없어."

호시코가 낮고 날카로운 목소리로 말했다.

"그 모자는 아버지 신세를 지지 않겠다면서 나갔어. 그리고 15년 동안 군소리 없이 살았지. 하지만 모친이 죽은 걸 알고 아버지가 그 사람을 데려온 거야. 우리 엄마가 딸밖에 못 낳으니까 갑자기 전처 사이에서 태어난 아들이 그리웠겠지. 그 사람, 우리 집에 왔을 때 이미 고등학생이었어. 창백한 얼굴에 여드름을 잔뜩 달고서 말이야. 그렇게 갑자기 집에 들어온 인간한테, 어른들이 오빠라고 부르라더군. 나는 불렀어. 나오키 오빠라고. 어쩔 수 없었거든. 하지만 그렇게 부를 때 내 심정이 어땠는지 당신이 이해할 수 있겠어? 나는 지금도 그 사람을 니시나 가문 사람이라고 생각 안 해. 핏줄 같은 거랑 상관없이."

뭐라고 대답해야 할지 몰라서 다쿠야는 잠자코 있었다.

"당신, 오늘, 아버지 만났어?"

"예. 조금 전에."

집에 도착하자마자 인사차 들렀다. 니시나 도시키는 피곤에 지친 기색이 역력했다. 다쿠야가 위로의 말을 하는데도 거의 듣지 않는 것처럼 보였다. 그런 중에도 형사들이 자신을 찾아왔다고 말하자, 평소의 예리한 눈빛으로 돌아왔다. 그리고 형사와의 대화에 대해, 꽤 자세히 질문했다.

"아버지는 그 인간의 죽음을 슬퍼하고 있어. 그거야 무리는 아니지. 하지만 아버지가 생각한 만큼 그는 아버지를 생각하지 않았어. 오히려……."

호시코는 윗입술을 적셨다.

"증오했다고 해야 맞을지 모르겠네. 이 집에 끌려온 후, 이번 사건으로 죽을 때까지 줄곧 그랬어. 아버지라기보다 니시나 가문을 증오했지."

"자신들을 버렸다고 생각한 건가요?"

"아무래도 그렇겠지. 하지만 그렇게 싫으면 이 집을 나가면 되잖아. 그러지 않은 건 이 집안의 재산이 탐났기 때문이지. 나는 알고 있어. 그 인간은 말이야, 이 집을 전부 손에 넣으면 자기 대에서 모든 재산을 탕진할 생각이었지. 그게 그의 복수였어."

"그리 좋은 상상은 아니네요."

"상상이 아니야. 아무것도 모르는 주제에 건방진 소리 하지 마."

건방진 아가씨에게 건방지다는 소리를 들으니 어이가 없기도 하고 민망하기도 해서, 다쿠야는 입을 다물어버렸다. 하지만 그게 호시코에게는 충실한 태도로 보였는지 "당신은 가족이 없다고 하던데." 하며 말투를 조금 누그러뜨렸다.

"어머니는 저를 낳자마자 돌아가셨고, 아버지는 제가 대학교 때 돌아가셨습니다."

"그래. 나는 말이야, 그런 사람을 보면 내심 부러워. 아무것에도 속박되지 않으니 좋겠다고. 물론 당신에게는 사치스러운 소리겠지만."

"그러네요."

대답은 그렇게 했지만 꼭 그렇지만도 않다고 생각했다. 가족 같은 걸 원한 적이 없었다. 그러니 부러워하는 게 당연하다.

"고학하며 혼자 살아왔다, 아버지가 좋아하는 타입이네."

순간, 누구 얘길 하는지 다쿠야는 알아차리지 못했다. 몇 초가 지난 뒤에야 그게 자기 얘기라는 걸 깨달았다. 고학이라고 생각해본 적이 없었기 때문이다.

"그런데 오늘, 나한테 형사가 찾아왔어. 신도라는 형사, 알아?"

다쿠야는 모른다고 대답했다.

"사람을 뚫어져라 쳐다보는 게 상당히 기분 나쁘더라. 그 형사가 당신에 대해 묻던데. 마치 연예기자 같았어."

호시코는 장난기 가득한 얼굴로 다리를 바꿔 꼬았다. 검은 스커트 자락이 흔들렸다.

"그래서 나도 연예인처럼 대답해줬지. 스에나가 씨는 멋진 친구라고 말이야. 그러니까 형사가 이런 말을 하더군. 오빠 되는 분이 결혼상대로 인정하지 않으셨던 것 같다고. 그래서 나도 모르게 화를 내버렸지 뭐야. 내 결혼은 오빠하고 아무 상관이 없다고. 그 형사, 좀 놀란 것 같더라."

"그랬겠죠."

"어쨌든 이걸로……"

호시코는 소파에 느긋하게 몸을 기댔다.

"내 인생이 이상하게 꼬일 염려는 사라졌어. 아빠도, 내 결혼을 나를 위해서만 생각할 테니까 말이야."

그러곤 그러니까, 하고 다쿠야를 보며 말을 이었다.

"물론 당신에게도 이점은 있어. 반대할 사람이 사라졌으니까."

다쿠야는 가만히 고개를 끄덕였다. 그리고 호시코가 처음으로 니시나 도시키를 아빠라고 불렀다는 걸 떠올리며, 야스코 문제를 어떻게 처리해야 할지 생각했다.

다음 날 치러진 장례식에는 어제보다 많은 사람이 모였다. 금요일이라 회사는 휴무가 아니었다. 따라서 정상 근무를 할 텐데 고위직급이 이렇게 많이 모였으니 사실상 업무가 마비된 게 아닐까 싶을 정도였다.

다쿠야도 분향하는 사람들 줄에 끼었다. 그런데 바로 앞에 선 여성을 보고 약간 놀랐다. 나오키의 방에서 일하는 여자 사원이었다. 몇 번 본 적이 있는데 이름이 나카모리 유미에라고 했다.

말을 걸었더니, 그녀도 곧 알아보고 이내 고개를 숙였다.

"자네도 힘들겠어."

다쿠야가 말하자 "아뇨, 그저." 하며 묘한 표정을 지었다.

아직 젖살이 남은 얼굴에 화장도 능숙하다고는 할 수 없었다. 세련된 요즘 아가씨들과 비교하면 촌티를 벗지 못한 모습이었다.

이 아가씨는 니시나 나오키에 대해 얼마나 알고 있을까……. 문득 그런 생각이 들었다. 늘 곁에 있었으니 인간관계에 대해 자세히 알고 있을지도 모른다. 나오키를 죽일 만한 사람을 알고 있을까.

"자네한테는 경찰이 안 왔나?"

상대의 관심을 자신이 원하는 방향으로 돌렸다.

"어제 오전에 불려 갔었어요." 라는 대답이 돌아왔다.

"뭘 묻던가?"

"여러 가지요. 출장에 대해서랑……."

"출장에 대해서?"

유미에는 앞뒤 사람한테 신경이 쓰이는지 목소리를 낮추고, 나오키가 신오사카 근처 호텔을 원했다는 것과 신칸센 시간표를 유심히 들여다봤다는 사실을 말했다.

"흐음, 형사가 흥미를 보이던가?"

"예. 그런 것 같았어요."

"그렇군."

다쿠야는 상황이 별로 안 좋다고 생각했다. 나오키가 호텔을 지정하고, 신칸센 시간표를 봤던 건 알리바이 조작 때문일 것이다. 형사가 그 사실을 간파하지 못했다고 장담할 수는 없었다.

"그 밖에 또? ……그러니까, 범인으로 짚이는 사람이 있느냐, 이런 질문은 안 했어?"

"예. 했어요."

"짚이는 데가 있어?"

그러자 유미에는 머리와 오른손을 동시에 흔들었다.

"그런 건 전혀 없어요. 실장님은 다정한 분이라, 절대로 누구한테 원한을 사실 분이 아니세요."

그냥 하는 말이 아니라 진심으로 그렇게 믿고 있는 말투였다. 다쿠야는 나오키에 대해 이런 인상을 가진 사람이 있다는 사실에 적잖이 놀랐다.

분향을 마치고, 나카모리 유미에와 헤어진 다쿠야는 하시모토를 찾았다. 그도 왔을 게 분명했다. 하지만 그를 찾기 전에 먼저 분향을 마치고 나오는 아마미야 야스코를 발견했다. 키가 큰 야스코는 검은 옷을 입고 있어도 눈에 잘 띄었다. 다쿠야를 알아본 듯 멈칫하더니 다가왔다.

"오랜만이네."

그녀가 말을 걸었다. 한동안 못 본 사이, 이목구비가 변한 것 같았다. 서양 사람처럼 윤곽이 또렷했는데 조금 부은 것 같기도 했다. 역시 임신 탓인가.

"자기가 오다니 의외네. 기획실장하고 아는 사이였어?"

나오키를 아느냐고 떠보았다.

야스코는 낯빛 하나 바꾸지 않고 "만난 적은 있는데 애기를 나눈 적은 없어." 하고 시치미를 뗐다.

"전무님에 대한 의리지. 당신은 호시코 때문에 일부러 온 거겠지?"

"그야 그렇지."

다쿠야는 귀를 후비며 "건강해 보이네." 하고 그녀의 얼굴을 봤다.

"아주, 건강해."

그렇게 말하고 야스코는 아랫배를 가볍게 두드렸다. 모자 모두 건강하다는 뜻일 게다.

"그 애길 들으니 무척 안심되는군."

건성으로 말했다.

"고마워." 하고 말한 후, 그녀는 눈을 흘기며 입술을 내밀었다.

"소문을 들으니, 호시코 씨하고 잘돼가는 것 같던데?"

"그거야 뭐. 그런데 어때, 차라도 한잔할까?"

억지웃음을 지으며 권하자 야스코는 자못 아깝다는 얼굴로 "모처럼 말한 건데 바로 회사로 돌아가야 해서. 이번에는 아무래도." 하고 말했다.

"그거 아쉽군. 천천히 얘기 좀 하고 싶었는데."

"정말 유감이네. 자, 그럼."

자리에서 일어나 가려는 그녀를 향해 "지난 화요일, 어디 갔었어?" 하며 최대한 감정을 드러내지 않고 말했다. 발길을 멈춘 야스코가 돌아봤다. 화요일은 나오키가 살해된 날이다.

"유급 휴가를 받았다고 하지 않았어? 어디 여행이라도 갔던 거야?"

야스코가 어금니를 깨무는 게 보였다. 눈에 띄게 동요하고 있었다.

"잘 알고 있네."

야스코가 말했다.

"왜 그런 걸 물어?"

"이유 같은 건 없어. 왜 곤란해?"

"특별히 곤란할 건 없어. 유급 휴가가 남아 있어서 쉬었을 뿐이야. 덕분에 하루 종일 빈둥댔지."

"그거 다행이군. 몸 관리를 잘해야 하니까."

"응. 물론."

야스코가 크게 고개를 끄덕였다.

"물론 몸 관리를 잘해야지. 가장 소중한 거니까."

그러곤 두세 걸음 걷다 멈춰 서며 말했다.

"나, 곧 회사를 그만둘까 해. 몸이 불어서 눈에 띄면 자기도 곤란해질 테니까."

그리고 아랫배를 쓰다듬으며 빙긋 웃고, 그대로 한 번도 돌아보지 않고 사라졌다.

그녀의 뒷모습을 보고 있는데 누군가가 다가왔다. 하시모토였다. 그 역시 야스코가 사라진 쪽을 바라봤다. 두 사람의 모습을 어딘가에서 지켜봤던 모양이다.

"어떻게 됐습니까?"

그가 낮은 소리로 물었다.

"야스코가 실장을 죽였을 가능성이 있나요?"

"모르겠어."

다쿠야가 대답했다.

"그럴 가능성은 낮은 것 같아. 만약 그 여자가 범인이라면, 나나 네가 실장과 공모했다는 걸 분명히 알고 있을 거야. 그런데 지금 얘기한 바로는 그런 느낌은 없었어."

"시치미를 떼는 게 아닐까요? 무서운 여자잖아요."

"그야 그렇지만……."

다쿠야는 재빨리 주위를 둘러본 후 아무도 자신들에게 신경 쓰지 않는다는 걸 확인하고 조그맣게 말했다.

"야스코가 범인인지 아닌지는 모르지만 손을 써야 하는 건 변함없어. 너도, 각오는 돼 있겠지?"

그러자 하시모토는 허를 찔린 듯 눈만 깜빡이다 갑자기 벌

벌 떨기 시작했다.

"왜 그래?" 하고 다쿠야가 물었다.

하시모토는 손등으로 입술을 훔친 다음 "다른 해결책은……, 없나요?" 하고 다쿠야의 기색을 살폈다.

"다른 해결책? 그게 뭔데?"

"그러니까……, 죽이는 방법 말고."

"어떻게?"

"아니, 그건 아직 생각 못했지만."

다쿠야는 오른손을 뻗어 하시모토의 검은 넥타이를 움켜쥐고 잡아당겼다. 하시모토의 표정에는 겁먹은 기색이 역력했다.

"장난해?"

다쿠야는 목소리를 잔뜩 낮춰 말했다.

"시간이 없어. 그런데 아직 생각을 못했다니, 이제는 돌이킬 수 없다는 걸 잊었어? 설령 야스코가 실장을 죽인 범인이 아니라 해도 뭔가 알고 있을 위험이 있다고. 알았어?"

다쿠야가 하시모토를 노려보고 있을 때 MM중공의 중역 하나가 지나갔다. 다쿠야는 황급히 넥타이를 놓고 담소를 나누는 척했다. 그 중역이 두 사람을 알아본 듯해 고개를 숙여 인사했다. 그러자 중역은 목소리를 낮추며 말을 걸어왔다. 후계자가 없어져서 니시나 전무도 큰일이군. 이제까지 애써 준비해왔는데 말이야……. 말속에 뭔가 저의가 숨어 있었다. 다쿠야는 적당히 맞장구를 치면서, 속으로는 내가 니시나 가문의 뒤를 이을 테니 걱정 말라고 읊조렸다. 그렇게 되면 너는 모가지다. 다른 사람 트집 잡는 것 외에는 아무것도 할 줄 모르는 무능한 인간. 동년배 중에 라이벌이 없어 지금의 자리까지 올라온 게 틀림없다.

하고 싶은 말을 다 했는지, 무능한 중역은 다쿠야를 두고 사라졌다. 그 뒷모습을 보면서 다쿠야는 "저런 무능한 인간이 언제까지 설치도록 놔둘 순 없어." 하고 중얼거렸다.

그리고 하시모토의 귀에 대고 속삭였다.

"피라미드 꼭대기에는 실력 있는 사람이 앉아야 해. 나나 너 같은. 그걸 방해하는 존재는 해충이나 다름없어. 그런 것들은 없앨 수밖에 없지. 안 그래?"

하시모토는 여전히 눈만 깜빡이다 보일 듯 말 듯 고개를 끄덕였다.

"할 거지?"

조금 시간이 흐른 뒤에야 고개가 꺾였다. 경련이라도 일어난 것 같은 동작이었다.

"좋아. 그럼, 이 건에 대해서는 다시 연락하지."

다쿠야는 하시모토의 어깨를 두드리고, 그를 남겨둔 채 자리를 떠났다. 그러다 왠지 마음이 걸려 뒤를 돌아보았다. 하시모토는 창백한 얼굴에 심약함을 그대로 드러낸 채 서 있었다. 당장이라도 무너져버릴 것처럼 불안해 보였다. 시선이 마주치자 겁을 집어먹은 듯 눈을 내리깔았다.

다쿠야는 다시 몸을 돌리고 걷기 시작했다. 머릿속에서는 또다시 무서운 생각이 퍼지기 시작했다. 야스코 다음은 하시모토다. 어차피 하지 않으면…….

7

장례식 다음 날, 하시모토는 한낮이 다 되도록 이불 속에 있었다. 어젯밤 내내 잠들지 못하고 뒤척이다 새벽 3시까지 심야 프로그램을 봤던 것이다. 하지만 오래된 서부극이었다는 것 외에는 아무것도 기억나지 않았다. 머릿속이 다른 생각으로 가득 차 있었기 때문이다.

어떻게 하면 좋을까?

솔직히 하시모토는 니시나 나오키와 스에나가 다쿠야의 계획에 끼어든 것을 후회하고 있었다. 왜 그런 꾐에 넘어갔을까. 죽이는 것보다 더 좋은 방법, 예컨대 셋이 돈을 모아 야스코를 설득하는 방법도 있지 않았을까.

하지만 지금은 너무 늦었다. 섣불리 행동했다가는 자신들이 살인사건에 관련되어 있다는 걸 경찰한테 들킬지도 모른다.

야스코를 죽이는 수밖에 없을까.

하시모토는 스에나가 다쿠야의 말을 떠올렸다. 해충은 없 애버리는 수밖에 없어…….

물론 하시모토도 야스코에 대해서는 아무런 애정이 없었 다. 그녀와 관계를 가진 것은 단순한 육체적 욕구에 불과했 다. 무엇보다 그녀가 먼저 유혹을 했다. 남자 경험이 풍부한 듯 분위기가 화려한 야스코는 원래 하시모토가 좋아하는 타 입이 아니었다. 그래도 관계를 지속한 것은 편리한 여자라고 생각했기 때문이다. 그냥 가지고 놀기에는 그 여자보다 더 좋은 상대가 없었다.

결혼 같은 건, 눈곱만큼도 생각하지 않았다. 위험한 여자라 는 걸 직감적으로 알고 있었기 때문이다. 성가신 일이 생기 기 전에 깨끗이 헤어지는 게 최선이었다. 그러면서도 헤어지 지 못한 데 모든 원인이 있다.

임신에 대해 생각 못했던 것은 아니다. 혹시라도 그런 일이 생기면 돈으로 해결하면 된다고 생각했다. 물론 그런 일이 생기지 않도록 주의했지만, 철저히 신경 썼느냐는 질문을 받 는다면 그다지 자신은 없다. 야스코는 하시모토가 콘돔을 쓰 는 걸 싫어했다.

살인자는 되고 싶지 않다. 니시나 나오키의 시체를 옮길 때의 감촉이 지금도 두 손에 생생했다. 죽은 사람의 얼굴. 핏기가 사라진 피부. 그런 일은 두 번 다시 겪고 싶지 않았다.

좋은 방법이 없을까.

끙끙대며 뒤척이고 있는데 현관 벨이 울렸다. 잠옷 차림으로 나갔다. 문 앞에 우편집배원이 서 있었다. 소포입니다, 하며 손바닥 위에 있던 상자를 건넸다.

소포를 받은 하시모토는 곧장 내용물을 꺼내 들고 부엌으로 갔다. 머리가 멍했다. 역시 잠이 부족했던 것이다.

우편물은 대부분 곧장 쓰레기통으로 직행한다. 꽤 많은 양의 광고 전단지가 왔다. 그런데 헤드 헌팅 안내장과 다이렉트 메일에 섞여, 사촌의 결혼 감사장이 들어 있었다. 하시모토보다 세 살 아래인 사촌동생이었다. 감사 편지에는 하와이 신혼여행 때 찍은 사진이 인쇄되어 있었다. 몸집이 작고 귀여운 신부다.

너도 이제 장가를 가야지……. 치바의 집에 갈 때마다 아버지가 하시는 말씀이다. 아버지는 오랫동안 근무했던 상사를 재작년에 정년퇴직하고 지금은 어머니, 여동생과 함께 살고 있다. 여동생도 나이가 꽉 찼는데 딸을 출가시키는 건 싫은지, 하시모토에게만 성화를 부렸다.

아들이 이런 지경에 직면해 있으리라곤 꿈에도 생각 못하시겠지……. 하시모토는 가족의 얼굴을 떠올렸다.

지극히 평범한 가정이었다. 역에서 도보로 10분 거리에 있는 방 다섯 개짜리 주택. 푸른 잔디밭에 누렁이 한 마리. 부모님은 오래전부터 자식에게 모든 걸 걸었다. 환경과 진학률을 고려해 학교를 선택했고, 그 학교에 입학할 수 있게 가정교사를 고용했다. 식탁에서 거론되는 화제는 늘 '장래'였다. 그게 가족 모두의 관심사였다. 그 결과 현재, 딸은 아버지가 다니던 상사에 근무하고, 아들은 일류 중공업회사에 있다. 하시모토의 MM중공 입사 결정된 날, 아버지는 이례적으로 야근도 뿌리치고 일찍 집에 왔다. 축배를 들기 위해서라고 했던 아버지.

　하시모토는 깊고 긴 한숨을 내쉬었다.

　가족을 불행에 빠뜨릴 수는 없어. 만약 자신이 살인범으로 경찰에 체포되는 신세가 되면 부모님과 여동생까지 더 이상 평범한 생활을 할 수 없게 될 것이다. 그것만은 피해야 한다.

　어쩔 수 없다⋯⋯.

　방법이 없는 건 아니었다. 지금까지 애써 회피하고 있었을 뿐이다.

　하시모토는 야스코와 결혼하기로 결심했다. 그것밖에는 길이 없다. 더 많은 걸 잃지 않기 위해서는 자신의 결혼을 희생하는 수밖에 없다.

　물론 이런저런 문제가 남아 있다. 예컨대 야스코는 애 아버지를 정확히 알기 전까지는 결혼을 승낙하지 않을지 모른다.
그러나 하시모토는 가능한 한 빨리 결혼해야 한다고 생각했
다. 그리고 진짜 아버지가 누구더라도 자신의 아이로 키우는
것이다. 모두에게 비밀로 하고.

"그 수밖에 없어."

하시모토는 결심하며 각오를 다졌다. 그리고 가족을 떠올
린 건 잘한 일이라고 생각했다.

문제는 스에나가 다쿠야였다. 그 남자를 어떻게 설득할까.
그는 야스코를 죽이기로 이미 결정했다.

"그 사람이야 좋지. 잃을 게 하나도 없는데."

중얼거리며 하시모토는 소포로 손을 뻗었다. 니시나 도시
키가 보낸 것이었다. 갈색 포장지를 뜯자 유명 백화점의 포
장지가 나왔다. '사은품'이라고 적힌 종이가 붙어 있었다.

장례식에 참석한 조문객들에게 보낸 걸 거라고 생각했다.
어제 장례식에서 돌아오는 길에 흰 손수건도 얻었는데.

백화점 포장을 풀자 안에서 만년필과 잉크병이 나왔다. 국
산이긴 하지만 고급품인 듯했다. 검은 바탕에 금박이 입혀져
있고, 들어보니 묵직한 느낌이 들었다.

회사 사람에게 감사 표시로 보낸 건지도 모르겠군. 하시모
토는 그렇게 판단했다.

다이렉트 메일 봉투에 시험 삼아 써보려고 했지만 잉크가

없는지 써지질 않았다. 안을 열어보니 스페어 잉크를 끼우는 타입이 아니라 잉크병에서 잉크를 빨아올리는 스포이트가 붙어 있었다. 그래서 잉크병도 함께 보낸 모양이다. 파란색 잉크였다.

이 만년필로 스에나가에게 편지나 쓸까……. 잠옷 차림으로 책상 앞에 앉은 하시모토는 잉크병 뚜껑을 열었다. 스에나가의 얼굴을 마주보고서는 야스코와 결혼하겠다는 생각을 분명히 전하지 못할 것 같았다. 그 남자에게는 상대의 마음을 압박하는 분위기가 있다. 어두운 욕망으로 똘똘 뭉쳐 있어 인간적인 면모가 전혀 느껴지지 않았다.

하지만 편지는 좀 그렇다. 실수로 경찰에게라도 넘어가면 큰일이다…….

이런저런 생각을 하며, 하시모토는 새 만년필에 잉크를 넣기 시작했다.

"스에나가 씨, 소포입니다."

토요일 정오가 지날 무렵, 다쿠야에게도 작은 상자가 배달되었다. 토스트를 먹으면서 신문을 보고 있을 때였다.

전무가? 뭐지……. 포장지를 풀자 만년필과 잉크병이 나왔다. 사은품이라고, 변변치 않은 거라고 쓰여 있지만 그리 싼 물건은 아닐 것이다.

"이건 또 뭐야?"

만년필에는 잉크가 들어 있지 않았다. 다쿠야는 뚜껑을 빼고 펜촉을 잠시 보다가 곧바로 케이스에 집어넣었다. 그리고 그대로 책상 서랍 안에 넣었다. 잉크가 마를 때까지 기다려야 해서 만년필은 좋아하지 않았다. 편지를 쓸 때도 대체로 수성 볼펜을 이용했다.

그 밖에는 사인펜을 사용한다.

어젯밤, 이런저런 생각을 종이에 적었다가 찢어버렸는데 그때 사용한 것도 사인펜이었다.

그 내용은 야스코 살해 계획에 대한 것이었다.

그러나 아직 생각이 정리된 건 아니었다. 사람을 죽이는 일은 로봇 한 대를 만드는 것보다 어려운 듯했다.

3장

살인의 타깃

1

11월 16일, 월요일.

다쿠야는 일 때문에 자재부 친구에게 전화를 했다가 얘기가 끝난 후 흥미진진한 소식을 들었다. 니시나 나오키 살인 사건 수사에 대한 것이었다. 그 친구는 지난 10일 유급 휴가를 받은 것 때문에 경찰 조사를 받았다고 했다. 어디에 갔었느냐, 외출은 몇 시부터 몇 시까지였고, 집에는 언제 돌아왔느냐. 요컨대 알리바이를 캐물었다는 것이다.

"하지만 분명히 나는 실장을 만난 적도 없거든. 그 말을 했더니, 일단 그날 휴가 받은 사람을 모두 조사하고 있다고, 형사가 변명처럼 말하더라."

친구는 경찰을 깔보는 듯 말했다.

"흐음, 죄다 조사해볼 계획인가보군. 그런데 그날 휴가를 받은 사람이 얼마나 될까?"

"글쎄, 회사 전체적으로 수백 명은 되지 않을까? 천 명은 안 넘는다 해도 본사 쪽만 2백 명 정도는 될걸."

그 정도라면 전부 다 조사하는 것도 경찰에게는 그리 어려운 일이 아닐지 모르겠다. 물론 범인이 이 회사 종업원이라는 전제가 있어야겠지만.

전화를 끊고 보고서를 쓰는 척하며 생각해봤다. 경찰이 그
렇게 나온다면 야스코도 조사를 받을 것이다. 그녀도 그날
유급 휴가를 받았다. 그녀는 형사들에게 어떻게 대답할까.

쓸데없는 답변은 하지 않았으면 좋으련만…….

야스코가 경찰 앞에서 쩔쩔매고 있는 모습을 상상하자, 다
쿠야는 좀이 쑤셔서 가만히 있을 수가 없었다. 그녀가 지금
경찰의 주시를 받는 것은 여러 가지 면에서 좋지 않다. 주목
을 받는 것은 그녀의 시체가 발견된 이후여야 한다는 게 다
쿠야의 계획이었다.

그건 그렇고 이 녀석은 어떻게 된 거야? 다쿠야는 옆에 있는
연구개발1과로 시선을 돌렸다. 업무가 시작된 지 30분이나 지
났는데도 하시모토의 모습은 보이지 않았다. 책상 위는 깨끗
했고, 행선지 표시판에도 아무런 내용이 적혀 있지 않았다.

이럴 때 휴가를 받았단 말이야? 조금 화가 났다. 지금은 아
무래도 눈에 띄는 행동을 하지 않는 게 좋은데. 몸이 아픈 거
라면 어쩔 수 없지만.

바로 그때, 1과 과장이 하시모토의 자리로 다가왔다. 그러
고는 이 사람은 어떻게 된 건가, 하며 책상을 손끝으로 두드
리면서 옆에 앉은 계장에게 물었다. 미덥지 못한 것으로 유
명한 계장은 목덜미를 주무르면서 고개를 비틀었다. 전화해

보게, 하고 1과 과장이 지시했다.

다쿠야는 자리에서 일어나 자료를 찾는 척하면서 계장 옆으로 다가갔다. 자료와 실험 데이터 파일이 벽면 책장에 있기 때문에 다쿠야가 1과 쪽으로 가도 이상하게 생각할 사람은 없었다.

계장이 하시모토에게 전화를 걸었다. 전화를 받지 않는지 한동안 수화기를 들고 있다. 한참을 그러고 있다가 포기한 듯 수화기를 내려놓았다.

"안 받나?" 하고 과장이 묻자 계장이 "예." 하고 대답했다.

"이 녀석, 무슨 짓이지……."

과장은 이렇게 내뱉고 자기 자리로 돌아갔다.

이 녀석, 무슨 짓이지……. 다쿠야도 생각했다.

무슨 일이 있나?

다쿠야의 뇌리에 제일 먼저 떠오른 생각은 하시모토가 도망친 게 아닐까 하는 것이었다. 살인을 저지를 배짱도 없고, 해결책도 없다……. 고민 끝에 행방을 감춰버린 게 아닐까? 하지만 설마 그런 경솔한 행동을 하진 않았을 거라고 생각했다.

아니, 잠깐! 다쿠야는 다른 가능성을 떠올렸다. 소심해서 도망치기보다 좀 더 직접적인 방법을 쓰지 않았을까?

자살. 고민 끝에 자살.

그래 줬으면 고맙겠다고 생각했다. 지금은 전혀 도움이 되지 않는 녀석이다.

다만…… . 다쿠야는 속으로 중얼거렸다. 죽어주는 건 고마운 일이지만 쓸데없는 유서 따위를 남기면…… .

오후가 되어도 하시모토는 출근하지 않았다.

다쿠야는 실험 동(棟)에 있었다. 본사 안에 있는, 실험만을 목적으로 세워진 건물인데 다쿠야는 3층을 사용했다. 시험 제작된 로봇이나 실험기기들이 빼곡하게 늘어서 있었다.

다쿠야는 인스턴트커피가 든 종이컵을 들고, 눈앞에 있는 금속 덩어리를 올려다봤다.

미크론 단위로 움직이는 긴 팔에, 손가락은 작은 새를 잡을 수도, 벽돌담을 무너뜨릴 수도 있다. 퍼지 이론을 도입함으로써 무르기가 제각각인 두부를 부서뜨리지 않고 들어 옮길 수도 있다. 그리고 그 눈은 3차원적으로 물건의 형태를 판별한다.

완벽해. 다쿠야는 고개를 끄덕이고 커피를 한 모금 마셨다. 이 '브루투스'는 다쿠야가 입사한 이래 제작해온 로봇 중에서도 최고였다.

물론 '브루투스'가 만능은 아니다. 그러나 한정된 조건에서는 인간을 능가한다. 불평만 늘어놓는 작업자보다 훨씬 정밀한 작업을 신속히 수행한다.

이것이 생산 현장에 등장할 날을 상상하니, 다쿠야는 흥분을 감출 수 없었다. 모두 놀라 뒤로 자빠질 게 틀림없다.

결국 로봇은 인간에 필적할 수 없다…… . 다쿠야는 이런 식의 얘기가 제일 싫었다. 그런 식으로 말하는 인간일수록 능력도 없기 마련이라 더 불쾌했다. 인간이 도대체 뭘 할 수 있단 말인가. 아무것도 할 수 없다. 거짓말을 하고, 게으름을 부리고, 겁을 먹고, 질투나 할 뿐이다. 뭔가를 이루려는 사람이 이 세상에 몇이나 되겠는가. 대체로 인간은 누군가의 지시에 따라 살 뿐이다. 지시가 없으면 불안해서 아무것도 못한다. 프로그램에 따라 하는 일이라면 로봇이 훨씬 우수하다.

게다가 저 녀석들은 절대 배신하지 않아…… . 늘어선 로봇을 등지고 다쿠야는 마음속으로 말했다.

이것이 그가 로봇을 연구하는 가장 큰 이유였다. 자신을 포함해 인간은 반드시 배신한다.

그런데도 기대를 하니 실망도 큰 법이다.

로봇은 배신하지 않아.

기대 이상인 경우도 없지만 프로그램에 대해 늘 충실하다. 로봇이 오작동을 일으킬 때, 그 원인은 반드시 프로그램을 설계한 인간에게 있다.

다쿠야는 '브루투스' 쪽으로 다가가 그 금속 몸체를 만졌다. 그가 이 세상에서 유일하게 마음을 열 수 있는 존재였다.

이러고 있으면 시간 가는 줄도 몰랐다. 다쿠야는 웃음을 흘렸다. 편안한 마음에서 오는, 이유 없는 웃음이었다. 사람들이 말하는 육친의 느낌이 이런 걸까. 그는 자신이 경험하지 못한 세상을 상상해보았다.

그때 달그락, 하는 소리가 났다. 기계 뒤쪽에서 들린 소리였다.

누구지?

다쿠야는 로봇에서 떨어져 소리가 나는 쪽으로 걸어갔다. 검은 그림자가 기계 사이로 빠져 나가는 게 보였다. 출구 쪽이다.

다쿠야가 복도로 나오자 누군가 계단을 뛰어 내려가는지 발소리가 울렸다. 하지만 모습은 보이지 않았다.

도대체 누구지?

다쿠야의 가슴은 이상한 예감으로 뒤숭숭해졌다.

다음 날에도 하시모토는 회사에 나타나지 않았다. 그의 부서에서는 아침부터 과장과 계장이 우왕좌왕하고 있었다. 마침 오후에 열리는 중역 회의에 하시모토가 참석해야 했기 때문이다. 그의 연구 내용을 중역 앞에서 발표하는 것인데, 그 단순한 일을 하시모토의 상사인 과장과 계장은 할 수가 없던 것이다.

"어제, 퇴근길에 그 친구 맨션에 들러봤는데 아무도 없는지 벨을 눌러도 대답이 없었습니다."

계장이 설명했다.

"없어? 언제부터지."

과장의 표정에는 초조함이 역력했다.

"아마도, 토요일 오후부터일 겁니다."

"토요일? 어떻게 그걸 알지?"

"토요일 석간부터 쌓여 있었습니다. 하지만 토요일 조간은 없어서."

"……그렇군."

과장은 계장을 다시 봤다는 표정을 지었다. 다쿠야도 감탄했다. 대단한 일은 아니지만 그 계장으로서는 제법이었던 셈이다.

"어쩔 수 없지. 부모님 집에 전화해보게."

과장이 도저히 참을 수 없다는 듯 계장에게 명령했다. 너무나 큰 소리로 말하는 바람에 다른 부서 사람들도 1과에 무슨 일이 생겼나, 호기심 가득한 시선을 던졌다.

과장의 명령을 받은 계장은 하시모토의 부모네 연락처를 조사해 몹시 허둥대며 전화 버튼을 눌러댔다. 상대가 받은 듯 계장은 애걸하는 것처럼 하시모토의 무단결근에 대해 설명했다. 그리고 아는 게 없느냐고 물었다. 계장의 표정을 보니 가족들도 그의 결근을 모르고 있는 듯했다.

"하시모토의 아버님이 맨션으로 가보겠답니다."

전화를 끊고 계장이 말했다.

"하지만 집에 없지 않아?"

과장이 말했다.

"관리인에게 부탁해 열쇠를 빌려 열어보겠다고 하네요. 혹시 방에 쓰러져 있을지도……."

말끝을 흐렸다.

"쓰러져? 그럴 리가 있나."

말은 그렇게 했지만 과장은 그래도 불안한 것처럼 보였다. 그러고는 불쑥 말했다.

"하시모토의 부모님은 치바에 사시지 않나. 그러면 아무래도 오후 회의에는 맞추지 못하겠군."

과장의 머릿속은 온통 중역 앞에서 하시모토의 난해한 연구 내용을 어떻게 설명해야 하나, 하는 것으로 가득 찬 듯했다.

"스즈키 군, 자네가 준비하게."

결심한 듯 과장이 말했다. 스즈키는 계장의 이름이었다.

이날 오후 2시 무렵, 하시모토가 자기 방에서 죽었다는 얘기가 돌기 시작했다.

어떻게 된 상황인지 알고 싶어 실험 동에 가지 않고 사무실에서 업무를 보고 있던 다쿠야는 이 소식을 들었을 때 너무나 기뻐 춤이라도 추고 싶었다. 이로써 비밀을 아는 인간이 하나 줄어든 셈이다. 잘했어, 잘 죽어줬어. 그렇게 말하고 싶은 심정이었다.

"사인이 뭡니까?"

1과 사람들이 모여 하시모토에 대해 얘기하고 있었다. 다쿠야도 침통한 표정을 지으며 무리 속으로 들어갔다.

"그건 몰라. 하시모토의 아버지가 방에 들어가니까 책상에 앉은 채 죽어 있었대."

다쿠야보다 한 살 연상인 남자가 말했다.

"앉은 채……, 외상 같은 건 없고요?"

다쿠야가 이렇게 물은 것은, 하시모토가 손목을 긋고 죽어 있는 모습을 상상했기 때문이다. 혹은 목을 매달았던가.

그러나 돌아온 대답은 다쿠야가 전혀 예상 못한 것이었다.

"외상은 없었어. 병사야. 심장마비가 아닐까 하더군."

2

사야마는 실려 나가는 시체를 바라보며 얘기가 이상하게 흘러가고 있다고 생각했다. MM중공의 사원이자 니시나 도시키가 마음에 두고 있던 남자가 변사했다는 소식을 듣고, 고마에 경찰서에 설치된 수사본부에서 한걸음에 달려왔다. 그런데 하시모토가 살해되었다는 흔적은 어디에도 없었다. 결국 병사로 결론이 날 것이다.

"엉뚱한 일이 벌어졌군요. 심장마비 같다고 하네요."

야노가 지긋지긋하다는 속내를 숨기지 않고 말했다. 여기로 올 때, 분명 두 번째 사건이 일어났다고 확신했던 것이다.

하시모토 아쓰시는 책상에 엎드려 죽은 채 발견되었다고 한다. 잠옷 차림이었고, 옆에는 만년필이 굴러다니고 있었다. 주위에 있는 다이렉트 메일들은 토요일에 도착된 것들이라, 필시 그날 오후에 사망한 것으로 추측되었다.

외상도, 특기할 만한 시체 반응도 없었다.

"하지만 타이밍이 절묘하군. 니시나 나오키의 장례식이 끝난 직후라는 게 너무 잘 맞아떨어지지 않은가. 게다가 하시모토의 아버지 말로는 심장이 나빴던 적이 없다고 하던데."

"그런 거야 참고할 만한 게 못 되지요. 초인적으로 심장이 강한 스포츠맨도 어느 날 갑자기 심장마비로 죽으니까요."

"그런 얘기는 나도 들었어."

"어쨌든 하시모토의 사망은 우연입니다. 심장마비를 의식적으로 일으키는 건 불가능하니까요."

"그럴지도 모르지만 일단 주변 물건들을 조사해보지. 할 수

170

있는 일은 해야 하니까."

사야마는 방 안을 둘러보다 책장으로 다가갔다. 전자공학
과 기계공학 전문서적들이 꽂혀 있었다. 그 밖에는 시대 소
설과 SF 소설, 여행 가이드북 같은 것들이 있었다.

평범한 샐러리맨이라는 건가……. 사야마는 조그만 사진
액자를 발견하고 들어 올렸다. 아버지와 하시모토, 나머지
둘은 어머니와 여동생일 것이다. 가족끼리 어디 온천에라도
가서 찍은 사진인 듯했다. 하시모토의 나이로 봐서 10년 전
쯤으로 보였다.

"안됐군."

무심코 중얼거렸다. 이제까지 키우고 드디어 어른이 되었
다고 생각했는데 갑작스러운 죽음을 맞은 것이다. 죽은 본인
보다 남겨진 부모에게 동정이 갔다.

액자를 제자리에 놓았을 때 등 뒤에서 쿵 하는 소리가 났
다. 돌아보니 야노가 책상 밑에 웅크리고 있었다. 그리고 다
음 순간, 쥐어짜는 소리를 내며 바닥에 쓰러졌다.

"이봐! 왜 그래?"

사야마는 부축해서 일으키려고 했다. 하지만 야노는 격렬
하게 기침을 하느라 대답할 상태가 아니었다. 도대체 무슨
일이 생긴 거지…….

사야마는 야노가 보고 있던 책상 위로 시선을 옮겼다.

새 만년필이, 아무렇게나 내팽개쳐져 있었다.

다음 날인 수요일.

"청산가스?"

감식반에서 온 보고에, 사야마와 수사관들은 눈을 크게 떴다. 청산가리나 청산소다에 의한 독살이라면 익숙하지만 청산가스라니…….

오기쿠보 경찰서의 회의실. 하시모토가 타살되었을 거라는 의혹이 짙어져 수사본부가 설치되었다. 또한 먼저 일어난 니시나 나오키 죽음과도 밀접한 연관이 있는 것으로 판단해, 사실상 합동 수사의 형태를 취했다. 고마에 경찰서에 설치된 수사본부에서도 수사관이 파견되어 회의실은 숨 쉬기도 힘들 정도로 혼잡했다.

"이것이 이번에 사용된 것과 같은 만년필입니다."

감식반원이 만년필을 높이 들어 올렸다. 평범한 검은색 만년필이었다. 이어서 감식반원은 그걸 분해해 잉크 주입구 부분을 보여주었다.

"이게 카트리지 잉크, 즉 스페어 잉크를 바꿔 끼는 방식이 아니라, 잉크병에서 잉크를 빨아 올리는 타입입니다. 펜 끝을 잉크병에 담그고 피스톤을 작동시키면 잉크가 들어옵니다. 옛날 물총과 같은 원리죠. 그런데 문제는, 이 잉크가 들어가는 부분입니다. 조사 결과, 이 부분에 청산가리 결정이 들어 있었던 것 같습니다."

실내가 웅성거리기 시작했다.

"그러면 어떻게 되는데?"

오기쿠보 경찰서의 서장이 물었다.

"그대로는 아무 일도 일어나지 않습니다. 일단은 안정된 물질이니까요. 하지만……."

감식반원은 잉크병을 꺼냈다. 역시 하시모토의 방에서 발견된 것과 같은 종류였다. 그 뚜껑을 열고, 거기에 만년필의 펜촉을 담근 다음 피스톤을 작동했다.

"이처럼 잉크를 넣으면 변화가 생깁니다. 그리고 이 경우, 반드시 파란색 잉크여야 합니다. 파란색 잉크는 산성을 띠기 때문에 청산가리와 섞이면서 화학 반응을 일으키죠. 그 결과 시안화수소, 즉 청산가스가 발생합니다."

웅성거림은 더욱 커졌다.

"검은 잉크는 소용없다고?"

서장이 물었다.

"예. 파란색을 만들기 위한 성분에 산이 포함되어 있거든요. 현장에서 발견한 파란색 잉크를 조사했는데, 시판되는 것보다 산성이 훨씬 강했습니다. 즉, 범인이 화학 반응을 촉진시키기 위해 유산 같은 걸 몇 방울 떨어뜨린 게 아닌가 생각됩니다."

지능범이군, 하는 소리가 일었다. 사람들이 고개를 끄덕였다. 이렇게 많은 수사관이 모였지만 이런 범행을 경험한 사람은 하나도 없을 것이다.

"하시모토 아쓰시는 그 가스를 마시고 죽은 거군요."

수사관 하나가 말했다.

"그렇습니다. 가스 발생량이 어느 정도였는지는 모르겠으나, 어쨌든 만년필이라, 발생원과 얼굴이 무척 가까웠을 겁니다. 공기 중에 퍼지기 전 들이마셨을 거라 생각되기 때문에 거의 즉사에 가까운 상태였을 겁니다."

"무섭군." 하고 누군가 말했다.

"청산가스는 무섭습니다. 발견했을 때는 화학 반응이 진정된 상태였습니다만, 고마에 서의 야노 형사가 만지는 바람에 남아 있던 게 반응을 한 겁니다. 발생한 가스는 극소량이었으나 그래도 야노 형사는 호흡기 중추에 충격을 받아 쓰러졌습니다. 다행히 생명에는 지장이 없었지만."

수사관들 속에서 실소가 터졌다. 야노는 아직 병원에 있다. 그에게는 터무니없는 재난이었겠지만 그 덕분에 만년필 트릭을 알아낼 수 있었다. 청산가스에 의한 중독사는, 부검으로도 밝혀내기 어렵다고 했다.

감식 보고가 끝난 후, 오기쿠보 경찰서의 형사과장이 만년필에 대해 설명했다. 그에 따르면 만년필은 지난주 토요일, 하시모토에게 소포로 배달되었다고 한다. 시체 바로 옆에 만년필과 잉크병을 포장했던 것으로 보이는 소포용 포장지가 떨어져 있었다. 보낸 사람은 니시나 도시키, 발송일은 전날인 13일, 조후 우체국 소인이 찍혀 있었다. MM중공 바로 옆에 있는 우체국이었다.

"이 점에 대해 니시나 씨에게 문의한 결과, 그런 걸 보낸 기억이 전혀 없다고 답변했습니다."

그야 그렇겠지, 하고 사야마는 생각했다. 범인이 자기 이름을 쓸 리가 없지. 하지만 니시나 도시키의 이름을 썼다는 게 마음에 걸렸다.

주소, 이름, 보낸 사람의 글씨는 모두 워드프로세서로 쓴 것이었다. 기종은 아직 밝혀지지 않았지만 MM중공의 각 부서에 놓인 단말기와는 서체가 조금 달랐다.

만년필은 S사 제품. 상자를 싼 도유 백화점의 포장지가 소포 포장지와 함께 하시모토의 방에서 발견되었다. 포장지에는 사은품이라고 적힌 종이가 붙어 있었다.

대단하군. 사야마는 범인의 소행에 감탄했다. 니시나 나오키의 장례식 다음 날, 상주에게서 사은품이 도착했다면 누구도 이상하게 생각하지 않을 것이다. 하시모토가 보기 좋게 트릭에 걸린 것도 이해할 수 있었다.

수사 회의는, 향후 방침을 결정하기에 이르렀다. 오기쿠보 서에서는 만년필과 청산가리에 대해 알아보기로 하고, 고마에 서에서는 니시나 나오키 사건과의 관련성을 찾는 것으로 방향을 잡았다.

회의가 끝나자, 사야마는 고마에 서로 향했다. 젊은 형사가 운전하는 차 뒷좌석에 사야마는 다니구치 경부와 나란히 앉았다.

"니시나 나오키 살인사건의 수사도 제자리걸음인데 성가신 일이 생겼군."

차가 출발하자마자 다니구치가 입을 열었다.

"문제는 이번 건이 먼저 사건과 어떤 관계가 있느냐는 거야. 하시모토는 니시나 나오키를 죽인 동일범에게 같은 동기로 살해된 걸까? 아니면 하시모토 본인이 니시나의 죽음과 관련된 것일까?"

"양쪽 가능성을 다 생각해야겠죠."

사야마가 말했다.

"우선은 니시나 나오키가 살해된 날, 하시모토의 알리바이를 조사하겠습니다."

다니구치는 곧바로 승낙했다.

"해보게. 하지만 하시모토는, 그날 휴가를 받은 사람 중에 없었지?"

"그렇습니다. 하지만 일단은……."

"그렇지. 휴가원을 내지 않고 빠지는 것도 가능할지 모르니까."

"그리고 하시모토와 니시나 나오키와의 관계도 조사해보겠습니다."

"업무와 관련이 있을까?"

"같은 연구개발부니까 가능하죠."

사야마는 나오키 밑에 있는 직원의 얼굴을 떠올렸다. 나카모리 유미에라고 했던가? 그녀라면 뭔가 알고 있지 않을까?

"그런데 그날, 휴가를 받은 사람의 알리바이는 모두 조사한 건가요?"

화제를 바꿨다.

"니시나 나오키하고 관계가 있는 사람은 대충."

하지만 다니구치의 대답은 시원치 않았다.

"휴가를 받는 데는 그만한 이유가 있을 거라 생각했는데, 의외로 그냥 쉬었다는 사람이 많아서 놀랐네. 유급 휴가를 효율적으로 쓰라는 명령을 받아, 대강 이쯤에서 쉬어야 할 것 같아 쉬는 경우들 말이야. 일본인은 너무 일만 해서 놀지도 못한다는 게 맞는 말이더군. 하루 종일 TV를 봤다는 사람이나 슬롯머신을 하며 시간을 보냈다는 사람이 많았어."

"그런 사람들은, 알리바이 확인도 힘들겠군요."

"그렇지."

"그중에서 눈에 띄는 사람은?"

"딱 한 사람." 하고 다니구치가 집게손가락을 들어 올렸다.

"그렇긴 해도 그저 부서가 마음에 걸렸을 뿐이지만."

"누굽니까?"

"임원실에 있는 아마미야 야스코라는 직원이야. 이 여자도 그날 휴가를 얻었는데 알리바이가 애매해. 본인은 그저 거리를 돌아다녔다고 하는데."

사야마가 한숨을 내쉬었다.

"그것만으로 의심쩍다고는 할 수 없지요."

"당연하지. 게다가 그런 범행 수법은 여자에게는 무리가 아닐까?"

"교살……."

나오키는 뒤에서 끈으로 목이 졸렸다. 또 부검 결과에서도, 나오키의 몸 안에서 수면제 같은 건 검출되지 않았다. 그러니 나오키는 분명 저항했을 것이고, 죽음에 직면한 남자가 몸부림을 치면 평범한 여자로선 당해낼 수가 없었을 것이다.

"하지만……." 하고 다니구치가 말을 이었다.

"공범이 있다면 얘기는 달라지지."

"공범, 이요?"

사야마는 순간 머릿속에 무언가가 떠오르는 걸 느꼈다. 니시나 나오키 사건 이후 줄곧 마음에 걸리는 게 있었는데, 그게 희미하게나마 모습을 드러냈던 것이다.

"왜 그래?"

다니구치의 물음에 그는 고개를 가로저었다.

"아뇨. 아무것도."

희미하게 모습을 드러낸 것이 형태를 갖추기에는 조금 더 시간이 필요할 터였다.

3

다쿠야는 하시모토의 죽음이 자살이 아니라 타살이라는 것을 수요일 밤 뉴스를 보고야 알았다. 그 자체가 상당한 충격이었다. 그런데 그 이상으로 다쿠야를 전율시킨 것은 그 살해 방법이었다.

"범행에 사용된 것은 이와 동일한 만년필입니다. 잉크를 넣는 부분에 청산가리가 들어 있고……."

뉴스 캐스터의 설명이 이어졌다. 다쿠야는 책상으로 뛰어가 서랍 속에서 토요일에 받은 소포를 꺼냈다.

틀림없었다. TV 화면에 나오고 있는 것과 똑같은 만년필이었다. 그리고 파란색 잉크병, 도유 백화점 포장지, 사은품이라는 글자, 보내는 사람, 모두 일치했다.

그리고…….

다쿠야는 만년필을 분해했다. 잉크를 넣는 부분은 반투명 상태였는데 자세히 들여다보니 안에 뭔가 들어 있었다. 흰색 결정체였다.

소름이 돋았다.

"이런, 나 원 참……."

독이 들어 있는 만년필을 다시 놓고 그것을 쳐다보며 다쿠야는 일부러 너스레를 떨었다. 조금이라도 공포를 줄이기 위해서였다. 베일에 가려진 살인마는 하시모토뿐 아니라 동시에 다쿠야도 죽이려 획책했던 것이다.

그리고 그 범인은 니시나 나오키를 죽인 인간과 동일범일 거라고 확신했다. 이유는 불분명했지만 범인은 야스코 살해 계획을 세운 세 남자를 노리고 있는 것이다.

다음은 나, 인가……. 등줄기가 서늘해졌다.

범인은 다른 방법을 생각하고 있을 것이다. 적은, 다쿠야가 자신에게도 만년필이 보내졌다는 사실을 경찰에 신고하지 않을 것이라는 걸 알고 있다.

목요일 조간에는, 하시모토의 죽음을 타살로 확정 짓는 기사가 실려 있었다. 만년필을 흉기로 사용한 게 이색적인 인상을 주었는지, 각 방면 평론가들의 담화도 실렸다. 매우 독창적인 범행 수단이다, 범인은 독극물에 정통한 인물이 아니겠는가 — 한 추리작가의 설명이었다. 다른 사람 일이라고 잘도 지껄이고 있다.

또 다른 면에는 같은 회사 직원이라는 점 때문에 지난번 니시나 나오키 살해 사건과 결부시키는 글도 실려 있었다. 그러나 둘의 공통점과 관계는 전혀 언급되어 있지 않았다. 단서가 하나도 없어서 파고 또 파도 잡히는 게 없다는 것이 솔직한 속내일 터였다.

그러나 다쿠야는, 퇴근을 해서도 경솔하게 집 안으로 들어가선 안 된다고 결심했다.

아무리 문단속을 해도, 마음만 먹으면 침입이 가능할지 모른다. 자신도 모르는 사이, 열쇠를 만들었을 가능성도 있다. 그렇게 몰래 숨어든 범인이 칼을 들고 냉장고 옆에 숨어 있을지도 모른다. 혹은 가스 밸브를 틀어놨을지도 모른다. 일산화탄소 중독으로 죽진 않지만 다쿠야가 퇴근해 형광등 스위치를 누르는 순간 폭발하기 때문이다.

냉장고 속 음식에 독을 넣는 방법도 있다고 생각했다. 세탁기 전선을 벗겨내 감전사시키는 방법도 있다.

정말 방법이 많군. 그는 얼굴에 경련을 일으키며 쓴웃음을 지었다. 지금 생각한 몇 가지 방법은 모두 자신이 야스코를 죽이기 위해 생각했던 것들이었다. 설마 자기 몸을 지키는 데 쓸모가 있으리라고는 생각하지 못했다.

어쨌든 선수를 쳐야 해……. 현관을 나와 문을 잠그는 순간, 그의 얼굴이 다시 험악해졌다.

회사에 출근하니 온통 하시모토의 죽음에 대한 화제로 시끌벅적했다. 그렇다고 소란을 피우는 사람은 하나도 없었다. 여기저기 낮은 목소리와 어두운 표정으로 얘기하는 무리가 있을 뿐이었다.

자리에 앉자 책상 위에 메모가 놓여 있었다. 깔끔한 글씨로 '스에나가 씨, 니시나 전무님이 부르십니다.'라고 적혀 있었다. 같은 과 여직원의 필체였다.

다쿠야는 이미 출근한 계장에게 보고한 후 연구개발부실을 나왔다.

전무실로 가자 무네가타 신이치도 와 있었다. 그는 니시나 도시키 맞은편 소파에 앉아 있었다. 도시키가 다쿠야에게 무네가타 옆에 앉으라고 지시했다.

"하고 싶은 말은, 나오키와 하시모토 군에 대한 것이네."

다쿠야가 앉자마자 도시키가 말을 꺼냈다. 쓸모없는 전제를 하지 않는 게 전무의 특징이다.

"사건에 대해 아는 게 있나?"

늘 변함없는, 온화하면서도 느린 말투였다. 지난주에 살인

사건으로 아들을 잃은 사람처럼은 보이지 않았다.

"아뇨, 없습니다."

다쿠야가 대답했다.

"그런데 왜 저한테 물으시는 겁니까? 저는 특별히 니시나 실장님이나 하시모토 군과 친하지도 않았는데요."

그러나 도시키는 표정 하나 바꾸지 않고 말했다.

"단순한 이유에서지. 이번 일로 무네가타 군과 얘기했는데 그 두 사람을 죽일 명확한 동기를 지닌 사람은 자네라고 무네가타 군이 말하더군."

그 얘기에 다쿠야는 놀라 무네가타를 봤다. 그는 도시키의 말도, 다쿠야의 시선도 듣고 느끼지 못한 듯 벽에 걸린 풍경화만 쳐다보고 있었다.

"나오키는 자네와 호시코의 관계를 인정하지 않는다고 했고, 하시모토 군은 라이벌이니까 말이야."

도시키는 자세를 고치고 다리를 꼬았다.

"자신이 의심받을 짓을 자네가 했을 리 없다고 한 것 역시 무네가타 군일세. 그리고 하시모토 군이 자네의 라이벌이 아니라는 것은 나도 잘 알고 있네."

그러나 말이야, 하고 도시키는 조금 목소리를 높였다. 다쿠야는 순간 긴장했다.

"이런 건 확실히 짚어두는 게 필요하지. 자네는 정말 아무것도 모르나?"

"모릅니다."

다쿠야는 몸을 꼿꼿이 세운 채 대답했다.

"경찰의 의심을 받을 경우 결백을 증명할 수 있나?"

"예."

그리고 힐끗 무네가타를 돌아본 뒤 말을 계속했다.

"실은, 형사에게 이미 한번 알리바이를 조사받았습니다. 실장님이 살해되신 날, 저는 나고야로 출장을 간 상태였습니다. 많은 사람들이 증명해줄 겁니다. 그 후 형사가 한번도 오지 않았는데, 그것은 분명 알리바이가 입증되었기 때문이라고 생각합니다."

얘기를 듣고 난 뒤, 도시키는 무네가타 쪽으로 시선을 보내며 조그맣게 고개를 끄덕인 다음, 다시 다쿠야를 봤다.

"좋아, 알았네. 의심한 건 아니지만 객관적인 사실이 필요했네. 이로써 이번 사건에 대해 자네와도 상의할 수 있겠군."

"예? 무슨……."

다쿠야가 도시키의 눈을 보며 대답했을 때, 노크 소리가 들렸다. 야스코가 쟁반에 차를 가지고 왔다. 다쿠야는 순간 시선을 피했다.

"고맙네. 이런 것까지."

도시키가 말을 걸자 그녀가 살짝 미소 짓는 게 느껴졌다.

"아마미야에게 신세를 많이 졌는데, 곧 회사를 그만둔다고 하네."

"아, 예……"

다쿠야는 슬쩍 그녀의 옆얼굴을 봤다. 눈이 마주치자 다시 시선을 떨어뜨렸다.

"장미가 다 떨어져버린 것 같겠네요."

무네가타의 말에 "그렇다네. 무척 쓸쓸하겠어." 하고 도시키는 찻잔에 손을 댔다. 야스코는 아무 말 없이 물러났다. 그녀가 문을 닫기 직전에야 다쿠야는 고개를 돌렸다. 그녀는 가볍게 고개를 숙이고 있었다.

그리고 마지막 순간, 두 사람의 시선이 마주쳤다.

전무실을 나와 엘리베이터에 오르는데 뒤따라 무네가타가 탔다. 다른 사람은 아무도 없었다.

"기분이 나빴을지도 모르지만 대충 넘어갈 수 없는 상황이라. 이해해주게."

닫힌 문을 보며 무네가타가 말했다.

"별로 신경 쓰지 않습니다."

"그렇다면 다행이군. 로봇사업부는 나도 잘 모르는 분야라, 아무래도 자네의 협력이 필요하다고 생각하네."

항공기사업부의 업무라면 모든 걸 다 파악하고 있다는 말투였다.

"니시나 실장님과 하시모토가 저희 부서 사람이라는 관계 정도지요."

"그거야 더 좋지. 업무와 관련이 있으면 오히려 문제가 될 수도 있으니까."

엘리베이터가 멈추고 문이 열렸다. 그럼 먼저 가겠다며 무네가타가 내리려고 할 때, 다쿠야는 그를 막아서며 "그런데……." 하고 입술을 적신 후 물었다.

"무네가타 씨는 이번 일로 전무님을 돕게 되신 것 같은데, 객관적인 사실에 입각해 결백을 증명하셨습니까?"

어처구니없다는 표정을 짓지 않을까 기대했는데 무네가타의 얼굴에는 변화가 없었다. 오히려 그의 질문을 재미있게 여기는 것처럼 보였다.

"물론 증명했지." 하고 무네가타가 말했다.

"그날 나는 요코스카에 갔고, 밤에는 니시나 저택에 있었네. 범인이 시체를 옮기고 있을 때, 나는 전무와 브랜디 잔을 기울이고 있었지."

그러곤 다쿠야의 손을 가볍게 뿌리치고 엘리베이터에서 내렸다.

사무실로 돌아와 무네가타의 말을 생각했다. 요코스카라면 항공기사업부의 공장이 있는 곳이다. 공장에 갔다가 밤에 돌아왔다는 얘기다.

그러나 요코스카에서의 알리바이를 입증할 수 없다면 결백을 증명했다고는 할 수 없다. 시체를 운반한 것은 자신이니까 그사이의 알리바이가 있어도 무의미하다. 중요한 것은 니시나 나오키가 살해되었을 때의 알리바이다.

무네가타 신이치……일까…….

방심할 수 없는 상대라는 생각이 들었다. 사실 그는 니시나 나오키가 죽어서 이득을 본 사람 중 하나다. 니시나 가문의 아들이 없어진 현재 시점에서 도시키의 뒤를 이을 사람은 무네가타밖에 없다. 그리고 장기적으로 보면 MM중공의 사장 자리도 꿈만은 아니다.

하지만……. 다쿠야는 생각을 고쳤다. 무네가타에게는 하시모토를 죽일 동기가 없다. 만약 그 연판장을 입수했다 해도, 야스코를 살해하려 한 것과 무네가타와는 아무 관계가 없다.

아니, 무네가타만이 아니다. 나오키를 죽인 범인이 누구든, 그 연판장에 서명한 하시모토와 다쿠야를 죽일 이유가 없다.

그런 이유가 있는 사람은…….

다쿠야는 야스코를 떠올렸다. 자신을 죽이려 했던 남자들에게 복수한다. 그거라면 가능하다.

어쨌든 그 여자를 처치해야만 한다. 야스코가 나오키와 하시모토를 죽인 범인이든 아니든, 다쿠야에게 편치 않은 존재임에는 변함이 없다. 회사를 그만둔다고 했는데, 고향으로 돌아가버리면 손을 쓰기가 더 힘들어질 것이다.

그렇지 않더라도 이왕 실행하려면 빠를수록 좋다고 생각하며, 다쿠야는 샤프펜슬을 칼처럼 쥐었다. 경찰이 단서를 잡기 전에 실행해야 한다.

가장 이상적인 것은 나오키와 하시모토를 죽인 범인이 야스코이고, 그녀도 마지막에 자살했다는 상황을 만드는 것이다. 그러면 일단 경찰의 움직임도 잠잠해질 것이다.

최악의 상황은 진범이 경찰에 잡혀버리는 것이다. 범인이 다쿠야를 포함한 세 남자가 아마미야 야스코를 죽이려 했다고 자백하는 그 순간, 모든 게 끝난다.

빨리 해야 한다. 가능한 한 빨리⋯⋯.

샤프펜슬을 쥔 손에 힘을 주었을 때 전화가 울렸다. 정신을 차리고 수화기를 들었다.

"개발2과입니다."

"스에나가 씨? 나예요."

니시나 호시코에게서 온 전화였다.

4

유미에가 하기와라에게 불려가, 실장 방에서 직원들이 있는 큰 사무실로 나오라는 명령을 받은 것은 근무 시작을 알리는 벨이 울린 직후였다. 개발1과의 하시모토가 살해당했다는 뉴스로 직장은 여전히 어수선했다.

"실장 방이 따로 있었다는 것 자체가 이상한 일이었지. 그 방은 자료실로 만들 예정이니까 오늘 중으로 자네 책상과 캐비닛을 옮기게. 아! 그리고 파일들도 정리해주게."

하기와라는 빠르게 지시를 내렸다. 유미에는 꾸벅 고개를 숙이며 "알겠습니다." 하고 대답했다. 그리고 하기와라 앞을 떠나면서 다행이라고 생각했다. 니시나 나오키가 죽은 뒤로 하기와라가 명실상부한 기획실의 장이 되었다. 그렇게 되고 보니, 그가 실장 방에 책상을 놓고 들어오는 게 아닐까 내심 조마조마하던 터였다. 유미에는 하기와라의 끈질긴 근성이 싫었다. 상당히 음험한 성격이라는 것도 간파했다. 그런 남자와 하루 종일 단둘이 지내다 노이로제에 걸리지 않을까 싶어 우울했다.

니시나 실장님은 다정했는데…… . 책상 위를 정리하면서 유미에는 나오키를 떠올렸다. 그와 단둘이 지내면서 숨이 막힐 것 같은 적은 한 번도 없었다. 언제나 유미에가 편하게 일

할 수 있도록 배려해주었다.

생각하기에 따라 그게 가장 큰 의문이기도 했다. 니시나 실장님은 왜 그렇게 따뜻하게 대해주셨을까. 아니, 그보다 왜 이런 나를 자기 부서로 데려왔을까.

물론 나오키가 접근해오는 것 같다는 느낌을 받은 기억도 있다. 그러나 그런 것들은 모두 희미해지고 지금은 좋은 인상만 남았다.

그런 니시나 나오키가 살해되었다……. 그것은 역시 유미에가 이해할 수 있는 범위를 넘어선 사건이었다. 아니면 그도 나름대로 더러운 인간관계 속에 살았던 것일까. 개발1과의 하시모토도 사람은 좋아 보였는데.

"아!"

유미에가 손길을 멈추고 자기도 모르게 비명을 내지른 것은 중요한 것을 기억해냈기 때문이었다. 아니, 중요한지 어떤지는 모르지만, 잠자코 있을 수만은 없었다.

며칠 전쯤의 일이다. 유미에는 달력을 봤다. 이 방에 하시모토가 불려왔었다. 그때 자리를 비켜달라는 지시를 받았었다. 자못 밀담이라도 시작하겠다는 분위기…….

아니, 하시모토만 왔던 게 아니라는 사실도 떠올랐다. 그래, 맞아, 스에나가. 개발2과의 스에나가. 그도 함께 불려왔다.

이걸 형사한테 말해야 하나. 유미에는 망설였다. 이 일로 스에나가에게 괜한 의심이 가면 뒷맛이 씁쓸할 것 같았다.

다음에 또 물어보면……. 그녀는 결심했다. 먼저 말하지는 말자. 하지만 형사가 물으면 대답하자. 그렇게 결심하고 나니 기분이 한결 나아졌다.

유미에는 묵묵히 책상을 치우고 캐비닛 파일을 정리했다. 지난번 수사관들이 와서, 나오키의 개인 노트 같은 걸 가져갔지만 업무상 파일은 그대로 있었다.

캐비닛 맨 아래 칸을 정리할 때였다. 'XX년도 업무 계획' 이라는 견출지가 붙은 얇은 파일이 몇 개 꽂혀 있는데 그 속에 이상한 파일 하나가 섞여 있었다.

'1974년도 업무 계획.'

이상한 일이었다. 왜냐하면 개발기획실이 만들어진 게 1975년이었기 때문이다. 따라서 그 전 해의 계획서가 존재할 리 만무했다.

유미에는 그 파일을 뽑아보았다. 그런데 더욱 이상한 건 파일이 그리 오래된 게 아니라는 사실이었다. 1970년대 파일인 데도 누렇게 바랜 종이가 하나도 없었던 것이다.

도대체 무슨 파일이지? 유미에는 별다른 생각 없이 표지를 펼쳤다.

젊은 남자 사원의 도움을 받아 책상과 캐비닛을 다 옮겼다.

책상 위치는 하기와라 옆자리였다.

유미에가 새로운 자리에 앉자 "잘 부탁하네." 하며 하기와라가 새삼스럽게 인사했다. 저야말로, 라고 대답하는데 이상하게 목소리가 갈라져 나왔다.

"왜 그런가? 안색이 안 좋네."

"아뇨. 괜찮습니다. 조금 피곤해서요."

유미에는 뺨을 가볍게 두드린 뒤, 업무에 맞게 책상 위의 사무용품을 정리하기 시작했다.

하기와라의 책상에 있는 전화가 울렸다. 그는 재빨리 수화기를 들고 두세 마디 한 다음, 송화구를 막고 유미에를 봤다.

"나카모리 군, 지금 시간 있나? 로비에 형사가 와 있는데, 자네한테 물어볼 게 있대."

"형사가……."

잠시 생각한 다음 유미에는 말했다.

"알겠습니다. 지금은 괜찮습니다."

그러자 하기와라는 전화 상대와 몇 마디 한 뒤, 수화기를 놓고 "접객실 12번 테이블에서 기다리겠대. 사야마라는 형사야." 하고 말했다.

하기와라가 말한 테이블로 가자 사야마가 혼자 앉아 기다리고 있었다. 전에 같이 왔던, 다혈질로 보이던 젊은 형사는 어찌된 걸까 생각하면서 인사를 한 후 건너편에 앉았다.

형사의 질문은 니시나 나오키에 대한 것부터 시작되었다. 그 후 생각나신 게 있습니까, 누구한테 관심을 가질 만한 소문을 들은 건 없느냐, 하는 질문이 이어졌다.

"아뇨."

"새로 발견한 건?"

"발견? 어떤 거요?"

"사건과 관련된 것 말입니다. 니시나 씨가 쓴 메모나, 그런 것 없었습니까?"

"없었습니다."

유미에는 시선을 테이블로 떨어뜨리고 무릎 위에 놓인 손수건을 세게 움켜쥐었다.

형사의 질문이 이어졌다. 전에 받았던 질문과 똑같은 것들이었다. 그래서 유미에는 전과 마찬가지로 대답했다. 짚이는 게 하나도 없습니다, 라고…….

"하시모토 씨에 관한 얘기입니다만."

화제가 바뀌었다.

"니시나 씨와 관련해 뭔가 생각나신 게 없습니까? 예컨대 최근에 일로 자주 만났다던가, 아니면 취미를 공유했다던가."

유미에는 고개를 갸웃했다. 형사가 계속해서 물었다.

"최근 들어 두 사람이 만난 일은 없습니까?"

"둘이서……"

"아뇨, 특별히 단둘이가 아니어도 좋습니다."

유미에는 손수건을 쥔 손에 힘을 주었다. 그리고 형사의 눈을 똑바로 바라보며 "아뇨, 기억나지 않습니다." 하고 또렷하게 말했다.

5

나카모리 유미에가 접객 로비를 떠나는 것을 지켜본 사야마는 접수 카운터 옆에 놓인 사내 전화 쪽으로 걸어가 연구1과에 전화를 걸었다. 그리고 스즈키라는 계장과 만날 약속을 했다.

전화를 받은 스즈키는 곧 가겠습니다, 라고 대답했다. 목소리로는 기가 약한 남자 같았다.

전화를 끊고 자리로 돌아와 이제까지의 탐문 결과를 정리해봤다. 하시모토의 아버지 말로는 니시나 나오키와 개인적인 관계는 없었다고 했다. 떨어져 살아서 사실을 잘 모르는 게 아니냐고 했더니 "아뇨, 아쓰시는 우리한테 뭔가를 숨길 애가 아닙니다."라는 아버지의 말에 자신감이 넘쳤다. 그 자신감이 함정이라고 생각했지만 입 밖에 내지는 않았다.

나카모리 유미에로부터 정보를 얻을 것이라는 기대는 어긋

194

났다. 니시나 나오키와 가장 가까이 있던 사람이라 뭔가 단서가 있으리라 생각했는데 말이다.

그러고 보니, 묘한 이야기가 고마에 서에서 나왔지…….

유미에에 대한 것이었다. 설계부에 있던 그녀를, 나오키가 억지로 현재 부서로 빼왔다는 얘기였다. 그 덕분에 한동안 소문이 나돌았는데 결국 흐지부지되고 말았다고 했다.

나카모리 유미에는 그날 회사를 쉬지 않았는데…….

그래도 일단 조사해보자고 생각했을 때, 사야마의 눈앞에 누군가가 서 있었다. 고개를 들자 목소리 그대로 궁상맞아 보이는 남자가 인사를 했다.

"그러면 그날 하시모토 씨가 밤 9시까지 야근을 했다는 말씀이시군요."

사야마의 질문에 개발1과의 스즈키는 여러 번 고개를 끄덕였다. 하시모토의 상사라고는 하지만 그것은 직책일 뿐이고, 사실은 하시모토가 원하는 대로 연구를 추진했다고 스즈키 본인이 고백했다.

"스즈키 씨는 줄곧 하시모토 씨와 함께 계셨나요?"

"계속은 아니지만 그가 회사에 있었다는 건 압니다. 실험실에 있는 걸 봤으니까요."

"그렇군요."

9시까지의 알리바이가 있다면 어쩔 도리가 없다. 11월 10

일, 즉 니시나 나오키가 살해된 날 하시모토의 행적을 물었는데, 근무하고 있던 게 분명해 보였다.

"그런데 하시모토 씨는 어떤 분이셨나요?"

지나가는 말처럼 물었더니, 스즈키도 긴장이 좀 풀렸는지 "아주 성실한 사람이었습니다. 선은 고운 편인데 몸은 좀 뚱뚱했지요." 하고 농담까지 하는 여유를 부렸다.

"야심이 많았나요?"

"야심이요? 아뇨, 야심가라는 느낌은 없었습니다. 꿈은 있었던 것 같지만."

"어떤 꿈이었습니까?"

"장래에는 우주 개발에 참여하고 싶어 했습니다. 그래서 미국 MM에 가고 싶다는 뜻을 밝혔고요. 그쪽은 여러 가지 일을 하니까요. 그리고 실은, 그 희망대로 될 것 같다는 얘기가 있어서 본인도 무척 좋아했는데……, 참 안타깝습니다."

술술 흘러나오던 스즈키의 말이 여기서 갑자기 무거워졌다.

"니시나 나오키 씨와는 어떤 관계였습니까? 그런 얘긴 못 들어보셨나요?"

스즈키는 고개를 갸우뚱했다.

"업무상 형식적인 관계는 있었습니다만, 개인적인 왕래가 있었던 건 기억나지 않습니다."

"지난번 니시나 씨가 살해됐을 때 하시모토 씨가 어떤 말을 했나요?"

여기서도 스즈키는 무슨 말을 했나, 생각하는 것처럼 머리를 기울였다.

"거의 말을 하지 않아서요."

"화제를 피했다는 건가요?"

"그보다 다른 사람 일이라고 생각하지 않았을까요? 설마 자신도 그런 일을 당하리라고는 생각 못했을 테니까요. 게다가 그 사람은 누군가의 원한을 살 만한 인물도 아니었습니다. 효자였어요. 한 달에 몇 번씩 부모님 집에 가서, 부모님을 모시고 드라이브를 나가기도 했어요. 요즘은 흔치 않은 일이죠."

"그렇지요."

맞장구를 치던 사야마는 스즈키의 말 가운데 마음에 조금 걸리는 단어가 있다는 걸 깨달았다.

"하시모토 씨가 드라이브를 좋아했습니까?"

"좋아했던 것 같습니다. 혼자 이즈까지 간 적도 있다고 했거든요."

"어떤 차를 탑니까?"

"아, 예, 저도 사원 단합대회 때 얻어 탄 적이 있습니다."

그러곤 상당히 벗겨진 이마를 주먹으로 가볍게 두드린 다음 "아, 맞다. 크라운입니다. 부모님을 편안하게 모시고 싶어서 샀다고 했습니다." 하고 말했다.

"크라운이라⋯⋯."

사야마는 그 차를 떠올렸다. 좌석뿐만 아니라 트렁크도
넓다.

"그 단합대회 때 말입니다, 피곤한 운전을 불평 한마디 없
이 맡았어요. 좋은 놈이었죠. 왜 그렇게 됐는지 도무지 모르
겠습니다."

계속 이어지는 스즈키의 말을 사야마는 반쯤 흘려듣고 있
었다.

하시모토의 흰색 크라운은 맨션 동쪽에 있는 주차장에 세
워져 있었다. 정성껏 왁스칠을 했는지 새 차처럼 번쩍였다.
하시모토의 성격이 이런 데서도 고스란히 드러나는 듯했다.

그렇다면 평소에도 내부 청소까지 저렇게 말끔히 한단 말
인가⋯⋯.

만약 그랬다면 단서를 잡기는 어려울 것이다.

"9시까지 회사에 있었다면 하시모토는 아니야. 차를 조사
해봐야 뭐가 나올까?"

하시모토의 크라운을 조사하고 싶다고 하자, 다니구치가
의문을 제기했다. 타당한 얘기라는 것은 사야마도 잘 알고
있었다.

"하지만 확실하게 해두고 싶어서요. 나오키의 시체를 운반

하는 데는 차가 이용됐습니다. 제가 범인이라면 렌터카는 이용하지 않았을 겁니다. 증거가 남으니까요. 따라서 차는 가까이에서 조달했을 거라 믿습니다."

"그 생각에는 나도 기본적으로 찬성이네."

다니구치는 고개까지 끄덕이며 말했다. 사실 다니구치는 나오키의 애마였던 볼보를 감식반에 보내 철저히 조사하게 했다. 범인이 나오키의 차를 이용해 시체를 운반했을 가능성도 있기 때문이다. 그러나 볼보에서는 아무것도 나오지 않았다. 또한 맨션 주민의 증언으로, 볼보는 사건 당일 주차장에 세워진 채 움직이지 않았다는 사실도 밝혀졌다.

"어쨌든 조사해보지. 범인이 하시모토의 차를 빌렸을 수도 있으니까."

잠시 생각한 뒤 다니구치는 사야마의 제안을 받아들였다.

뭔가 나오지 않을까. 머리카락 한 올이라도……. 감식 작업을 지켜보면서 사야마는 자신의 예감이 맞길 빌었다.

"어떻습니까?"

자동차 트렁크를 조사하고 있는 감식반원에게 말을 걸었다. 아직 젊은 감식반원은 작업을 계속하면서 고개를 갸웃했다.

"최근에 청소한 흔적이 있습니다. 종잇조각 하나 떨어져 있지 않네요."

"그래요……."

청소한 흔적이 있다는 것은 오히려 사건과 관련이 있는 거라고 해석할 수 있다. 범인이 시체를 운반한 차를 청소도 안 하고 방치해뒀을 리 없다. 하지만 그 때문에 범행 흔적이 나타나지 않는다는 것은 뼈아픈 일이다.

좌석 쪽으로 갔다. 그쪽도 역시 감식반원이 신중한 손놀림으로 지문을 채취하고 있었다. 만약 범인이 이 차를 빌렸다면 하시모토 이외의 지문이 핸들에 남았을 가능성이 있다.

"멋진 차네요."

감식반원이 말했다.

"시트를 보호하는 약품을 꼼꼼히 발라놨어요. 먼지 하나 달라붙어 있지 않네요. 산 지 2년이나 됐다는데 믿어지지가 않네요. 청소를 상당히 자주 했을 겁니다."

"최근에 서둘러 청소한 게 아니라는 겁니까?"

"아닙니다. 평소에 관리하지 않았다면 이런 상태를 유지할 수는 없어요."

"그래요……."

안 좋은 상황이다. 서둘러 청소한 흔적이 나왔으면 좋았을 텐데.

수고하라며 사야마가 그 자리를 떠나려고 할 때 감식반원이 "어럽쇼!" 하는 소리를 냈다. 감식반원은 시트 밑을 들여다보고 있었다.

"왜 그러십니까?"

"예. 이런 게……."

감식반원이 내민 것은 가로 세로 1센티미터 정도 되는 종잇조각이었다.

"숫자가 적혀 있군요."

사야마가 말했다. 흰 바탕에 '1,150'이라는 숫자가 적혀 있었다. 스탬프 같은 걸로 찍었는지 조금 번져 있다. 숫자 위에는 '금(金)'이라는 오렌지색 글자가 또렷하게 인쇄되어 있다.

"이게 뭐지."

사야마가 중얼거렸다.

"뭘까요? 어디선가 본 적이 있는 것 같은데."

"예."

사야마도 고개를 끄덕였다.

"나도 지금 그걸 생각하고 있는 중입니다."

그리고 종잇조각을 손끝으로 집어 햇빛에 비춰보았다.

사야마의 의문을 시원하게 해결해준 것은 드라이브를 좋아하는 신도 형사였다. 그는 사야마가 수사본부로 가지고 온 그 종잇조각을 보자마자 말했다.

"아, 이건 고속도로 영수증이에요. 틀림없어요."

"영수증?"

"예. 저한테도 있는데……."

신도는 지갑 속에서 흰 종이 한 장을 꺼냈다. '영수증 일본
도로공단'이라고 인쇄되어 있었다. 그것을 보자 이해가 갔다.
그래서 눈에 익었던 거구나. 요금소에서 받은 영수증이다.

"정말 그러네. '금'은 '요금'이란 글자가 찢긴 거고, '1,150'
은 금액을 찍은 건가?"

"아무리 눈에 익어도 일부만 보고는 잘 모르죠."

신도는 코를 문지르며 말했다.

"그건 그렇다 치고, 이걸로 하시모토가 최근에 고속도로를
이용했다는 사실이 밝혀진 거네. 아니, 하시모토 본인이 운
전했다고는 단정할 수 없지만."

사야마가 혼잣말처럼 말하자 "이봐, 무슨 생각을 하는 거
야?" 하고 옆에서 다니구치가 말을 걸었다.

"그 조각이 하시모토 차에서 발견됐다 해도, 사건과 관련이
있다고는 할 수 없지 않나? 어떤 차라도, 잘 찾아보면 그런
영수증 한두 장은 나올 테니까. 게다가 문제의 시체를 옮긴
흔적도 못 찾았잖아?"

사야마는 다니구치 앞에 부동자세로 선 채 대답했다.

"저기, 하시모토의 차에서 이런 종잇조각이 발견됐다는 사
실을 간과해선 안 됩니다. 이건 하시모토가 살고 있던 맨션
주민한테도 확인한 사실입니다만, 그 친구는 1주일이나 2주

일에 한 번은 항상 세차를 했다고 합니다. 그때 반드시 내부 청소도 했을 겁니다. 그렇다면 이 종잇조각이 떨어진 것은 그리 오래되지 않았다고 생각하는 게 타당합니다."

"그렇게 오래되진 않았을지 모르지만 니시나 나오키가 죽은 날이라고 단언할 수는 없지."

"살해된 날이 아니라고 단정 지을 수도 없습니다."

다니구치는 잠시 사야마를 노려본 다음, 옆에 있는 젊은 형사에게 도로지도가 그려진 수첩을 가져오라고 지시했다. 그러곤 수첩 맨 뒤페이지를 펼쳐 사야마 앞에 내밀었다. '고속국도 통행요금표'라는 제목이 붙어 있었다.

"도쿄-오사카 요금이 얼마지?"

다니구치가 물었다.

사야마는 표를 보면서 "1만 엔 정도네요."라고 말했다. 대답하면서 다니구치가 말하려는 게 뭔지 깨달았다.

"그래, 맞아. 하지만 이 종이에는 1,150엔이라고 적혀 있어. 즉 도쿄와 오사카를 달린 영수증이 아니란 말이지."

"곧장 달렸다고는 할 수 없죠. 도중에 어느 인터체인지로 일단 빠져나왔다가, 다시 고속도로를 탔을 수도 있지요."

"무엇 때문에 그런 짓을 하지?"

"그야 모르죠. 혹시 거기에 어떤 비밀이 숨겨져 있을지도 모르고요. 그리고 또 하나, 저는 영수증이 갈기갈기 찢어져 있는 것도 마음에 걸립니다. 보통 대강 구겨서 버리면 그만입니다. 이렇게 찢었다는 건 이 영수증을 처분해야 한다고 느꼈다는 걸 증명합니다."

사야마의 기세에 눌렸는지 다니구치는 잠시 침묵을 지키다가, 이윽고 표정을 누그러뜨리고 포기했다는 표정을 지었다.

"아무래도 억지투성이지만 조사하지 않으면 수긍하지 않을 것 같군."

"제 버릇입니다."

"대단한 버릇이지. 그래, 어쩔 셈인가?"

"이 영수증이 어떤 구간에서 사용됐는지 알아봐야죠."

"1,150엔 구간이라. 거기에 열쇠가 있으면 좋겠군."

그렇게 말하며 다니구치는 고속도로 요금표를 사야마에게 건넸다.

6

"유미에가 먼저 만나자고 한 건 처음이라, 혹시 좋은 얘기를 듣는 게 아닌가, 했는데 아무래도 그런 건 아닌 것 같군."

스테이크에 포크를 대다 말고 사카이 고로가 말했다. 유미에가 얼굴을 보자 그는 살짝 미소를 짓고 고기를 입으로 가져갔다. 그리고 "괜찮아. 신경 쓰지 않아도." 하고 밝게 얘기했다.

"싫으면 싫다고 말해도 돼. 난 차이는 데 익숙하니까. 실연 경력이 하나 더 는다고 어찌 되는 것도 아니고. 유미에가 신경 쓸 일이 아니야."

"뭐라고?"

유미에가 되물었다. 그제야 그가 무슨 말을 하는지 이해했다. 유미에는 표정을 조금 풀고 "아, 그게 아니야. 오늘 만나자고 한 건, 대답을 하려는 게 아니야. 그건 좀 더 기다려줄 수 있어?" 하고 말했다.

이번에는 고로가 "뭐라고?"라는 말을 흘릴 차례였다. 그 역시 그제야 유미에가 한 얘기를 이해했는지 싱글거리며 흰 이를 드러냈다.

"그래? 그 이야기가 아니었어? 응, 물론 얼마든지 기다릴 수 있지."

그런데, 라고 운을 뗀 그는 유미에의 얼굴을 들여다보며 말했다.

"오늘 유미에, 조금 이상해 보여. 말도 거의 안 하고, 식욕도 없어 보이고. 회사에서 무슨 일 있었어?"

"응, 그런 게 아니고……"

유미에는 스테이크를 반 이상 남긴 채 포크와 나이프를 제자리에 놓았다. 사실 식욕이 없었다. 전부터 고민거리가 생기면 곧장 위가 탈을 부렸다.

오늘 퇴근 준비를 하면서 고로와 의논해보기로 마음을 먹었다. 고로의 부서로 전화를 걸어 오늘 밤에 만날 수 있냐고 물었다. 야근할 계획이었는데 어떻게든 해볼게, 하며 그는 떨 듯이 기뻐했다. 7시에 카페에서 만난 다음, 몇 번 온 적이 있는 스테이크하우스로 왔다. 양이 많고 가격이 싼 가게여서 가족 손님이 많았다.

"사건에 대한 거야?"

고로가 목소리를 죽여 물었다.

"또 한 사람이 살해됐다던데, 그것 때문에 무슨 일 있었어?"

유미에는 입을 다문 채 고개를 숙이고 있다가 마침내 결심하고 옆에 놓아두었던 종이봉투를 들어 보였다. 그리고 그 안에서 파일 하나를 꺼냈다.

"이걸 좀 봐줘."

테이블 너머로 고로에게 내밀었다. 그는 포크와 나이프를 놓고, 냅킨으로 손을 닦은 다음, 이상하다는 표정으로 파일을 받았다.

"1974년도 업무 계획……, 이게 뭐야?"

"일단 안을 봐."

고개를 끄덕이며 고로는 표지를 펼쳤다. 처음의 의아한 표정이 점차 긴장감으로 변해갔다. 유미에는 이 파일을 발견했을 때 자신도 저런 표정을 지었겠지, 생각했다.

"유미에, 이건⋯⋯."

고로가 고개를 들었다. 조금 창백해 보였다.

"오늘, 실장님 캐비닛을 정리하다 우연히 발견했어. 놀랐어. 있잖아, 고로, 이게 뭔 것 같아?"

그는 다시 한번 파일을 스르륵 넘기더니 "모르겠어." 하고 고개를 흔들었다.

"하지만 생각해보면 그렇게 이상한 일이 아닐지도 몰라. 니시나 씨 같은 입장이라면 이런 것도 보관해둘 필요가 있지 않을까?"

"1974년도 업무 계획이라는 가공의 파일 이름을 붙여서?"

유미에의 말에 고로가 입을 다물었다.

"이상해. 뭔가가 있는 것 같아."

"유미에, 이 얘길 누군가에게⋯⋯, 그러니까 형사한테 했어?"

유미에는 고개를 저었다.

"오늘 형사가 찾아왔어. 그때 말할까 하다 그만뒀어. 이 문제에 관해서는 경솔하게 행동해선 안 될 것 같아서."

"알아." 하고 고로가 말했다.

"그럼, 어쩔 셈이야?"

유미에는 응, 하고 일단 고개를 숙였다가 다시 그의 얼굴을 쳐다봤다.

"실장님이 나를 이 부서로 부른 이유와 관련이 있을 것 같아. 그리고 이번에 일어난 사건과도."

"살인사건과? 설마……."

고로는 여러 번 눈을 깜빡이다가 입술을 적셨다.

"근거가 있는 건 아니야. 하지만 그런 느낌이 들어. 저, 고로, 나를 도와줄 수 있어?"

유미에는 간절한 눈빛으로 그를 바라보았다.

"그러지 않으면 고로에게도 제대로 대답할 수 없을 것 같아."

고로는 물끄러미 유미에의 얼굴을 바라본 뒤 "그럴지도 모르지." 하고 중얼거렸다.

7

15분 전에는 가게에 들어가 창가 자리에 앉는다. 커피를 주문한 다음에는 창에 얼굴을 대고 도로에서 눈을 떼지 않는다. 이것이 호시코와 만날 때의 철칙이다.

"오늘 밤, 만나요."

오늘 아침 전화를 건 호시코는 이렇게 말했다.

"7시에 늘 만나던 가게 앞. 괜찮죠?"

가타부타 묻지도 않았다. 다쿠야는 알았다고 한 후, 오늘 밤에는 무슨 일이냐고 물었다.

호시코가 대답했다

"이사요."

"이사?"

"넓은 방으로 옮겨요. 죽은 남자를 위해 방 하나를 그냥 버려둘 필요는 없잖아요?"

"아, 그렇겠죠."

요컨대 호시코가 지금 쓰던 방에서 나오키의 방으로 옮기는 모양이었다. 그리고 다쿠야에게 그걸 도와달라는 소리였다.

"오늘 밤 용건은 그뿐인가요?"

"그래요. 그래서 불만이라도 있어요?"

호시코의 목소리가 날카로워졌다. 다루기 힘든 여자다.

"아뇨. 그게 아니라, 하시모토의 죽음에 관한 이야기라도 있을까 해서요."

"하시모토 씨……. 그 사람, 죽었다고 하더군요."

호시코의 목소리도 조금 가라앉았다.

"살해됐다고 합니다. 신문 봤어요?"

"읽었어요. 하지만 왜 내가 그의 죽음과 관계가 있다는 거예요?"

"아뇨, 별다른 이유는 없습니다."

"이유도 없으면서 이상한 얘기 하지 말아요. 7시예요. 늦지
말아요."

일방적으로 전화를 끊었다.

이유가 전혀 없는 건 아니지. 다쿠야는 종업원이 가져온 블
랙커피를 마시면서 생각했다. 호시코도 나오키를 훼방꾼으
로 여긴 사람 아닌가. 나오키를 죽일 동기는 있다. 다만 무네
가타와 마찬가지로, 하시모토까지 죽일 이유는 없지만.

커피를 반쯤 마셨을 때, 창밖에 흰색 포르쉐가 멈춰 서는
게 보였다. 다쿠야는 커피 잔을 거칠게 내려놓은 다음 계산
서를 들고 서둘러 카운터로 갔다. 지갑에 1만 엔짜리만 들어
있는 걸 보고 혀를 찼다. 잔돈을 받을 필요 없이 커피 값을 준
비하라는 것도 철칙 중 하나였다.

종업원이 꾸물댔다. 아마 아르바이트 여고생일 것이다. 서
툰 동작으로 건네준 잔돈을 움켜쥐고 그대로 주머니에 쑤셔
넣으면서 가게를 나왔다.

포르쉐 운전석에서는 호시코가 손끝으로 핸들을 두드리며
기다리고 있었다. 다쿠야는 손을 들어 인사한 후 반대편 자
리에 탔다.

"종업원이 서툴러 시간이 걸렸네요."

다쿠야의 변명에 대꾸도 않고 호시코는 차를 출발시켰다. 아직 7시 전이었다. 그래도 호시코는 3분 이상 기다렸을 것이다. 그런 사실을 몰랐을 때는 카페 화장실에 간 사이 먼저 가버린 경우도 있다. 약속 시간보다 5분 빨리 와놓고 말이다. 그래서 호시코와 만날 때는 카페 창에서 눈을 떼지 못했다.

"하시모토 씨 얘긴데……."

조금 달리고 나서 호시코가 말했다.

"범행에 사용됐다는 만년필을, 신문에서 봤어."

"S사 제품이었죠."

다쿠야가 말하자 호시코는 흥, 하고 콧방귀를 뀌었다.

"우리 아버지가 그런 싸구려 국산을, 그것도 평사원한테 보낼 리가 있나. 조금만 생각했다면 충분히 의심할 만한 일인데, 하시모토 씨한테는 그것도 고급으로 보였나봐."

"그랬지 않을까요?"

다쿠야는 나한테도 고급품이지, 라며 속으로 독설을 퍼부었다. 자신도 그 수법에 걸려 하마터면 죽을 뻔했다.

"그러니 범인도 그리 머리가 좋은 건 아니야. 나라면 절대 살해되지 않았을 테니까."

"그랬겠죠."

다쿠야는 대답하면서, 역시 호시코를 의심하는 건 지나친 게 아닐까 생각했다.

니시나 저택에 도착하니, 마침 이삿짐센터 트럭이 돌아가는 중이었다. 호시코 말로는 고마에에 있는 맨션에서 나오키의 짐을 실어와 뒤뜰 창고에 쌓았다고 한다.

"맨션에서 퇴거했으니 이쪽 방도 처리하게 된 거지."

호시코의 뒤를 따라 다쿠야도 집 안으로 들어갔다. 이 집 안의 장녀, 즉 현재는 무네가타 신이치의 아내인 사오리가 일을 돕는 여자 두 명에게 짐 정리를 지시하고 있었다. 호시코와 달리 선이 고운 차분한 인상이었다. 이목구비도 일본적이다.

다쿠야가 양복저고리의 단추를 잠그고 인사하자 "이렇게 서둘러 방을 옮길 필요 없다고 해도 애가 말을 듣질 않아서요. 죄송하네요." 하고 정말 미안하다는 표정을 지었다.

그러자 호시코가 험악한 얼굴로 말했다.

"사실은 그 사람이 고마에로 이사 갔을 때 방의 짐을 모두 치워버렸어야 했던 거야. 그런데 아빠랑 언니가 하도 물러서."

이렇게 말한 후 호시코는 다쿠야의 손을 끌면서 "자, 가요." 하며 계단으로 향했다.

나오키의 방은 여섯 평 크기의 서양식 남향이었다. 붉은색 카펫이 깔려 있다. 입구에는 간단한 응접세트가 있고, 창가에는 침대와 책상이 놓여 있었다. 그 밖에 큰 스피커를 포함한 AV세트, 전문서적이 빼곡하게 꽂힌 책장 등이 있었다. 진열장에는 밸런타인 17년산이 들어 있다. 창에 걸린 커튼은 카펫과 같은 계열의 색상이었다.

"훌륭한 방이네요."

다쿠야가 말했다.

"창밖으로 바로 숲이 보이니까 일본이 아닌 것 같군요."

"원래는 나나 사오리 언니가 가졌어야 했을 방이야. 여기로 친구를 불러 생일 파티를 했다면 최고였을 거라고 지금도 생각해. 그런데 어느 날 갑자기, 만난 적도 없는 불결한 남자에게 주어졌어. 내 방은 네 평짜리 다다미방이야. 침대를 놓고 핑크색 커튼을 달아도 전혀 어울리지 않는 네 평짜리 방이란 말이야. 이런 일이 있을 수 있다고 생각해?"

다쿠야는 진절머리가 났다. 도대체 네 평짜리 일본식 방이 뭐가 마음에 안 드는지 이해할 수 없었다.

"어쨌든……, 그래서 방을 옮기고 싶다는 건가요?"

"사실은 방만이 아니야. 이건 그저 상징적인 것일 뿐이야."

호시코 혼자 신이 나서 떠들었다.

다쿠야는 창가 책상으로 다가가, 그 위에 놓인 액자를 들어올렸다. 삼십대 중반으로 보이는 여성과 초등학생 또래의 사내아이가 찍혀 있었다.

"니시나 실장님의 어렸을 때 사진이네요. 같이 찍은 여자가 어머니인가?"

하지만 호시코는 대답하지 않고, 다쿠야의 손에서 액자를 낚아챘다. 그리고 옆에 있던 종이 박스에 던져 넣고 "시간이 없으니까 일을 시작해요. 우선 이 잡동사니가 든 박스부터 버려." 하고는 상자 속에 다시 낡은 잡지들을 던져 넣었다.

종이 박스를 버린 뒤에는 책장에 꽂혀 있는 많은 책을 창고로 운반할 차례였다. 양손에 들 수 있도록 몇 권씩 끈으로 묶어 옮기는 것이었다. 대학 시절 했던 아르바이트가 떠올랐다.

호시코가 책장과 진열장, AV기기 등은 자신이 그대로 사용할 생각이라고 하기에, 침대는 어떻게 할 거냐고 묻자 갑자기 험상궂은 얼굴을 했다.

"농담하는 거예요? 왜 내가 그 사람이 쓰던 침대에서 자야 하죠?"

"책상은 쓴다고 하셨잖아요?"

"그것과 이건 다른 문제예요."

호시코는 꾸짖듯 내뱉고는 방을 나가버렸다.

여자는 알다가도 모르겠다니까……. 그렇게 중얼거리고, 다쿠야는 책 묶는 작업을 계속하며 새삼 방 안을 둘러봤다. 그리고 한숨을 내쉬었다.

역시 인간은 불평등하게 태어나는 거야. 이만한 저택에, 이런 방에서 나오키는 자랐다. 이 집에 온 게 열다섯 살이라고 했는데, 나오키가 특별한 노력을 해서 그렇게 된 건 아니다.

그저 니시나 가문의 핏줄이라는 것 때문이다. 그에 비해 자신은 어떤가. 술만 마시는, 형편없는 남자의 아들로 태어났다. 그 때문에 모든 욕망을 억제해야만 했다. 과자 가게 한번 들어가본 적이 없다. 프라모델을 산 적도 없다.

이 방에 언젠가는 내가 들어올 것이다. 다쿠야는 다시 새로운 결의를 다졌다. 호시코를 내 것으로 만들면 가능한 일이다.

책 정리를 거의 끝냈다고 생각할 즈음, 책상 밑에서 몇 권의 책을 더 발견했다. 다쿠야는 문득 한 권의 책 제목을 보고 기계적으로 작업하던 손길을 멈췄다.

《트럼프 매직 입문》이었다.

그는 이제 막 끈으로 묶은 책을 다시 한번 살폈다. 트럼프 속임수를 알려주는 책이 여섯 권이나 있었다.

어떻게 된 일이지?

흩어진 책들을 바라보며 우두커니 있는데 호시코가 돌아왔다. 그녀가 무슨 일이냐고 물었다. 다쿠야는 호시코를 올려다보며, 트럼프 속임수 책이 많다고 말했다.

"그럴지도 모르지."

호시코는 별일 아니라는 듯 말했다.

"트럼프 속임수에 몰두했었나봐. 다른 사람한테 카드를 뒤집게 하고, 그 숫자 맞히는 걸 좋아했대."

"잘했나요?"

다쿠야가 물었다. 목소리가 조금 떨렸다.

"그런 것 같아. 나는 잘 어울리지 않아서 모르겠지만."

호시코는 흥미 없다는 표정을 지었다.

8

세키가하라·고마키, 기후하시마·나고야, 도요타·도요카
와, 오카자키·미쓰가비, 오오이마쓰다·요코하마, 그리고 아
쓰기·도쿄.

이상이 도쿄-나고야·나고야-고베 고속도로에서 1,150엔
구간이다.

아쓰기·도쿄 구간……

사야마는 이 구간이 마음에 걸렸다. 이외의 구간, 예컨대
세키가하라·고마키 구간의 영수증을 받기 위해서는 도중에
고속도로를 두 번이나 나와야 한다. 그러나 이 구간이라면,
도쿄가 종착점이라 아쓰기에서 한 번만 빠져나오면 된다.

범인이 시체를 오사카에서 도쿄까지 운반하는 도중, 일단
아쓰기에서 고속도로를 빠져나왔다는 얘긴가. 왜 그럴 필요
가 있었을까…….

어쩌면 사고 때문에 차가 막혀 도중에 고속도로를 빠져나와

일반국도 246호 하행선을 이용해 아쓰기까지 간 다음, 그곳에서 다시 고속도로로 들어왔을지 모른다. 차량이 적은 밤에도 고텐바에서 쓰부라노 터널 주변은 사고가 많은 곳이다.

사야마는 일본도로공단에 문의해봤다. 그러나 돌아온 대답은 당일 밤 고속도로는 평온했고, 사고도 없었다고 했다. 오사카에서 도쿄까지 운전한 사람이 있다면, 너무 잘 빠져 기분이 좋았을 거라고 했다.

"그렇다면, 범인이 계획적으로 아쓰기에서 일단 빠져나왔다는 말인가."

사야마는 혼잣말을 하고 다시 도로지도로 시선을 떨어뜨렸다. 아쓰기 인터체인지 주변을 살폈다. 그러나 특별한 건 없었다.

시계를 보니 벌써 밤 11시가 되고 있었다. 기지개를 켜고 심호흡을 하고 있는데 뒤에서 "고전하고 있는 모양이네요." 하는 소리가 났다. 오기쿠보 서에 갔던 신도가 돌아온 것이다.

"늦었군. 저쪽은 소득이 좀 있나?"

그러나 신도는 사야마 앞에 앉아 아랫입술을 내밀며 고개를 흔들었다.

"소포에 조후 소인이 찍혀 있는데 담당자는 범인을 전혀 기억 못하더군요. 벌써 며칠이 지났고, 어쨌든 매일 엄청난 손님을 대해야 하니 무리도 아니죠."

"중간에 주말이 껴 있어서 시체를 발견하는 것도 늦었지. 범인은 운이 좋은 놈일지도 몰라."

"운이 좋은 건 그것뿐만이 아니에요. 만년필을 판 도유 백화점에서도 범인을 기억하는 점원이 하나도 없었답니다."

"정말? 하지만 소포와 달리 만년필을 산 손님을 모든 점원이 기억 못할 만큼, 그런 걸 사는 사람이 많을 것 같지는 않은데."

"말씀하신 대로 그렇게 많이 팔리는 물건은 아닙니다. 그런데 바로 그 점 때문에 모두가 기억을 못하는 겁니다. 시부야에 있는 그 도유 백화점에서 문제의 만년필이 팔린 것은 2주일도 더 되었다고 합니다. 그건 전표에 기록이 남아 있어서 틀림없습니다. 다른 지점도 알아봤는데, 모두 그 이전이었습니다. 그러니 점원들 기억이 흐려진 것도 이상한 일은 아니지요."

"그러면 범인이 2주일 전부터 준비해왔다는 건가?"

"그렇습니다. 니시나 나오키가 살해되기 전부터요."

"이상하군."

"정말 이상한 일입니다."

"그 시점에서 청산가스를 이용한 범행을 준비했다면, 먼저 니시나 나오키를 그 방법으로 죽이는 게 일반적이지 않나?"

"맞습니다. 아니면 나오키와 하시모토를 죽인 범인이 다른 사람이라는 얘긴가?"

"아니, 동일범이라고 생각해. 하시모토는 나오키의 죽음과 어떤 관련이 있어서 살해된 게 아닐까? 그리고 하시모토를 죽인 건 범인이 처음부터 계획적으로……."

정말 모르겠군……. 사야마는 머리를 긁적였다. 아무래도 개운하지가 않아. 뭔가 잘못 짚고 있어.

"사야마 선배." 하고 신도가 다시 불렀다.

"저, 니시나 나오키의 본가에 한번 다녀올까 생각 중입니다만."

"본가?"

"표현이 좀 이상하지만, 나오키가 니시나 가문으로 오기 전에 살았던 집 말입니다. 외가 쪽 본가요."

"흐음, 어딘데?"

"아이치 현 도요하시입니다. 어머니의 형제가 그 근처에 살고 있을 겁니다. 저는, 나오키에 대해서도 좀 더 알아볼 필요가 있다고 생각합니다. 니시나 가문 사람이라는 것 말고 아는 게 없는 것 같아서요."

그 점은 사야마도 동감이었다.

"좋지. 물론 다니구치 반장이 결정할 일이지만."

"그래서 말인데요. 사야마 선배가 반장님께 말해주시면 안 될까요? 반장은 선배 말을 잘 듣는 편이니까요."

"그런 건 아니지만 일단 말은 해보지. 돌파구가 필요한 시점이니까."

그렇게 말하고 사야마는 다시 도로지도에 집중했다. 돌파구가 필요한 건 이쪽도 마찬가지였다. 나오키가 살해된 동기에도 흥미는 가지만 우선은 이것부터 해결해야 한다.

"그 영수증, 여전히 오리무중인가요?"

신도가 반대쪽에서 들여다보며 물었다.

"어려워. 이 영수증이 분명 사건과 관련이 있다는 확신이 드는데 도무지 알 수가 없어. 현재로선 아쓰기-도쿄 사이를 달린 거라고 생각하는데……."

그런 생각을 하게 된 이유를 설명했다. 그 설명에 귀를 기울이던 신도가 "아니, 꼭 그 구간일 가능성이 높은 것 같진 않은데요?" 하고 의문을 드러냈다.

"왜? 다른 구간은 고속도로를 두 번씩 빠져나와야 한다고."

"그건 아는데요, 시체가 발견된 장소가 마음에 걸리네요. 나오키의 맨션이었잖아요. 그러니까 고마에."

"그거야 알고 있지. 그게 뭐?"

"고마에라면, 도쿄에서 나오는 것보다 도메이가와사키에서 나오는 게 빠르거든요."

그렇게 말하며 신도가 그 근처 도로지도를 펼치자 그걸 본 사야마는 "아!" 하고 소리를 질렀다. 맞는 말이었다. 고속도로를 나와 고마에로 가려면, 가와사키에서 나오는 게 빠르다.

"멍청한 짓을 했군."

사야마는 무심코 중얼거렸다.

"아니면 범인도 멍청한 짓을 한 걸까요?"

신도의 말에 아니, 하고 고개를 흔들었다.

"주도면밀하게 계획을 세운 범인이, 일부러 멀리 돌아갔으리라고는 생각할 수 없어. 자네가 말한 대로, 빠져나가려면 가와사키야. 그럼 이 영수증은 어디에서 어디까지 달린 거지?"

9

나오키의 방은 12시가 다 되어서야 정리가 끝났다. 식사를 대접받고 그 집에서 샤워까지 했는데, 집으로 돌아오자 짙은 피로가 몰려왔다. 오만하고 자기 멋대로 행동하는 아가씨의 기분을 맞추는 건 힘든 일이었다.

다쿠야는 열쇠를 꺼내 구멍에 넣고 돌렸다. 여기까지는 무의식적인 행동이었다. 하지만 손잡이를 돌리면서 자신이 지금 위험한 순간에 있다는 걸 깨달았다.

문을 조금만 열고 냄새를 맡았다. 가스 냄새는 나지 않았다. 팔을 뻗어 스위치를 켰다. 둘러보니 아무도 없다. 그제야 안으로 들어갔다. 문을 닫고 잠근다. 도어체인도 건다. 그리고 우산을 하나 뽑아 들고 신발을 벗었다.

창문은 잠겨 있었다. 옆방, 목욕탕, 화장실, 옷장 속까지 살펴봤다. 숨어 있는 사람이 없다는 것을 확인한 뒤에야 우산을 제자리에 놓았다.

우편함을 살폈다. 오늘은 아무것도 온 게 없다. 이어서 냉장고 안. 통조림과 진공 팩에 들어 있는 음식은 문제가 없다. 독을 넣었다면 마가린이나 개봉된 우유팩일 것이다. 그런 것들은 어쩔 수 없이 모두 버리는 게 안전할 것이다. 이런 기분이라면 아무래도 먹긴 힘들 것이다.

다쿠야는 누군가 방에 들어온 흔적이 없다는 걸 확신한 뒤에야 처음으로 부엌 의자에 앉았다. 넥타이를 느슨하게 풀고, 양말을 벗어 던졌다.

이것 참, 하며 깊게 심호흡을 했다. 매일 이런 일을 해야 하는 건 견딜 수가 없다.

어쨌든 하나씩 처리하는 수밖에. 그 외에는 살아남을 방법이 없다. 이 경우, 살아남는다는 말은 단순한 비유가 아니다.

일단 야스코다……

다쿠야는 의자에서 일어나 책상 위에 놓인 만년필을 집어 들었다. 청산가스가 발생되는 공포의 선물. 이걸 그대로 사용해선 안 된다. 야스코가 하시모토를 살해한 범인이라면 물론이고, 그렇지 않더라도 하시모토가 이것 때문에 죽었다는 걸 알고 있을 것이기 때문이다.

그러나 이 안에 들어 있는 청산가리를 버릴 수는 없다. 이걸 야스코에게 먹이면 자살로 보일 수 있다. 또 같은 독을 사용했기 때문에 경찰은 하시모토를 살해한 범인이 자살한 것으로 판단할 것이다.

문제는 먹이는 방법이었다. 단둘이 있을 때 주스 같은 데 넣어 마시게 하면 되지만 그럴 기회는 없을 것이다. 게다가 무엇보다, 어쩌면 야스코가 일련의 사건을 저지른 범인이고, 다쿠야를 죽일 계획을 가지고 있을지 모른다.

야스코 앞에 나타나지 않고 독을 먹일 수 있는 방법……. 그걸 생각해야 한다.

다쿠야는 만년필을 제자리에 놓고 책장에서 잔과 시바스 리갈 병을 꺼냈다. 그리고 잔에 3센티미터 정도 술을 붓고 잔을 든 채 침대에 걸터앉았다. 한 모금 마신 뒤에야 자신이 아주 무신경한 행동을 저질렀다는 걸 깨달았다. 시바스 병은 열린 상태라 독을 넣을 수 있고, 잔 안쪽에도 독을 바를 수 있다.

다쿠야는 잔을 든 채 1분 정도 가만히 있었다. 고통이 엄습하는지 아닌지를 확인하기 위해. 하지만 겨드랑이 밑으로 땀이 흐른 것 말고 변화는 없었다. 후, 한숨을 쉬고 다시 잔을 기울였다.

이상한 얘기다. 사람을 죽이려는 다쿠야가 거꾸로 누군가로부터 생명을 위협받고 있다. 그러고 보니 이번 사건은 처음부터 그랬다는 생각이 들었다. 야스코를 죽이려던 나오키가 오히려 살해되었다.

그건 그렇고, 도대체 놈은 어쩔 셈이었을까?

다쿠야는 나오키의 방에서 발견한 트럼프 속임수 책들을 떠올렸다. 사실, 그 책들을 본 순간부터 머릿속은 온통 그 생각으로 가득 차 있었다.

트럼프 얘기를 듣고 제일 먼저 떠올린 것은 나오키가 야스코 살해 계획을 다쿠야에게 제안했을 당시의 상황이었다. 살해 계획은 A, B, C라는 세 가지 역할로 나뉘어 있었다. 실제로 살인을 해야 하는 것은 A. 이 역할은 누구도 하고 싶지 않았을 것이다.

그래서 트럼프 카드로 결정했다. 몇 번 섞은 다음 각자 한 장씩 꺼냈다. 그리고 높은 숫자를 뽑은 사람부터 원하는 역할을 맡았다.

여기서 첫 번째 의문이 생긴다. 역할을 결정하는 데 나오키는 왜 트럼프를 이용하기로 했을까. 그때 다쿠야는 별짓을 다 한다고 생각했는데, 처음부터 특별한 이유가 있었던 게 아닐까. 즉 카드 마술이 특기인 나오키가 그 기술을 이용해서 뭔가를…….

하지만 만약 그랬다면, 나오키는 자신에게 A 역할이 걸리지 않도록 했을 것이다. 그러나 실제로는 달랐다. 킹을 뽑은 다쿠야가 B를 맡고, 4였던 하시모토가 C를 선택했다. A를 맡아야만 했던 사람은 2를 뽑은 나오키였다.

그렇다면 생각할 수 있는 것은 하나밖에 없다. 나오키는 처음부터 자신이 A 역할을 맡을 생각이었다. 그리고 그 때문에 트럼프로 제비뽑기를 한 것이다.

A는 직접 야스코를 죽이는 역할이었다. 그는 왜 그 역할을 원했을까. 자기 손으로 죽이고 싶었던 걸까. 아니, 그럴 리 없다고 다쿠야는 곧바로 부정했다. 니시나 나오키는 그럴 남자가 아니다. 게다가 그러고 싶었다면 솔직히 말하면 되는 일이었다. 트럼프 속임수를 사용하지 않아도, 사람을 죽이는 역할 같은 건 얼마든지 양보할 수 있었다.

"도대체 무슨 속셈이었던 거지."

다쿠야는 중얼거렸다. 야스코 살해에 관해 니시나 나오키는 틀림없이 다쿠야에게 숨기는 게 있었다.

그는 그것 때문에 살해되었다.

그리고 필시 그것 때문에 하시모토도 살해되었고, 지금은 또 다쿠야의 목숨이 위험했다.

4장

살인의 리플레이

1

11월 20일, 금요일.

작업을 잠시 쉬고, 사야마는 눈가를 마사지했다. 오랫동안 자잘한 문자를 보는 일은 그다지 능숙하지 못했다. 하품을 한번 하고 다른 사람들에게 시선을 던졌다.

수사본부에 슬슬 초조한 기색이 퍼질 시간이었다.

니시나 나오키 살해와 마찬가지로, 하시모토가 살해된 사건도 전혀 진전이 없었다. 예컨대 만년필을 소포로 보낸 시간대의 알리바이를 관계자들에게 물어봤지만 마침 나오키의 장례식을 끝내고 회사로 돌아갈 시간이어서 누구나 가능성은 있었다. 범인도 필시 그걸 계산에 넣고 회사 근처 우체국을 이용했을 것이다.

만년필을 산 곳에 대해서는 도유 백화점을 조사한 수사관이 흥미진진한 정보를 가져왔다. 그는 하시모토의 방에서 나온 포장지를 가지고 각 백화점의 만년필 매장을 찾아, 포장 방법 같은 걸 이용해 어디서 샀는지를 알아내려고 했다. 그 결과, 뜻밖의 사실이 드러났다. 백화점 점원들이 하나같이 이렇게 대답했다는 것이다.

"저는, 이렇게 형편없이 포장하진 않아요."

이 말은 도대체 무엇을 의미하는 것일까. 생각할 수 있는 것은, 범인은 다른 점포에서 만년필을 구입한 뒤, 미리 준비해놓은 도유 백화점 포장지로 포장을 했다는 말이 된다. 물론 경찰의 수사를 흐리는 것이 목적이었을 게다. 그리고 그 방법은 어느 정도 성공했다고 할 수 있다.

어쨌든 이 사실로, 만년필의 구입처를 알아내기 위해서는 범위를 확대할 필요성이 생겼다. 더 많은 수사관들이 연일 탐문에 나섰다. 그러나 현재까지 유력한 정보는 없는 상태였다.

청산가리의 입수는 대강 경로가 밝혀졌다. MM중공 열처리 공장 창고에 상당량의 청산가리가 보관되어 있었다. 관계자가 아닌 사람은 물론 출입금지였으나 회사 유니폼이나 작업복을 입으면 아무도 의심하지 않을 거라고 했다. 물론 극약이기 때문에 보관 창고에 들어 있다. 그런데 문제는 그 창고의 열쇠였다. 창고 담당자의 책상 서랍에 들어 있어서 사정을 아는 사람이라면 누구나 쉽게 꺼낼 수 있었다. 요컨대 범인이 회사 사람일 거라는 가능성만 높아진 셈이다.

수사망은 확실히 좁혀졌다. 하지만 결정적인 단서가 없다…….

사야마는 회의 탁자 한쪽을 이용해, MM중공에 있는 하시모토 아쓰시의 책상에서 가져온 회의용 노트와 개인 메모 등을 살펴보고 있었다. 그중에 대외비가 있을지 몰라 일단 하시모토의 상사가 체크했는데, 다행히 문제가 될 만한 것은 없었다. 그래도 언론에는 알리지 말아달라는 당부가 있었다.

"어때요? 발견한 거라도 있습니까?"

고마에 서 형사가 차를 타가지고 왔다. 인간성 좋은 중년 남자였다. 사야마는 인사하고 찻잔을 쥐면서 "별거 없어요." 하고 피곤에 절은 미소를 건넸다.

"니시나 나오키와 결부되는 게 조금이라도 있으리라 생각했는데 지금까지 조사한 거로는 전혀 없네요. 연구개발1과와 개발기획실이라는, 부서 사이의 관련성은 좀 있지만."

"니시나가 기획실장이었다고는 해도 이름뿐이어서 실제 업무에 손을 댄 게 거의 없었기 때문일 겁니다."

상대방 역시 기운이 하나도 없었다.

그때 가까이 있는 전화가 울렸다. 사야마가 손을 뻗으려는데 건너편에 있던 그 형사가 제지하며 먼저 수화기를 들었다.

"나야……. 아, 그래. 역시 아무것도 나온 게 없군. 응, 그래. 유감이군. 수고했네."

목소리에 힘이 없다. 역시 아무것도 나온 게 없군. 유감이야……. 요즘은 이런 보고들뿐이었다.

"그럼, 그걸 가지고 지금 곧 복귀하게. 뭐? 어딜 간다고?

아, 그래. 그럼 안 되겠군. 지금 보고 싶었는데."

그러곤 손목시계를 봤다.

"좋아, 그럼 내가 받으러 가지. 중간에서 만나. 역이 좋겠군. 자네는 거기서 다음 탐문 장소로 가주게. 5시, 오케이……."

나오키의 시체로부터 조금 떨어진 곳에서 발견된 갈색 단추에 대해 조사하던 수사관에게서 온 전화였다. 사건과 관련이 있는지 없는지도 모르는 지루한 작업이지만 그렇다고 손을 뗄 수도 없었다.

형사는 수화기를 놓자마자 웃옷을 들고 밖으로 나갔다.

중간에서 만나지……?

평소 대화를 할 때 늘 나오는 그저 그런 말이었다. 그러나 지금은 그 대사가 사야마의 뇌리에 와 박혔다.

중간에서…… 만난다…….

갑자기 머릿속에서 뭔가가 번뜩였다. 아니, 번뜩였다고 할 정도도 아니다. 간과한 게 있다는 걸 깨달았을 뿐이다.

최근 그의 곁에서 한시도 떨어져 있지 않던 도로지도 수첩을 들고, 다니구치가 있는 곳으로 성큼성큼 걸어갔다.

"반장님! 하시모토의 차는 역시 아쓰기에서 빠진 것 같습니다."

갑작스러운 말에 다니구치는 순간 무슨 뜻인지 파악을 못한 듯 "그 영수증 말인가?" 하고 몇 초 뒤에야 입을 열었다.

"의문이 풀렸습니다."

"그건 더 이상 진전이 없다고 하지 않았나?"

"포기했던 건 아니었습니다. 저는, 하시모토의 차가 도쿄·나고야 고속도로의 상행선을 달린 경우만 생각했습니다. 오사카에서 살해된 뒤 도쿄까지 옮겨졌으니까요. 그러나 꼭 그렇지만도 않아요. 그 영수증은 아쓰기에서 도쿄로 간 게 아니라 도쿄에서 아쓰기로 갔을 때의 것이 아닐까요?"

다니구치는 사야마의 얼굴을 새삼 다시 쳐다봤다.

"왜 그렇게 생각하지?"

"공범이 있을 가능성을 떠올렸기 때문입니다. 우선 실제로 나오키를 죽인 범인이 시체를 아쓰기까지 운반한다. 그리고 공범자는 도쿄를 떠나 아쓰기로 미리 와 있다 시체를 인계받아 나오키의 맨션으로 가 처분한다. 이럴 경우 양쪽 모두 불완전하지만 알리바이가 생깁니다. 살인을 한 사람은 옮기는 만큼의 시간을 벌고, 운반자는 범행 시각의 알리바이가 있으니까요. 간단한 트릭입니다."

"시체 릴레이라는 말인가?"

"예. 말씀 잘하셨네요."

다니구치는 그의 칭찬에 전혀 귀를 기울이지 않고 낮게 신음하며 팔짱을 꼈다.

"하시모토가 운반을 맡았다는 말을 하고 싶은 건가?"

사야마는 고개를 크게 끄덕였다.

"심야에 운반했다면 가능성은 있습니다. 회사에서 야근을 했어도 충분히 여유가 있어요."

"그럼, 하시모토는 주범에게 살해됐다는 건가?"

"아마도."

"재미있는 말이군."

다니구치는 팔짱을 풀고 양손을 책상 위에 올렸다.

"재미있는 추리라고 생각해. 하지만 그뿐이야. 증거라도 있나?"

"지금은 없습니다."

사야마가 말했다.

"하지만 아니라고 말할 증거도 없습니다. 모든 가능성을 생각해야죠."

"아니, 아니라고 말할 증거가 없는 것도 아니지."

다니구치는 사야마를 물끄러미 올려다봤다.

"니시나 나오키의 사망 추정 시각은 10일 오후 6시부터 8시 사이야. 그렇다면 오사카에서 살해해 아쓰기까지 운반한 그 시점에서 이미 밤이 깊었다는 얘기지. 그 시간이라면 굳이 시체를 공범자에게 넘긴다고 해도 알리바이 조작에 큰 도움이 안 되네. 밤 12시까지는 알리바이가 없지만 그 이후라면 있다, 그러므로 나는 시체를 운반할 수 없다고 주장하는 사람이 있다면 모를까."

"유감스럽게도 그런 사람은 없습니다. 그러나 시체를 나오키의 맨션까지 옮길 수는 없지만 아쓰기까지라면 옮길 수 있는 사람이 있지 않습니까?"

다니구치의 한쪽 눈썹이 치켜 올라갔다.

"누구?"

사야마는 "예컨대……" 하고 생각한 다음 말을 이었다.

"예컨대 스에나가 다쿠야가 있습니다. 그는 당일 나고야에 있었습니다. 알리바이가 없는 것은 저녁 10시부터 아침 7시까지의 아홉 시간입니다. 그사이에 고마에 맨션까지 시체를 운반하고 다시 나고야 호텔로 돌아가는 건 어렵지만 아쓰기까지 왕복은 가능합니다."

"스에나가? 분명히 그 녀석에게는 나오키를 죽일 만한 동기가 있지."

다니구치는 오른손 검지로 책상을 톡톡 두드렸다.

"하지만 핵심을 잊고 있군. 사망 추정 시각은 6시부터 8시까지야. 그사이의 알리바이가 있지 않나. 손을 쓸 방법이 없어."

"잊지 않았습니다. 그사이의 알리바이도 다시 한번 조사해 보겠습니다."

"어이, 사야마! 머리를 좀 식히게."

다니구치는 사야마의 코앞에 손가락을 들이댔다.

"자네는 하시모토의 차에 집착하고 있는데, 그 차로 시체를 옮겼다는 증거는 발견하지 못했어."

하지만 사야마는 그 손을 뿌리치며 말했다.

"감식 보고서를 보셨습니까? 하시모토의 차 트렁크를 조사한 결과 말입니다."

"봤네. 머리카락이라든가, 시체에서 떨어졌다고 여겨지는 건 하나도 없었어."

"파란색 양모 섬유가 많이 발견됐습니다."

"양이라도 실었다는 말인가?"

"담요입니다."

사야마가 말했다.

"파란색 담요. 그걸로 시체를 둘둘 말아 싼 게 아닐까요?"

그러자 다니구치는 부하의 얼굴을 빤히 쳐다보고, 졌다는 듯 손을 흔들었다.

"잘도 지어내는군."

"시체가 입고 있던 양복을 조사해보면 알겠죠."

"파란색 양이 붙어 있을 거란 말이지."

"양모라니까요. 어쨌든……."

사야마는 양손으로 책상을 짚었다.

"어쨌든 시체 릴레이를 고려해 다시 한번 각자의 알리바이를 조사해보겠습니다."

다니구치는 일부러 과장해서 얼굴을 찡그리고는 질렸다는 듯 말했다.

"알았네. 실컷 해보게. 시체의 양복도 다시 조사하고."

하지만 사야마의 이번 추리도 곧 막다른 곳에 부딪쳤다.

시체 릴레이를 했다 해도 아귀가 맞는 알리바이를 지닌 사람을 관련자 중에서 찾을 수 없었다.

유일한 가능성은 스에나가에게 있었는데, 그의 알리바이는 완벽했다. 나고야의 거래처 사람과 계속 같이 있었다. 그 뒷조사를 한 보고서에도 빈틈이 없었다.

마치 의심받을 걸 예상한 것처럼 완벽했다. 너무 완벽해 오히려 의심스러웠다. 하지만 그런 생각은 막다른 길에 부딪쳐서 생긴 망상일지도 모른다.

혹시 니시나 나오키가 살해된 곳이 오사카가 아니라 스에나가가 있던 나고야가 아닐까 하는 생각도 들었다. 나오키는 6시에 신오사카 역 근처 호텔에 모습을 드러냈다. 그렇다고 반드시 오사카에서 살해되었다고는 볼 수 없다. 이후 그는 어떤 이유로 스에나가를 만나기 위해 나고야로 갔을 수도 있다. 그리고 스에나가에 의해 살해되었다……. 예컨대 이런 생각도 가능했다.

하지만 어디서 살해되었든 사망 추정 시각은 바뀌지 않는다. 마지막으로 나오키가 식사한 장소와 시각, 그때 먹은 메뉴가 밝혀졌고, 그 덕분에 추정 시각이 상당히 정확해졌다.

나오키가 죽은 것은 6시부터 8시 사이. 거기에는 변함이 없었다.

그리고 그 시각, 스에나가에게는 알리바이가 있다.

혹은…….

사야마는 자신의 머릿속에서 또 다른 생각이 싹트는 걸 느꼈다. 그렇다면 얘기가 된다.

아니야, 설마…….

그는 그 생각을 털어냈다. 너무 현실과 동떨어진 생각이었기 때문이다.

2

다쿠야는 오후에 시험 제작 공장에 들렀다. 제품화가 결정되기 전, 연구 과정에 있는 시험 제작품을 제조하는 공장이었다. 양산할 정도의 능력은 없지만 기술부의 다양한 지시에 따라 어떤 제품이든 임기응변으로 만들어낼 수 있는 설비는 갖추고 있다.

공장 안에 들어가자마자 왼쪽에 칸막이가 쳐진 방이 있었다. 투명 아크릴 창 너머로 바쁘게 움직이는 부원들의 모습이 보였다.

방으로 들어간 다쿠야는 뚱뚱한 체격의 가타히라를 찾았다. 여러 번 같이 일한 남자라 시험제작부에서는 가장 마음이 잘 맞았다.

마침 가타히라는 자기 자리에서 통화를 하고 있었다. 다쿠야가 웃으며 다가가자, 가타히라도 수화기를 든 채 고개를 숙였다.

그의 통화는 곧 끝났다.

"스테인리스 판을 구했으면 하는데. 두께는 1.5."

다쿠야가 말했다.

"재질은? SUS304면 될까요?"

"충분해. 아주 조금만 있으면 되는데."

가타히라는 모자를 쓰고 자리에서 일어섰다.

자재 창고로 가는 도중, 가타히라가 사건에 대해 물었다.

"연구개발 쪽 분들은 힘드시겠어요. 매일 형사들이 오지 않나요?"

"매일은 아니지만 그다지 좋은 기분은 아니지."

"당연하죠. 이 회사에서 그런 일이 일어나리라고는 꿈에도 생각 못했을 테니까요."

자재 창고에 도착하자 가타히라는 가로 세로 1미터나 되는 스테인리스 판을 꺼내와 다쿠야를 놀라게 했다. 다쿠야는 그렇게 많이 필요한 게 아니라 5센티미터 정도만 있으면 된다고 말했다.

"아이고, 그 정도면 폐자재 쪽에 있어요."

그렇게 말하고 가타히라는 폐자재 창고로 가서 딱 알맞은 크기의 스테인리스 판을 가지고 돌아왔다.

"이거면 됩니까?"

"충분해. 그런데 좀 복잡한 형태로 자르려고 하는데 와이어 커트기를 쓸 수 없을까?"

"와이어 커트기? 레이저 절단 쪽이 빠른데요."

"아니야. 그 정도로 정밀할 필요는 없는 일이거든. 대신 좀 모양이 복잡해서."

고개를 끄덕인 가타히라는 다시 앞서 걷기 시작했다. 이번에 도착한 곳은 형태가공계였다. 프레스 형태 같은 걸 만드는 곳이다. 가타히라는 반장에게 다쿠야가 원하는 것을 들어주도록 부탁했다.

"뭘 만드는 겁니까? 주시면 만들어드리겠습니다."

"아니, 손을 빌릴 정도로 대단한 건 아니야. 내가 직접 하는 게 빨라."

"신제품의 부품입니까?"

"그런 건 아니고."

그럼, 수고하십시오, 하고 가타히라는 자리를 떠났다.

그의 모습이 사라지자 다쿠야는 작업을 시작했다. 와이어 커트기는 직경 0.3밀리미터 정도의 놋쇠 와이어가 물속에서 방전을 일으켜 재료를 절단하는 장치다. 금속이라면 뭐든 자를 수 있고, 미크론 단위의 정밀도도 가능하다. 절단 모양도 컴퓨터를 통해 자유자재로 할 수 있다.

와이어가 스테인리스 판을 자르기 시작했다.

다쿠야는 그걸 바라보면서 머릿속으로 계획을 정리했다. 야스코를 죽일 작정이었다. 이삼 일 동안 곰곰이 생각했다. 그 결과 얻은 결론은, 위험을 무릅쓰지 않고는 야스코를 죽일 방법이 없다는 것이었다. 아니, 죽일 방법이 없는 것은 아니다. 성공 여부는 불투명하지만, 예컨대 초콜릿에 독을 넣어 보내는 방법도 있다. 친구가 보낸 것으로 하면 된다. 하지만 그런 방법은 애당초 자살로 여겨질 가능성이 없다고 봐야한다. 야스코는 자기 방에서 편안히 죽어야만 한다. 시체 옆에 먹다 만 독이 든 초콜릿이 굴러다녀서는 곤란하다.

이번 계획은 어제 야스코와 친한 여직원한테 들은 얘기에서 힌트를 얻었다. 두 사람은 토요일 밤, 그러니까 내일 뮤지컬을 보러 가기로 약속했다고 한다. 야스코 입장에서는 이런 때 뮤지컬 같은 걸 볼 기분이 아닐 텐데 오래전에 한 약속이라 거절할 방법이 없었을 것이다.

몇 시에 시작해요? 다쿠야는 지나가는 말로 물었다. 7시부터 10시 반까지예요. 여직원은 신이 나서 대답했다.

기회였다. 이 기회를 놓칠 수는 없다.

위험을 무릅쓰는 수밖에 없다. 야스코를 죽이기 위해 이미 한번 위험을 무릅썼다. 시체를 운반했을 때. 그때처럼 다시 한번 각오를 다지면 된다.

또 한번의 살인 시도. 다시 해보는 거야.

그리고 이번에는 반드시 성공해야 한다. 어떤 게임기도 기회를 세 번씩이나 주진 않는다.

3

금요일 업무가 끝나기 직전이면, 직원들은 늘 들떠 있게 마련이다. 주5일 근무가 정착되어 최근에는 목요일에 더 흥청댄다고 하지만 역시 한 주의 업무가 끝나는 이 무렵이 제일 즐겁다.

마침내 업무 종료를 알리는 벨이 울렸다. 책상에 앉아 있던 사람들은 재빨리 정리를 시작하고, 전화로 이야기를 나누던 사람들은 빨리 못 끊어 안달을 냈다. 젊은 사원들은 업무를 정리하는 중간에도 술 마실 친구를 찾았다.

"나카모리 씨도 안 갈래? 간만인데."

칠판을 지우고 있는 유미에에게 같은 부서 남자 사원이 말을 걸었다. 지금까지 몇 번 제의를 받았지만 간 적은 없었다.

"죄송해요. 오늘은 약속이 있어서요."

유미에는 고개까지 숙이며 사과했다.

"그러면 어쩔 수 없지. 약속이라면, 남자 친구?"

"아, 예……."

"어? 그런 사람이 있는지 몰랐네. 다음에 꼭 얘기해줘야 해. 그럼 오늘은 이만."

안녕히 가세요, 하며 유미에는 그 사원을 보냈다.

정리를 마친 유미에도 옷을 갈아입고 회사를 나섰다. 고로와는 6시에 늘 만나는 카페에서 보기로 했다.

5분 정도 빨리 도착했는데 고로는 이미 창가 테이블에 앉아 있었다. 청바지에 검은 가죽점퍼. 평소 차림대로였다. 유미에를 보자 눈가에 주름이 잡힐 정도로 활짝 웃으며 손을 들었다.

"뭔가 알아낸 게 있어? 저도 커피요."

의자에 앉자마자 고로에게 질문을 던지고, 동시에 주문을 받으러 온 웨이터에게 말했다. 고로는 이미 커피 잔을 앞에 놓고 있었다.

"유감스럽게도 대단한 수확은 없어. 솔직히 이런 거 조사하는 건 어려워."

고로는 미안해하며 말했다.

"맞아. 역시 힘든 일인 것 같아."

"그런 것 같아. 꼬치꼬치 물으니까 이상한 눈으로 보더라."

"흐음……. 사실은 나도 별 진전이 없어. 인사부에 있는 친구한테 도움을 요청해 오늘 아침 잠깐 조사를 해주긴 했는데."

"뭐가 있었어?"

고로가 물었다.

유미에는 고개를 가로저었다.

"개발기획실 쪽에서, 인사 업무 담당자 한 명을 보내달라는 요청이 왔대. 그래서 당시 여유가 있던 설계부에서 한 사람을 돌렸다는 거야."

"그 한 사람이 유미에라는 거군."

고로가 말할 때 커피가 왔다. 유미에는 우유를 넣고 스푼으로 저으면서 "그런데 재미있는 점을 하나 발견했어." 하고 그를 보며 말했다.

"뭔데?"

"고로에 대한 거."

"나? 내가 뭐?"

"깜빡했는데 내가 배치 전환됐을 때, 고로도 부서를 옮겼어. 제조부에서, 지금 있는 실험부로."

"아······."

고로는 갑작스러운 말을 들었다는 얼굴로 머리를 끄덕였다.

"그랬지. 나야 입사하고 줄곧 같은 부서에 있던 터라 옮길 때가 됐었지."

"하지만, 그래도 정말 우연일까?"

뭐? 하며 고로는 미간을 찡그렸다.

"나는 왠지 우연이 아닌 것 같은 느낌이 들어."

"그건······ 지나친 생각이야."

"그럴까."

유미에는 물끄러미 커피 잔을 들여다봤다.

유미에가 입을 다물어서 그런지 고로도 고개를 숙인 채 말이 없었다. 그러다 얼마 후 "나, 유미에의 마음은 잘 알아." 하고 먼저 침묵을 깼다.

"하지만 지나친 생각이야. 이번 사건은 유미에가 생각하는 것과 아무 관계가 없어. 나는 그렇게 생각해."

그렇게 말하고는 다시 고개를 숙였다. 그냥 자기 생각을 이야기한 것뿐이라는 태도였다.

"알아."

유미에가 말했다.

"내 상상이 지나친지도 몰라. 그건 나도 잘 알아. 하지만 조금만……, 조금만 더 내가 하고 싶은 대로 내버려두면 안 될까? 고로가 싫다면……."

"그런 뜻이 아니야."

고로는 조금 당황한 듯 불안한 시선을 보냈다.

"싫은 게 아니야. 하지만 앞으로 어쩔 셈인데?"

"응. 그건 아직 정하지 못했지만……."

유미에는 다시 커피를 한 모금 마시고, 창 너머 경치로 시선을 돌렸다. 그리고 이어 말했다.

"스에나가 씨. 그 사람을 조사해보고 싶어. 실장님이 살해되기 전, 하시모토 씨와 그 사람을 방으로 부른 게 마음에 걸려."

4

21일 토요일은 아침부터 내리던 비가 그대로 밤까지 이어졌다. 다쿠야는 맨션에서 조금 떨어진 곳에 있는 공중전화 부스 옆에 차를 세우고, 야스코가 걸어올 길을 지켜보고 있었다. 5층짜리 맨션에서 야스코의 방은 4층 맨 가장자리에 있었다. 관리인이 없다는 건 이미 확인을 끝냈다.

11시 40분. 이제 돌아올 시간이다.

사실 얼굴을 대면하지 않고 실행에 옮기고 싶었지만 아무리 생각해도 그것은 불가능했다. 어쨌든 한 번은 야스코와 만나야 했다.

시계를 본다. 11시 42분.

바로 그때 전방에 자동차 헤드라이트가 보였다. 천천히 이쪽으로 다가온다. 택시다.

맨션 앞에서 택시가 서자 왼쪽 뒷문이 열렸다. 실내등이 켜지고 손님이 돈을 건네는 게 보인다. 얼굴은 알아볼 수 없었다.

손님이 내리고 재빨리 우산을 폈다. 틀림없이, 야스코다. 검은색 재킷을 입고, 한 손에 쇼핑백을 들고 있다. 야스코는 다쿠야의 존재를 알아차리지 못한 듯 곧장 맨션을 향해 걸었다.

다쿠야는 짐을 들고 차에서 내렸다. 공중전화 부스로 들어갔다. 거기서는 야스코의 방 창문이 보였다. 창에 시선을 고정한 채 수화기를 들었다.

시간이 아주 천천히 흐르는 것 같았다. 4층이니 엘리베이터를 이용할 텐데, 야스코는 지금 어디쯤 갔을까.

손에 땀이 차올랐을 때, 야스코의 방에 불이 켜졌다. 짙은색 커튼을 쳐놓은 탓인지 불빛은 흐렸다.

다쿠야는 전화카드를 넣고 마음을 가다듬으며 버튼을 눌렀다. 벨소리가 세 번 울리고, 야스코의 목소리가 들렸다.

"나야, 스에나가."

다쿠야가 말했다. 수화기 너머로 야스코의 긴장하는 기색이 역력했다.

"무슨 일이야? 이런 시간에."

"아이에 대해 얘기할 게 있어. 지금 근처에 있으니까 갈게."

침묵이 흐른다. 안타깝게도 야스코가 지금 어떤 생각을 하는지 알 수 없었다.

"내일 보면 안 돼?"

"안 돼. 그래서 일부러 기다렸어."

"……무슨 얘긴데?"

"아이 얘기라고 했잖아. 아이와, 우리들 미래에 대한."

다시 침묵. 야스코는 다쿠야가 자신을 죽이려 한다는 걸 알지도 모른다. 그렇다면 당연히 경계할 것이다. 하지만 그래도, 다쿠야는 어떻게든 저 방에 들어가야만 했다.

"그리고 또 하나."

다쿠야는 준비했던 패를 꺼내 들었다.

"하시모토와 니시나 나오키에 대한 얘기도."

"……알고 있는 게 있어?"

이 대답은 무슨 뜻이지? 다쿠야는 재빨리 머리를 굴렸다. 그렇다면 야스코는 아무것도 모른다는 소린가? 아니야, 그렇게 단정할 수는 없어.

"그래."

다쿠야가 말했다.

"그래서 얘기 좀 하고 싶어."

또다시 침묵의 시간이 잠시 흐른 뒤, 드디어 야스코가 입을 열었다.

"좋아. 문을 열어둘 테니 들어와."

"고마워." 하고 다쿠야는 전화를 끊었다.

다쿠야는 다른 사람들 눈에 띄지 않게 조심하며 방 앞까지 가서 가만히 손잡이를 잡았다. 손가락 끝에 접착제를 발라 응고시킨 탓에 문을 열기가 힘들었다. 지문을 남기지 않기 위한 장치였다. 장갑 같은 걸 끼면 야스코의 의심을 사게 된다.

그녀가 말한 대로 문은 열려 있었다. 안으로 들어가자 벽 쪽에 앉은 야스코가 경계하는 눈빛으로 그를 바라보았다.

"야, 이 방에 온 것도 오랜만이네. 두 번째인 거 같은데."

다쿠야가 말했다.

"세 번째야."

"그랬나."

"일단 앉아."

야스코는 턱으로 테이블 건너편 소파를 가리켰다. 다쿠야는 현관문을 잠그고 신발을 벗은 다음, 야스코가 가리킨 곳에 앉았다.

"무슨 선물이라도 할까, 했는데 생각나는 게 없어서. 야스코가 좋아하는 걸로 사왔어."

다쿠야는 테이블 위에 화이트 와인 병과 네모난 상자를 내려놨다.

"우선 와인으로 건배하지. 잔 좀 가져올래?"

"건배는 무슨?"

야스코는 시큰둥하게 말했다.

"빨리 얘기나 해."

"그 전에 좀 쉬자."

바로 옆에 진열장이 있었다. 다쿠야는 거기서 직접 와인 잔을 두 개 꺼냈다. 그리고 와인 병따개로 마개를 따고, 옅은 황금색 액체를 잔에 따랐다.

"자, 건배!"

다쿠야가 잔을 들었다.

하지만 야스코는 그의 본심을 간파하려는 듯 빤히 쳐다보고만 있을 뿐 잔에는 손을 대지 않았다.

"왜 그래?"

그가 물었다.

"알코올은 끊었어. 태아한테 안 좋잖아."

무표정한 얼굴로 야스코가 대답했다.

"조금도 안 되나?"

야스코는 고개를 흔들고 말했다.

"하고 싶은 얘기나 해."

덕분에 다쿠야도 와인을 입에 대지 못하고 잔을 테이블에 내려놓았다.

"다시 한번 묻겠는데, 아이를 뗄 생각은 없지?"

"없어."

"아버지가 더 이상 이 세상 사람이 아닐 수 있는데. 하시모토와 니시나 말이야……."

그렇게 말하고 상대의 반응을 살폈다. 야스코는 순간적으로 시선을 떨어뜨렸다.

"알고 있었어?"

"그거야 뭐. 근데 아버지가 둘 중 하나면 어쩔 셈이야?"

그러자 야스코는 어깨를 으쓱하더니 코웃음을 쳤다.

"자기는 그런 것까지 고민 안 해도 돼. 본인이 아버지일 때만 생각해."

다쿠야는 상대의 본심을 읽을 수 없어 초조했다.

"살해된 두 사람이 모두 야스코의 남자였다는 걸 경찰이 알게 되면 어떡하지?"

"경찰에 얘기한다고? 그러면……."

야스코의 눈이 번뜩였다.

"알고 있어. 나에 대해서도 얘기하겠지. 그래서 오히려 걱정이야. 너 말이야, 우리 관계가 들통 날 증거 같은 걸 가지고 있지 않아? 수첩에 이름을 적어놓았다던가."

"걱정 마. 연락은 언제나 사내 전화로 했으니까."

"그러면 됐어."

다쿠야는 안도의 숨을 내쉬었다.

"그건 그렇고, 그 둘이 살해됐을 때 솔직히 난 당신을 의심했어."

"농담하지 마!"

야스코는 강하게 내뱉었다.

"왜 내가 그 둘을 죽일 필요가 있어! 그 사람들이 나를 죽인다면 모를까."

다쿠야는 그건 사실이지, 하고 싶은 걸 참고 말했다.

"그러나 니시나 나오키가 살해된 날, 휴가를 받았잖아? 그게 단순한 우연이라고?"

이 말에 야스코는 당황한 듯 시선을 한 곳에 두지 못하고 불안정하게 움직였다. 그러다 이윽고 다쿠야의 얼굴에 시선을 맞추고 말했다.

"그날 말이야, 나, 니시나 씨한테서 오사카로 오라는 얘기를 들었어."

"실장이? 뭣 때문에?"

놀란 척하며 시치미를 떼고 물었다. 나오키가 야스코를 부른 이유는 그 누구보다 자신이 잘 알고 있다.

"자세한 건 몰라. 중요한 얘기가 있으니까 오사카로 와달라고. 배 속의 아이와 관련된 거라고 했어. 그래서 휴가를 받아 오사카로 갔어."

"오사카 어디?"

"신오사카 역 지하에 있는 '비드로'라는 카페였어. 5시에 거기서 기다리라고 해서."

거기서 만난 다음 차에 태워 적당한 곳으로 데려가 죽일 계획이었겠지. 그러나 5시는 너무 이르다. 나오키는 무슨 생각을 했던 걸까.

"그런데 오지 않았어. 난 두 시간이나 기다렸어."

야스코가 말했다.

"흐음……."

다쿠야는 야스코의 얼굴을 바라보았다. 거짓말일까, 진실일까. 하지만 이 여자에게 이 정도 연기는 식은 죽 먹기일지도 모른다.

"그래서 다음 날, 그가 살해됐다는 얘기에 심장이 멈추는 줄 알았어. 진짜 놀랐어."

"짚이는 게 하나도 없어?"

"없어. 그리고 다음엔 하시모토가 죽었어. 도통 뭐가 뭔지 모르겠어."

"그러나 공통점은 있어. 순서로 보자면 다음은 나야. 그래서 겁이 나 여기로 온 거야. 정말 네가 범인이 아니야?"

"나한테는 동기가 없잖아?"

야스코가 두 팔을 벌리고 말했다. 다쿠야는 물끄러미 상대의 얼굴을 보았다. 그녀도 잠자코 그를 바라보았다.

"뭐, 그럼 됐어. 그렇다면 진범을 찾기 위한 논의를 하는 게 낫겠군. ……그런데 와인 한잔 어때?"

"필요 없다고 했잖아."

"독이라도 들어 있는 것 같아?"

다쿠야가 말하자 순간, 야스코의 눈이 휘둥그레졌다. 그리고 잠시 후 무언가를 깨달은 듯 두세 번 고개를 끄덕였다.

"그러네. 자기가 나를 죽일 수도 있겠네. 니시나 씨와 하시모토를 죽일 이유는 모르겠지만."

"믿을 수 없다는 거군. 그렇다면 이건 어때?"

다쿠야는 와인과 함께 가져온 꾸러미를 풀었다. 유명한 화과자점 이름이 찍혀 있었다. 야스코는 이곳 과자 중에서 특히 젤리 속에 매실이 통째로 들어 있는 것을 보면 사족을 못 썼다.

"와인과 화과자라, 묘한 구색이네. 이상한 일도 다 있군. 자기가 이런 걸 사가지고 오고."

야스코는 여전히 탐색하는 눈빛이었다.

"아직도 의심이 되나. 그럼 이 중 하나를 골라. 내가 먼저 먹을 테니까."

다쿠야가 말하자, 야스코는 여덟 개 중에서 적당히 하나를 골라 내밀었다. 다쿠야는 포장지를 벗기고 거리낌 없이 씹어 삼켰다. 그리고 그녀의 얼굴을 보고 말했다.

"차 한잔은 줄 거지?"

야스코는 그를 가볍게 노려본 후 부엌으로 갔다. 찻주전자와 찻잔을 준비하는 게 보였다. 그 뒷모습에 대고 다쿠야가 말을 걸었다.

"회사를 그만두면 뭘 할 거야?"

"아무것도 안 할 거야. 차분히 애 낳을 준비나 해야지. 자기한테는 안된 일이지만."

"이해가 잘 안 되네. 내가 성공적으로 니시나 가문의 재산을 손에 넣으면 양육비를 듬뿍 타낼 수 있겠지만, 그럼 평생 제대로 된 결혼생활을 못할 텐데, 그래도 괜찮아?"

"결혼 같은 것엔 흥미 없어."

야스코가 차를 타왔다. 김이 모락모락 났다.

"그렇군. ……과자 먹어."

"지금은 안 먹을래."

야스코가 말했다.

"아직도 못 믿겠다는 거군."

다쿠야는 쓴웃음을 지었다.

"뭐, 됐어. 그런데 왜 결혼에 흥미가 없어?"

"내 꿈은 놀면서 사는 거야. 배 속의 아이는, 그럴 수 있는 돈이 나오게 하는 도깨비방망이 같은 존재지. 그런 기회를 줄곧 기다려왔어."

"기생충이 되겠다는 말이군."

그 말에 야스코는 입가에 차가운 미소를 지었다.

"당신이야말로 기생충 아니야? 그러니까 쓸데없는 소리 하지 마."

다쿠야는 대답 대신 김이 날아간 찻잔을 들었다. 그러곤 그것을 입술 근처까지 가져갔다가 멈췄다.

"왜?"

야스코가 물었다.

"생각해보니, 나만 일방적으로 너를 믿을 수는 없잖아?"

그러자 야스코는 고개를 흔들며 "바보 같군." 하고 말했다.

"내가 당신을 죽일 리가 있겠어?"

"그야 알 수 없지."

다쿠야는 찻잔을 앞으로 내밀었다. 그러자 야스코는 희미하게 웃으며 찻잔을 들었다.

"난 당신이 성공하길 바란다니까. 진심인 거 알지? 당신이 니시나 가문에 들어가면 내 삶도 변하는 거야. 태양이 가득한 곳으로 나가는 거지."

그리고 자신이 탄 차를 마셨다. 그걸 보면서 다쿠야는 와인 잔을 들었다.

"그렇겠지. 그럼 태양에 건배할까?"

"응. 그러……."

순간, 찻잔을 내려놓은 야스코의 눈이 갑자기 커지더니 손으로 입을 틀어막았다. 그리고 소파에 쓰러져 신음소리를 내기 시작했다.

야스코가 괴로워하는 모습을, 다쿠야는 와인을 마시며 지켜봤다. 이상하게도 공포심 같은 건 전혀 생기지 않았다. 모든 게 계획대로였다.

이삼 분 만에 모든 움직임이 멈췄다. 그걸 확인한 뒤, 다쿠야는 천천히 일어섰다. 손에 와인 잔을 든 채였다. 야스코의 몸을 발끝으로 흔들어보았다. 반응이 없었다.

"내 어디가 기생충이란 거야? 너처럼은 안 돼."

다쿠야는 야스코의 머리를 발로 툭 찼다.

"태양 가득한 곳이라니! 너 같은 여자한테 태양이 비칠 리 있겠어? 잘난 체하기는."

야스코가 집에 없는 동안 미리 작업을 하기로 결정한 것까지는 좋았는데 청산가리를 넣을 장소를 놓고 다쿠야는 골머리를 앓았다. 머릿속에는 온통 그 생각뿐이었다고 해도 과언이 아니다.

우유팩, 소금이나 간장 같은 조미료, 칫솔도 생각했지만 모두 실패할 확률이 크다는 걸 깨달았다. 우유는 언제 마실지 알 수 없고, 조미료는 요리 종류에 따라 독이 희석될 우려가 있다. 칫솔에 바른다 해도 얼마나 체내에 들어갈지 미지수였다.

무엇보다 야스코가 다쿠야 앞에서 먹는 게 중요했다. 다쿠야 모르게 야스코가 중독이 되는 건 위험할 수도 있다. 마침 그때 누군가 방에 있다면 모든 게 수포로 돌아갈 수도 있기 때문이다.

독을 넣은 음료수 같은 걸 선물로 가지고 가는 방법도 있다. 아니면 커피 같은 걸 타오게 한 다음 몰래 넣을까.

그러나 이것은, 상대가 전혀 경계하지 않는다는 조건에서만 성립될 수 있다. 게다가 상황을 봐서 몰래 독을 넣는다는 건 실제로 아주 어려운 일이다.

아무리 경계하더라도 방심하고 마실 게 있다. 그것은 바로 자신이 직접 탄 차나 커피다.

거기까지 생각했을 때, 기막힌 곳이 떠올랐다.

찻주전자 주둥이 안쪽. 거기에 청산가리를 분말 상태로 발라놓으면 된다. 밖에서는 보이지 않을 뿐더러, 찻잎을 넣고 뜨거운 물을 부으면 청산가리는 조용히 녹기 시작한다. 그대로 찻잔에 따르면 충분한 농도를 유지한 독차가 완성되는 것이다.

다쿠야는 성공하리란 확신을 갖고 실행에 옮겼다. 그리고 생각대로 이루어졌다.

그는 야스코의 죽음을 확인하고 나서 손가락 끝의 접착제를 벗겨냈다. 그리고 제일 먼저 주전자와 찻잔, 와인 잔을 씻었다. 깨끗이 닦은 다음 지문이 남지 않도록 조심스럽게 선반에 올려놓았다. 경찰은 이것들이 야스코의 죽음과 관계가 있을 거라고는 꿈에도 생각 못 할 것이다.

그다음은 장갑을 끼고 해야 하는 작업이었다. 가져온 물건들을 치우고 야스코 앞에 유리잔을 놓았다. 그리고 물을 조금 따라넣었다.

자살하기 전에 마지막 단장을 했다는 설정도 괜찮지 않을까…….

다쿠야는 옷장으로 다가가 시체에 입힐 적당한 옷을 찾아봤다. 그런데 바로 앞에 꽃 모양을 한 금색 브로치가 있었다. 꽃잎 여덟 장이 모두 금이고, 한가운데에 다이아몬드가 박혀 있었다.

굉장히 비싼 물건을 갖고 있군…….

다쿠야는 그걸 시체에 달아놓을까 하다 그만두었다. 오늘 밤 뮤지컬을 보러 갈 때 이걸 했을지도 모른다. 만약 브로치를 단 위치가 조금이라도 달라지면 같이 갔던 여직원이 바로 알아볼 수도 있다.

너무 생각이 많나……. 그렇게 중얼거리며 옷장에서 떨어졌다.

현관으로 가 구두를 신고 마지막으로 현장을 살펴봤다. 모든 게 완벽하다. 고개를 끄덕인 후 밖을 살폈다. 깊은 밤이긴 하지만 그래서 더욱 다른 사람한테 들키면 낭패다.

사람이 없다는 것을 확인한 후 문을 열었다. 불을 끌 필요는 없다. 캄캄한 곳에서 자살하는 사람은 거의 없을 테니까.

방을 나온 뒤 미리 복사해놓은 열쇠를 꺼냈다. 아주 부드럽게 잠겼다. 어제 오후, 시험 제작 공장의 기계를 이용해 만든 열쇠였다. 그보다 앞서 점심시간에 야스코의 책상서랍에서 열쇠를 꺼내 점토로 틀을 떠놓았다. 이 열쇠를 이용해 야스코가 뮤지컬을 보러 간 사이 방에 숨어 들어와 청산가리를 발라놓았던 것이다.

다쿠야는 맨션을 나와 자기 차로 돌아왔다. 잊고 온 것은 없었다. 이제까지 중요한 순간에 실수를 저지른 적은 단 한 번도 없다.

자동차 시동을 걸고, 액셀러레이터를 밟았다. 맨션 앞을 지나치는 순간, 와락 웃음이 터져 나왔다.

5

아마미야 야스코의 시체는, 주말이 지난 23일 월요일에 발견되었다. 무단결근을 해 걱정이 된 동료 여직원이 조후에 있는 야스코의 맨션을 방문했다가 발견했다고 한다. 경찰의 대응이 빨랐던 데에 하시모토 아쓰시 사건이 영향을 준 것은 두말할 필요도 없었다.

야스코는 부엌 바닥에 쓰러져 있었다. 테이블 위에는 물이 4분의 1쯤 든 유리잔이 놓여 있을 뿐 실내는 깨끗하게 정리되어 있었다. 싸운 흔적은 없었다.

부검의는 시체를 보자 한눈에 청산 중독사 같다고 말했다. 입가에 아몬드 냄새가 나는 점액이 붙어 있는 게 특징 중 하나였다.

"범인인가?"

가장 먼저 입을 뗀 것은 다니구치였다. 그도 일찌감치 제삼의 사건이라는 판단에 도달한 터였다. '범인인가?'라는 말은 야스코가 니시나 나오키와 하시모토 아쓰시를 살해했다는 뜻이다.

"아마미야 야스코는 니시나 도시키와 같은 부서였습니다. 게다가 나오키가 살해된 날, 유급 휴가를 받았⋯⋯."

문득 며칠 전 다니구치가 야스코를 지목했던 걸 떠올린 사야마는 분했다. 아마미야 야스코는 포위망 안에 있었던 것이다. 그러나 그 여자를 감시할 만한 특별한 이유가 없었다.

"남자 둘을 죽이려던 여자가 그걸 다 이룬 뒤 자살했다⋯⋯. 살해 동기는 모르겠지만 그렇게 생각하면 이치에 안 맞는 것도 아니지."

"납득이 되질 않습니다."

사야마가 말했다.

"처음부터 자살할 생각이었다면, 니시나도 그렇고, 하시모토도 그렇고, 그렇게 치밀한 방법으로 죽일 필요가 있었을까요? 그 범행 수단은 범인이 빠져나가기 위한 것이었습니다."

"심경이 변했을지도 모르지. 아니면 충동적인 자살이던가. 경찰 수사가 두려워 죽음을 선택했을 수도 있지."

하지만 사야마는 고개를 가로저었다.

"이번 범인은 아주 냉정했습니다. 충동적으로 행동할 리가 없어요."

"아니, 살인이라는 것 자체가 원래 충동적인 거야. 일단 이것부터 조사하지. 분명한 거니까."

다니구치는 사야마의 어깨를 두드리고, 다른 수사관들에게 지시하기 시작했다.

사야마는 야스코의 침실로 들어갔다. 침대와 옷장이 놓여 있었다. 옷장엔 온몸을 충분히 비출 만한 거울이 붙어 있었다. 옷장 위쪽엔 금 브로치, 침대 밑에는 세로로 긴 보석함이 놓여 있었다.

보석함 안을 조사해보니 그다지 많은 건 아니지만 진짜 보석을 이용한, 필시 유명 브랜드의 것이 분명한 액세서리들이 들어 있었다. 요즘 직장 여성들은 이런 것들을 아무렇지도 않게 사들일 정도로 월급이 많나, 하는 생각에 사야마는 조금 심란해졌다.

그런 인상은 양복장을 봤을 때도 마찬가지였다. 사야마는 여성복 브랜드 이름을 거의 몰랐지만 그래도 상당히 좋은 옷이라는 걸 직감적으로 알 수 있었다.

"상당히 사치스럽게 산 모양이네요."

사야마 옆으로 온 후배 형사가 역시 옷장 안을 들여다보며 말했다.

"여기 맨션 임대료도 만만치 않을 텐데요. 거기다가 몸에 걸치는 물건에까지 상당한 돈을 들였네요."

"응. 좀 지나치게 들인 것 같은데. 질투하는 건 아니지만 우리들 봉급으로는 이런 생활은 어림도 없지."

"요즘 젊은 여자들은 부자니까요."

후배 형사는 부럽다는 속내를 숨기지 않고 말했다.

사야마는 이어서 옷장 맨 위 서랍을 열었다. 이 방에는 정리함 같은 게 하나도 없기 때문에 보석이 아닌 귀중품은 어디에 넣어둘까 하는 의문이 들어 서랍에 관심을 가졌던 것이다.

그의 예감은 적중했다. 예금통장과 건강보험증 같은 게 들어 있었다. 인감도 있었다. 도난당할 수도 있다는 걸 전혀 생각 못했나보다.

사야마는 통장을 열어봤다. 조사라기보다 젊은 여자가 어느 정도 유복한지를 확인하고 싶은 호기심이 더 강했다.

그러나 거기에 적힌 숫자를 보고는 김이 샜다.

잔금 4만 2,137엔.

뭐야, 이건. 아무리 월급날 전이라 해도 너무한 것 아닌가. 신입사원 가운데 1년에 백만 엔 이상 저금하는 사람도 있다는 얘기를 들은 적이 있다.

그러나 곧 당연한 일이라는 생각이 들었다. 이제까지 살펴봤듯이 아마미야 야스코는 사치스러운 생활을 했다. 그러니 예금이 적은 게 당연하다. 여기에 예금까지 많다면 그거야말로 이상한 일이다.

왠지 안도하는 자신에게, 사야마는 쓴웃음을 지었다. 스무 살이 갓 넘은 아가씨랑 뭘 경쟁하겠다는 건지.

하지만 그 쓴웃음도 오래가지 못했다. 서랍에서 그의 시선을 사로잡는 게 나왔기 때문이다.

진료증이었다. 나가야마 산부인과. 진료일은 10월 13일.
한 달 전이었다.

"반장님!"

사야마는 다니구치를 불렀다.

나가야마 산부인과는 아마미야 야스코의 맨션에서 차로 10
분 정도 거리에 있었다. 마침 이날 밤에는 야스코의 담당 의
사가 있다고 해서, 사야마와 신도가 조사차 방문했다.

흰머리가 가득한 중년의 의사는 야스코가 죽었다는 말에
눈을 크게 뜨고 한참을 놀랐다.

"조금 이상한 구석은 있었지만 아주 미인이었죠. 그랬군요.
죽었군요. 그런 일이 생기다니, 사람 목숨이라는 건 알다가
도 모를 일이네요."

"이상한 점이라뇨?"

사야마가 물었다.

"처음 여기 왔을 때 그런 느낌을 받았습니다. 진찰을 받으
러 와서는 아마 임신인 것 같네요, 이러더군요. 요즘 젊은 여
성들이 워낙 씩씩하긴 하지만 그 사람은 특히 더 그랬어요."

"그런데, 임신을 했나요?"

"임신 2개월이었습니다."

의사가 대답했다.

"축하한다고 임신 소식을 알렸을 때의 반응도 이상했습니다. 놀란 것 같기도 하고, 담담한 것 같기도 했습니다. 미혼이라고 했는데, 전혀 충격을 받은 기색이 없었어요."

냉정한 분석에 사야마는 감탄했다.

"유산시키지 않았나요?"

신도가 물었다.

"예."

의사는 딱 부러지게 대답했다.

"저도 낙태를 원할 거라 생각했습니다만 본인은 낳을 거라고 하더군요. 그 말을 듣고 역시 놀랐습니다."

야스코는 아이를 낳을 작정이었다.

누구 아이일까. 사야마는 머리를 굴리면서 "아버지에 대해 얘기한 적 있습니까?" 하고 물어봤다. 의사의 표정이 조금 난감하다는 듯 일그러졌다.

"실은 그 점과 관련해 약간 이상한 질문을 받았습니다."

"이상한 질문?"

"예. 아기의 혈액형은 언제 알 수 있냐고 묻더군요."

"예?"

사야마와 신도는 얼굴을 마주봤다.

"정말 이상한 질문이군요."

"본인도 아버지가 누군지 모르는 게 아닐까, 생각했습니다. 그래서 혈액형으로 알아보려고 했던 게 아닐까요?"

"그럴 수도 있겠군요. 선생님은 어떻게 대답하셨습니까?"

"혈액형은 수정되는 순간에 이미 결정된다고 말해줬지요. 하지만 검사는 출산 후에 하는 게 좋다고 했습니다. 임신 초기에서 중기까지는, 불가능한 건 아니지만 아주 위험하기 때문입니다."

"그래서 아마미야 씨도 수긍했나요?"

사야마가 물었다.

"조금 고민하는 듯했지만, 이내 납득한 것 같았습니다. 낳겠다는 뜻에도 변함이 없었고요. 그 후에는 모든 게 순조로웠는데."

그렇게 말하고 의사는 다시 애석하다는 표정을 지었다.

사야마는 경찰서로 돌아와 다니구치에게 보고했다. 다니구치는 천장을 올려다보며 생각을 정리하듯 중얼거렸다.

"아마미야 야스코가 임신을 했다. 상대 남자는 본인도 모른다. 그건 여러 남자와 관계했다는 얘기겠지. 아버지는 정확히 모르지만 아이를 낳을 생각이었다. 혼자 키울 작정이었을까?"

"말이 안 됩니다."

사야마가 말했다.

"방을 보니까 상당히 사치스럽게 사는 데 익숙한 여자였습니다. 아버지 없는 아이를 키우는 고생을 사서 할 타입이 아닙니다."

"그렇지도 않아요, 아이에 관해서, 여자는 다른 사람이 되곤 하잖아요."

옆에서 신도가 끼어들었다.

"결혼은 싫지만 아이는 갖고 싶다. 그렇게 말하는 여자들이 꽤 많아요. 남성 편력이 많아서 남자와의 생활에 질린 여자들의 공통점이죠."

자신감에 넘쳤다. 요즘 여자들에 대해 거의 모르는 사야마는 잠자코 있을 수밖에 없었다.

"일단은 상대 남자를 찾는 게 선결 과제야."

결론을 내리듯 다니구치가 말했다.

"하긴, 아직 살아 있는지 모르지만."

니시나 나오키와 하시모토 아쓰시를 두고 하는 말이었다. 이 의견에 대해서는 사야마와 신도도 인정할 수밖에 없었다.

.6

야스코의 죽음에 대한 회사 사람들의 반응에 다쿠야는 내심 흐뭇했다. 오늘 조간신문에 자세한 내용이 실리진 않았지만, 야스코의 집을 찾아갔다 시체를 발견한 여직원의 말이 소문이 되어 퍼진 탓에 대부분 자살이라고 생각하는 것 같았다. 다쿠야가 오늘 처음으로 만난 동료 직원도 "들었어? 임원실의 아마미야 야스코, 청산가리로 자살했대!" 하고 말을 걸어왔다. 그 남자는 또 이런 말도 했다.

"니시나 실장과 1과의 하시모토를 죽인 것도 그 여자라는 소문이야. 어떤 사정이 있었는지는 모르지만 여자란 게 무섭네."

정말 그러네요. 다쿠야는 짐짓 심각한 표정으로 맞장구를 쳤다.

오후에 사이타마 공장에 갔더니 그곳에서도 그런 말이 돌고 있었다.

"하시모토 씨에 대해 잘은 모르지만, 그래도 누구의 원한을 살 사람은 아니었어요. 그런데 역시, 이번에 죽은 여자와 뭔가가 있었나봐요."

현장에서 생산 기술을 담당하고 있는 나가세라는 남자는, 다쿠야로부터 사건에 대한 재미있는 정보를 끌어내려는 듯 한참을 이 화제에 매달렸다.

하지만 다쿠야는 그저 이렇게 대답했을 뿐이다.

"나는 잘 몰라요."

그 생산기술부 직원은 다쿠야를 제2공장 쪽으로 데려갔다. 상태가 안 좋은 로봇이 있다고 했다.

"전보다 움직임도 빠르고, 제품을 집다가 망가뜨리는 경우도 적어서 좋습니다. 하지만 결함 제품이 흐를 때 말입니다, 이런 것도 그냥 조립해버립니다. 이건 어떻게 안 될까요?"

나가세는 불량품으로 분류된 제품을 들고 말했다.

"큰 문제는 아니잖아요. 다음 품질 체크 과정에서 걸러질 테니까."

"그야 그렇지요. 하지만 좀 더 빨리 걸러내면 부품을 낭비하지 않아도 돼서요."

"그럼 그런 결함 제품이 라인에 흐르지 않게 하면 되잖아요. 이 전(前) 공정은 작업자들이 하는 거죠?"

"예."

나가세의 목소리가 줄어들었다.

"상당히 세밀한 작업이라, 전자동화는 불가능합니다."

"인간에게 의존하는 한 불량품이 없을 순 없지요. 그 책임을 로봇에게 전가하지 마세요."

"그런 말이 아닙니다."

"상태가 안 좋은 로봇이라는 게, 그 말입니까?"

일부러 사이타마까지 불려왔는데 고작 이런 소리를 들어야 하나 싶어 목소리가 날카로워졌다.

270

"아뇨. 실은 오작동을 하는 녀석이 있어서요."

나가세는 다른 곳으로 다쿠야를 데려갔다. 용접 공정을 수행하는 로봇들이 있는 곳이었다.

"분명히 가동을 중지했는데 갑자기 움직인다고 합니다. 그래서 이렇게 전원을 꺼두었습니다."

"흐음."

다쿠야는 로봇을 봤다. 팔을 움직일 때의 궤도에 약간의 기술을 추가한 기종이었다.

"그럼, 조사해보죠. 노이즈 영향 같긴 하지만."

"부탁드려요. 지난해 사고 때문에, 옆에서 작업하는 사람들이 무서워해요."

나가세의 말에 다쿠야는 그의 얼굴을 노려봤다.

"그 사건은 작업자의 조작 실수로 판명되지 않았나요? 이상한 오해를 하고 있는데, 제대로 설명하지 않으면 곤란합니다."

"아뇨. 설명은 제대로 하고 있습니다만, 현장에서 일하는 사람들이 좀처럼 편견을 버리질 않아서요."

"편견…… . 맞는 말이네요."

다쿠야는 말하며 컨트롤러의 스위치를 넣었다.

"아, 그런데……."

나가세의 말투가 바뀌었다.

"어제 본사에서 스에나가 씨에 대한 문의가 왔습니다."

"나에 대해?"

다쿠야는 동작을 멈추고 돌아봤다.

"어떤 내용인데요?"

"이상하던데요? 스에나가 씨가 지금까지 관여한 로봇의 이름을 가르쳐달라고……. 그런 거야, 본인한테 물으면 제일 빠를 텐데요."

다쿠야는 미간을 찌푸렸다.

"정말 이상한 질문이네요. 어디서 온 거죠?"

"그게, 기술 정보를 정리하는 사람이라고만 했어요. 여사원이었습니다."

"예……."

도대체 누굴까……. 다쿠야는 강한 불쾌함을 느끼기 시작했다.

7

아마미야 야스코의 시체가 발견된 다음 날 아침, 그녀의 아버지가 도착했다는 소식이 조후 서에서 고마에 서 수사본부로 들어왔다. 야스코의 고향이 후쿠오카라 어제는 오지 못했다고 한다. 오늘 아침 제일 빠른 비행기로 온 모양이다.

다니구치의 명령으로 신도가 조사차 나갔다.

사야마도 관례상 MM중공을 찾았다. 이걸로 몇 번째인지 쓸데없는 계산을 하며 회사 정문에서 방문객 명단에 이름을 적었다. 이제는 접객 로비도 누구보다 잘 파악하고 있었다.

이날은 제일 먼저 연구개발부 여직원들을 관리하는 나카노 아키요라는 계장을 만났다. 중년의, 좀 구식으로 표현하자면 인텔리 타입의 여성이었다. 가는 얼굴에 금테 안경이 무척 잘 어울렸다. 그녀의 설명에 따르면, 야스코는 원래 인사부 소속인데 지금 부서에 파견된 것이라고 한다. 그러니까 나카노 본인은 인사부 계장인 셈이다.

"일을 깔끔하게 처리하는 애였어요. 우리들 지시에도 잘 따라주었고요."

야스코의 죽음에 대한 소식을 이미 들어서인지, 나카노 아키요는 비교적 차분하게 이야기를 시작했다.

"성실한 부하였다는 말씀입니까?"

"예. 하지만……."

나카노 아키요는 잠시 머뭇거리다 말을 이었다.

"요즘 젊은 사람들의 특징이기도 하지만, 종종 무슨 생각을 하는지 모를 때가 있었습니다. 그렇다고 일을 못하거나 이해 못할 행동을 한 건 아닙니다. 하지만 업무 이외에는 거의 교류가 없어서, 평소에 어떤 생활을 하는지 전혀 알 수 없었습니다. 진짜 얼굴, 그러니까 내면을 보여주지 않았다고 해야 하나요."

"회사와 사생활을 철저히 분리했다는 말씀이군요."

사야마가 말했다. 현대 젊은이들의 특징이기도 하다.

"예. 그래서 저는……."

나카노 아키요는 잠시 말을 끊고 "솔직히 말해서 그 아이가 조금 어려웠어요." 하며 안경테를 만졌다. 아주 정직한 의견이라 사야마도 고개를 끄덕였다.

야스코의 죽음이 자살이라면, 혹시 뭔가 짚이는 게 있냐고 물어봤다. 전혀 없다고 했다. 업무상 문제는 전혀 없었다는 것이다.

"아, 그런데……."

뭔가 떠오른 듯 나카노 아키요가 말했다.

"곧 회사를 그만둔다고 했어요. 아직 사표를 제출하진 않았지만요."

"사표? 이유는?"

"고향으로 돌아가 신부 수업을 받을 거라고 했지만 자세한 얘기는 안 했어요."

사야마는 적당한 거짓말이라고 생각했다. 또 지금까지의 얘기로 봐서 야스코의 임신에 대해 이 사람들은 아무것도 모르는 게 분명했다.

관리자에게서 들을 내용은 이 정도일 거라는 생각에 그쯤에서 포기하고, 야스코와 친했던 사람을 만나고 싶다고 했다. 나카노 아키요는 아사노 도모코라는, 야스코와 입사 동기인 여직원을 추천했다.

하지만 도모코에게서도 유익한 정보는 얻을 수 없었다.

"그 애가 죽었다는 사실을 전혀 믿을 수가 없어요. 고민이 있었다면 얘기나 해주지……."

도모코는 통통한 뺨에 연신 손수건을 대며 말했다.

남자관계에 대해 물어보았다.

"야스코는 미인이라 접근해오는 남자도 있었지만, 실제로 누구와 사귄다는 말은 못 들었어요. 저희들은 가끔 남자 직원들이 테니스를 치거나 스키를 타러 가자고 하면 어울리기도 하는데, 야스코는 그런 게 싫은지 한 번도 간 적이 없어요."

"회사 밖에 애인이 있었을지 모르겠네요."

사야마가 말했지만 "그렇지는 않은 것 같아요. 전혀 듣질 못했거든요." 하고 도모코는 딱 잘라 부정했다.

남자 없이 임신할 수는 없다. 또 스쳐 지나간 남자의 아이를 낳을 리도 없다. 요컨대 아사노 도모코도 아마미야 야스코에 대해 아무것도 몰랐다는 얘기다.

이후, 사야마는 니시나 도시키를 만나볼 생각을 했다. 하시모토는 그렇다 쳐도, 니시나 나오키와 아마미야 야스코의 공통점은 도시키밖에 없었다.

하지만 사내 전화기를 들다가 오늘은 그만두기로 했다. 도시키를 만나기 전에 단서들의 구색을 조금 더 갖추는 게 좋겠다는 생각이 들었기 때문이다.

대신 공중전화로 수사본부에 전화를 걸자, 다니구치가 당장 신주쿠로 가라고 지시했다. 야스코의 여대 시절 친구와 만나기로 한 수사관과 합류하라는 것이었다.

"야스코의 부친이 이름을 알려줬어. 함께 여행도 다녔다고 하는데, 연락처는 야스코의 주소록에 있었네."

잘 부탁하네, 하며 다구치는 이야기를 마쳤다.

신주쿠의 모(某) 호텔 1층에 있는 카페가 약속 장소였다. 사야마가 도착하자 각진 큰 바위 얼굴의 남자가 손을 들었다. 다니구치 반의 팀원인 나이토였다. 사야마보다 두 살이 많고, 유도로 다져진 단단한 체격을 지니고 있었다.

"살았네."

나이토는 바싹 깎은 머리를 긁어대며 반가워했다.

"젊은 여잘 상대하는 게 영 그래서 난처했는데."

"조폭이 더 났습니까?"

"그야 그렇지. 신경 쓸 필요가 없잖아. 젊은 여자는 말 한마디 할 때마다 조심해야 하니까. 잘 부탁해."

나이토는 가볍게 경례를 붙였다.

그로부터 5분 뒤, 나이토가 힘들어하는 젊은 여자가 나타났다. 나이토의 외모가 영락없는 형사라고 생각했는지 그를 보자마자 곧장 다가왔다. 어딘지 모르게 고양이를 연상케 하는 여자였다. 검은 계열의 세련된 정장을 입고 있다. 모델이라고 해도 믿을 만큼 스타일이 좋았는데, 입은 옷의 디자인 때문에 그렇게 보이는 건지도 몰랐다.

이름은 스기무라 미치코라고 했다. 콧소리가 약간 섞인 목소리였다. 긴장하면서도 형사들이 어떤 사람인지 가늠하려는 게 환히 느껴졌다.

"바쁘신데 죄송합니다."

자기소개를 마친 뒤 사야마가 예의를 차렸다. 근처 생명보험회사에서 일하는 미치코는 근무를 하다 말고 나온 터였기 때문이다.

"아마미야 야스코 씨가 돌아가신 건 알고 계시죠?"

"얼마 전에 들었어요. 무척 놀랐습니다."

대답하며 미치코는 여러 번 눈을 깜빡이긴 했지만 울음을 터뜨릴 것 같지는 않았다. 요즘 젊은 여자들은 감정을 잘 억제한다.

여자가 웨이터에게 밀크티를 주문했다. 그때까지 기다렸다가 사야마는 우선 야스코와 얼마나 가까운 사이였는지 물었다. 학창 시절 친구다, 지금도 가끔 만나 술 한잔씩을 하기도 한다, 하지만 최근 2개월 정도는 만나지 못했다······. 여자는 담담하게 말했다. 그러고는 담배를 피워도 되냐고 묻기에 사야마는 그러라 하고 유리 재떨이를 그녀 쪽으로 밀었다. 나이토가 덩치에 안 어울리게 테이블 위에 있는 성냥을 재빨리 꺼내려 했으나, 그가 어물거리는 사이 미치코는 백 속에서 날씬한 은색 라이터를 꺼내 우아하게 불을 붙였다.

사야마는 식어버린 남은 커피를 마셨다.

"그럼 최근 2개월 동안은 전화로도 얘기한 적이 없나요?"

그러자 미치코는 말보로를 끼운 손가락으로 재를 턴 다음 "한 달 전쯤에 전화가 왔어요."라고 대답했다.

"중요한 용건은 아니었던 것 같은데, 좀 이상한 말을 했어요. 인생을 건 갬블을 할까 한다고······."

"갬블? 도박 말입니까?"

나이토가 기세 좋게 끼어들었지만, 미치코는 무시하고 말을 계속했다.

"무슨 소리냐고 물었지만 제대로 대답하지 않았어요. 취해서 잠드는 것도 오늘이 마지막이라고 하더군요. 도대체 무슨 소리였는지."

말을 끝내면서 미치코도 상념에 잠긴 표정을 지었다.

"한 달 전쯤이라고요? 날짜는 기억 안 나시고요?"

"그게, 언제였더라. 목요······ 아니야. 화요일이었어. 분명히. 그러니까 그게 언제냐면……."

"13일이죠."

사야마는 수첩의 달력을 보며 말했다. 미치코는 끄덕이며 아마 그럴 거라고 말했다.

사야마는 조금 이해할 것 같았다. 13일은 야스코가 산부인과에서 임신을 확인한 날이다. 즉 그녀가 미치코에게 말한 '갬블'이란, 아이를 낳는다는 말이 틀림없다.

문제는 왜 그게 갬블이냐는 것이다.

그때 나이토가 "아마미야 씨의 남자관계는 어땠나요?" 하고 물었다. 말투가 딱딱하긴 했지만 사야마도 하려던 질문이라 타이밍은 괜찮았다.

"최근에 그런 얘긴 못 들었어요. 하지만 걔는, 전부터 저돌적인 구석이 있어서 의외로 괜찮은 상대를 찾았을지도 모르죠."

미치코는 이쯤에서 드디어 경계를 조금 풀었다.

"학창 시절에는, 꽤 많은 남자와 사귀었겠군요?"

사야마가 물었다.

"야스코요, 아니면 저요?"

상대가 고양이 같은 시선을 슬쩍 건넸다.

"그야 아마미야 씨죠."

"걔야 많았죠. 없을 때가 없을 정도로. 저는 정반대였고요."

"그럴 리가요……. 당시 사귀었던 남자들과는 결국 헤어졌겠죠?"

"당연하죠. 연애와 결혼은 별개라는 게 원칙이었으니까요."

"그렇군요."

사야마의 머릿속에서 섬광이 스쳐 지나갔다.

"이상한 걸 묻는다고 하시겠지만, 혹시 아마미야 씨가 학생 때 임신한 적은 없습니까?"

갑자기 미치코의 얼굴이 불쾌감으로 일그러졌다. 그래도 사야마가 시선을 피하지 않고 입술을 바라보자 질렸다는 표정으로 "제가 알기로는 두 번 있어요." 하고 담배 연기를 내뿜으며 대답했다.

"유산시켰나요?"

"예."

"언제죠?"

"2학년 때 여름하고 4학년 때 가을."

"상대는?"

"2학년 때는 서클 선배였고, 4학년 때는 아르바이트로 알게 된 카메라맨이라고 했어요."

2년 사이에 연애 상대도 엄청나게 달라졌군. 그건 그렇고 야스코는 낙태에 별다른 저항이 없었던 듯했다.

"그 사람들하고는 결혼할 생각이 없었나보군요."

"전혀 생각하지 않았을 거예요. 결혼은 평생 돈 걱정할 필요가 없는 상대와 하겠다고 했으니까요."

"봉을 잡겠다는 소린가……."

나이토의 중얼거림에 경멸하는 속내가 섞였기 때문인지, 미치코가 그를 노려봤다.

"평범한 가정에서 태어난 사람이, 상류 사회의 일원이 될 수 있는 유일한 기회가 바로 결혼이에요. 순애보로 살 수는 없잖아요?"

"그게 당신과 아마미야 야스코 씨의 철학인가보군요."

사야마가 말하자 미치코는 당당하게 고개를 들고 "왜요? 안 되나요?" 하고 물었다.

"안 되는 건 아니죠. 각자 자유니까요. 그런데 상황은 어땠습니까? 그녀 주변에 원하던 상대가 나타났나요?"

"입사하자마자 그런 얘기를 하긴 했지만, 불행하게도 괜찮은 상대가 없다며 한탄했어요."

"계산대로 되지 않았다는 말이군요. 당신은 어떤가요?"

"저요?"

미치코는 반쯤 남은 담배꽁초를 재떨이에 비벼 껐다.

"내년에 결혼해요."

"그래요? 잘됐네요. 상대는 원하던 대로?"

"예. 은행가의 차남이니까요."

"다행히 잘 만나셨네요."

"맞선이에요. 당연한 거죠."

그렇게 말하고 미치코는 다시 고개를 꼿꼿이 쳐들었다.

사야마 일행이 수사본부에 도착했을 때 신도도 돌아와 있었다. 마침 야스코의 부친에게서 들은 얘기를 다니구치한테 보고하는 중이라 옆으로 가서 귀를 기울였다.

"태어난 곳은 후쿠오카 시내입니다. 아버지 직업은 고등학교 교사. 사회를 가르치고 있답니다. 오빠가 하나 있는데, 가고시마의 시멘트 회사에서 근무하고 있습니다. 어머니는 없고요. 10년 전에 이혼했다고 합니다."

"그렇다면 부친 혼자 사는 건가?"

"아뇨. 여든둘 된 할머니가 있습니다. 둘이 삽니다."

이어서 신도는 야스코의 약력을 보고했다. 현지 초등학교와 중학교를 졸업하고, 고등학교는 시내 명문교에 입학. 졸업 후에는 본인의 강력한 희망에 따라 도쿄의 사립여대를 다녔다.

"젊은 사람들은 도쿄를 동경하나보군."

다니구치가 한숨을 지었다.

"부친 말로는, 대학 4년 동안은 물론 졸업 후 단 한 번도 고향에 오지 않았다고 합니다. 취직할 때 필요한 서류도 몽땅

우편으로 받았답니다."

"듣고 있자니 허무한 얘기군. 아버지가 안됐네. 그러면서도 돈은 꼬박꼬박 타냈겠지."

"학창 시절에는 한 달에 12만 엔씩 받아갔다고 합니다. 그런데도 불평이 적지 않았답니다."

다니구치는 질렸다는 표정으로 고개를 천천히 가로저었다.

"그렇게 고생을 시켜놓고 결국 죽어버렸으니."

"정말 그렇습니다. 굉장히 침울한 모습이어서 너무 안됐더군요."

"임신에 대해 말했나?"

"얘기했습니다. 진저리를 치더군요. 당연히 짚이는 것도 없었습니다. 충격을 받은 것 같았는데……."

신도는 말을 멈추었다.

"왜 그래?"

"예. 야스코는 어떻게 할 작정이었냐고 부친이 묻기에 낳으려 했던 것 같다고 대답했습니다. 그러자 왠지 생각에 잠긴 표정을 지었는데, 그게 맘에 걸립니다. 뭐, 별것 아닐 수도 있지만."

신도는 납득이 안 가는 의문점을 안고 있는 것처럼 보였다.

이윽고 각 방면으로 탐문을 나갔던 수사관들이 속속 돌아왔다. 특별히 큰 수확은 없었다. 다만 야스코의 예금을 조사한 수사관이 조금 재미있는 얘기를 가지고 왔다.

"야스코의 사치스러운 삶의 비밀을 알아냈습니다." 하며 그 수사관은 운을 뗐다.

"전부 대출이었습니다. 카드로 현금 서비스를 받고, 보너스를 받으면 갚거나 몇 개월에 걸쳐 나눠 냈습니다. 매달 그 대금으로 월급의 수십 퍼센트가 나갔으니 돌려막기에 급급했던 셈이죠. 그런 자각이 본인에게 있었는지는 모르겠지만요."

통장을 볼 때마다 위기감을 느꼈겠지만 쇼핑을 할 때는 잊었을 거라고 사야마는 상상했다. 신용카드에는 그런 함정이 있다.

"어쨌든 얼핏 계산해봐도 그런 생활이 불가능해지는 건 시간 문제였습니다. 그래서인지 최근 2개월 동안은 돈 씀씀이를 어느 정도 억제한 것 같아요. 초조했나봅니다."

"이런, 이런. 그렇게까지 브랜드 옷과 보석들을 사들이고 싶었을까."

유도 6단인 나이토는 젊은 여성들의 심리를 전혀 모르겠다며 두 손을 들어 보였다.

"그건 그렇고 과학수사연구소에서 보고서가 왔네."

다니구치가 서류를 꺼냈다.

"니시나 나오키의 방에 있던 재떨이에 종이를 태우고 남은 재가 있었지. 내용은 거의 읽을 수 없었지만."

"A, B 같은 글자는 알아볼 수 있었는데요?"

신도가 말했다.

"정확히 말하면, 그 시점에서 우린 A, B, C라는 세 글자를 읽을 수 있었지. 과학수사연구소에서 보낸 보고서를 보면 추후 분석을 통해 그것 말고 세 글자를 더 해독해낸 게 전부야."

다니구치는 서류를 수사관들 앞에 내밀었다. 전원의 시선이 집중되었다. 하지만 이내 모두의 입에서 실망스러운 탄식이 새어나왔다.

"겨우 이게 다야?" 하고 나이토가 말했다.

"하지만 괜찮은 단서야."

"어떻게 할까요? 관계자들한테 아는 게 있는지 물어볼까요?"

"그것도 좋지만 공표해서 정보를 얻는 것도 방법이야. MM중공의 협력이 필요한데, 흡족해하진 않겠지."

괜찮은 단서라고 했지만, 다니구치도 그다지 기대하지 않는 것 같은 말투였다.

이날 밤, 야스코의 부검 결과가 나왔다. 수사관들이 모였다.

"사인은 청산가리에 의한 중독사. 사망한 것은 21일 토요일 밤으로 추정."

여기까지 말하고 다니구치는 수사관들의 얼굴을 돌아봤다.

"임신 3개월. 태아는 정상적인 발육 상태였어."

"아이의 혈액형은?"

사야마가 물었다.

"판명됐어. 결론부터 말하면 니시나 나오키, 하시모토 아쓰시, 둘 다 아이 아버지가 아니야."

8

야스코를 죽인 지 5일이 지났다. 오늘은 26일, 목요일이다.

다쿠야는 문헌자료실에서 문헌 조사를 하고 있었다. 하지만 특별히 찾는 자료가 있는 건 아니었다. 일에 지쳤을 때 잠시 숨을 돌리고 싶으면 여기를 들르곤 했다. 조용하고 책상도 있어서 생각을 정리하기에 안성맞춤이었다.

형사들은 더 이상 찾아오지 않았지만, 다른 관계자들을 만나는 것으로 보아 야스코의 죽음을 자살로 결론 내린 것 같지는 않았다. 경찰 수사가 그렇게 허술하지는 않겠지.

하지만 다쿠야는 그런대로 순조롭다는 생각에 만족스러웠다. 그렇다고는 해도 아직 끝난 것은 아니다. 나오키와 하시모토를 죽인 범인은 아직 밝혀지지 않았다. 아무래도 야스코는 아닌 것 같다.

어떻게든 찾아낼 방법을 강구해야 하는데…….

그걸 생각하느라 쉴 틈이 없었다.

다쿠야는 기술 보고서들을 보관해놓은 책장 사이를 걸으며 머릿속으로는 전혀 다른 생각을 했다. MM중공의 연구자들은 자신의 연구 성과를 보고서로 작성해 제출한다. 그것들은 회사의 중요한 자산이지만 수백 명이나 되는 연구자들이 매년 여러 건을 제출하면 보관실은 곧 포화 상태가 된다. 그래서 모두 마이크로필름으로 만들어 여기에 보관하고 있다.

넋을 놓고 걷다보니 어느새 로봇사업부 코너에 서 있었다. 최근 보고서 수가 급증한 코너였다. 그중에서도 개발2과의 업적은 눈부셨다.

어! 그는 자신의 보고서가 담긴 마이크로필름을 찾았다. 하지만 그것만 이가 빠진 듯 비어 있었다.

그다지 이상하게 생각할 건 없었다. 여기 자료들은 사원이라면 누구나 열람할 수 있다. 지금 여기 없다는 것은 누군가 빌려갔다는 뜻이다.

누가 보고 있나보군…….

흥미로운데……. 다쿠야는 마이크로필름 확대 장치가 설치되어 있는 방을 들여다봤다. 다섯 대의 장치 중 누군가 한 대를 조작하고 있었다. 게다가 여직원이었다.

그 얼굴을 보고 다쿠야는 의아한 느낌이 들었다. 아는 여자였다. 니시나 나오키의 방에 있던 나카모리 유미에라는 직원.

저 여자가 왜 내 보고서를 보고 있을까…….

이어서 그가 떠올린 것은 사이타마 공장에 갔을 때 들은 말이었다. 본사에서 전화가 왔고, 다쿠야가 담당한 로봇에 대해 물었다는 얘기. 그 전화를 한 것도 나카모리 유미에가 아니었을까.

다쿠야는 유미에가 눈치 채지 못하게 뒤로 다가갔다. 유미에는 어떤 자료를 옆에 놓고, 마치 그 내용을 조회하듯 마이크로필름을 보고 있었다. 그가 있는 곳에서는 파일 내용까지는 보이지 않았다.

다쿠야는 책장 뒤에 숨어 유미에가 필름을 다 볼 때까지 기다렸다. 얼마 후 유미에는 기계의 스위치를 내리고 필름을 빼낸 다음 그걸 반납하기 위해 책장으로 갔다. 파일을 옆에 있는 종이봉투에 넣는 것 같았다.

다쿠야는 재빨리 다가가 파일을 꺼냈다. 제목은 '1974년도 사업 계획.' 뭐야 이건, 하며 표지를 펼쳤다. 그리고 눈을 부릅떴다.

조립 로봇 나오미에 의한 사망 사고에 대해…….

이런 제목이 붙은 보고서가 제일 먼저 나왔다. 안전과가 제출했던 자료의 사본이다. 다쿠야는 계속해서 다른 항목을 살폈다. 신문 기사, 로봇 나오미의 사양 서류 등이 있었다.

이게 어떻게 된 거지? 도대체 무엇 때문에…….

발소리가 가까워졌다. 다쿠야는 파일을 제자리에 놓고 다시 책장 뒤로 숨었다.

나카모리 유미에가 무슨 생각을 하고 있는 거지? 지금 와서 왜 그 사건을……. 다쿠야는 혼란스러운 머리를 필사적으로 정리하려고 애썼다. 로봇 나오미의 사고란 작년 여름 사이타마 제3조립공장에서 일어난 사망 사고를 말한다. 그러나 그것은 작업자 실수로 밝혀졌다.

개발기획실의 누군가가 부탁을 한 걸까. 그렇다 해도 그 이상한 파일은 뭐지…….

아무래도 설명이 되지 않았다. 직접 유미에에게 물어볼까도 생각했지만 왠지 안 좋은 결과가 나올 것만 같았다.

그 여자에 대해 조금 조사해보는 게 낫겠군.

고심 끝에 마침내 결론을 내렸다.

사무실로 돌아오니, 과장이 사원들을 집합시키고 있었다. 다쿠야도 불려가 동료들과 함께 과장 책상 앞에 섰다.

"지금 여기 없는 사람들한텐 나중에 전달하겠지만, 경시청에서 나오신 분들이 사건과 관련해 여러분에게 문의할 게 있다고 하네."

과장의 목소리는 평소보다 억눌려 있었다. 사건과 관련해 이제까지 먼 산 불구경하듯 했는데 새삼 관계자라는 자각이 생긴 모양이다. 과원들이 주목하는 가운데 프린트 한 장을 읽기 시작했다.

"다음은 그 내용이야. 니시나 기획실장 사건이 발생했을 당시, 실장의 맨션은 어지럽혀져 있었다. 그런데 재떨이 속에서 종이를 태운 재가 발견되었다. 거기에 적힌 글자가 판명됐는데, 여러분은 아는 게 없느냐."

종이를 태운 재?

뭘까? 다쿠야는 생각했다. 하시모토는 문제의 연판장을 찾으려고 나오키의 방을 뒤졌다고 했다. 하지만 뭔가를 태웠다는 말은 없었다. 분명히 야스코 살해 계획의 증거가 될 만한 것도 없었다고 했다.

그렇다면 나오키 본인이 태운 걸까?

과장이 말을 이었다.

"발견 당시 재에서 판독한 글자는 A, B, C라는 알파벳 세 글자였다. 단순히 이것만 보고 짚이는 게 있냐는 것 자체가 상당히 황당한 얘기지만 말이야……."

A, B, C…….

그거야. 순간 다쿠야는 긴장했다. 야스코 살해를 기획할 때 쓴 계획서다. 그것 역시 나오키가 갖고 있었다. 그리고 실행하기에 앞서 그가 집에서 태운 게 분명했다. 그렇게 어정쩡하게 태울 거였으면 구겨서 역 쓰레기통에 버리는 게 훨씬 나았을 거란 생각을 하며 다쿠야는 어금니를 깨물었다.

"에, 그리고 그 이후 과학적인 분석을 통해 어느 정도 읽을 수 있는 글자가 세 개 더 나왔다. 두 개는 한자다. '야시키(屋敷, 저택)'의 '야(屋)' 자와 '코도모(子供, 아이들)'의 '코(子)' 자."

갑자기 심장이 쿵쿵 뛰기 시작했다. 이거 위태위태하군, 하는 생각에 식은땀이 솟았다. '야' 자는 나고야(名古屋)의 '야'가 아닐까. 그리고 '코'는 야스코(康子)의 '코' 모두 계획서에 여러 번 쓰였던 글자다.

그런데 과장의 다음 말이 다쿠야를 더욱 놀라게 했다.

"마지막 하나도 알파벳이다. D. A, B, C에 이어 D가 나왔다는 얘기지. 이상, 이 글자들에 대해 아는 게 있는 사람은 내게 보고하도록……."

스피커로 나오는 음악이 어느새 하드 록으로 바뀌어 있었다. 침대에서 몸을 일으킨 다쿠야는 컨트롤러를 조작해 튜너를 FM에서 AM으로 바꿨다. 뉴스가 나오지 않을까 했는데, 아이돌 가수의 형편없는 노래만 흘렀다.

스위치를 끄자 어둠 속에 내팽개쳐진 느낌이었다. 불을 켜지 않은 탓이기도 했다. 그는 퇴근하자마자 쓰러졌다. 스테레오를 켰지만 귀에는 거의 아무것도 들리지 않았다.

"D……라고?"

줄곧 그 뜻을 생각했다. 야스코 살해 계획을 세울 때 사용한 알파벳은 A, B, C 세 개밖에 없었다. 그런데 남은 재에서 D라는 글자가 판독되었다고 했다.

A는 니시나 나오키, B는 나, C는 하시모토……. 그럼 D는 야스코일까. 하지만 그럴 리가 없다. 야스코는 야스코다. 그래서 '코'라는 글자가 발견된 것이다.

게다가 트럼프 속임수에 대한 의문도 여전했다. 나오키는 카드로 제비뽑기를 할 때 상대를 간단히 속일 수 있었을 것이다. 그런데도 가장 꺼림칙한 역할인 A를 선택했다.

나오키는 뭔가를 숨기고 있었던 게 분명하다. 이것은 더 이상 의심할 여지가 없다. 그리고 숨긴 것 중에 D가 있다.

먼저 생각할 수 있는 것은, 나오키가 다쿠야와 하시모토에게 말한 것과 다른 어떤 계획을 세웠을 거라는 것이다. 거기에는 A, B, C 외에 D가 등장한다. 그런데 나오키는 D의 존재를 다쿠야에게 말하지 않았다.

나오키의 진짜 계획은 무엇이었을까? D의 역할을 추리해보았다. 다쿠야와 하시모토에게는 그 존재를 숨겨야 했기 때문에 그들의 역할과 관련이 있지는 않을 것이다. 그렇다면 A의 역할과 관계가 있는 걸까.

여기까지 생각한 다쿠야는 숨을 멈췄다. D의 역할은 A 대신 야스코를 죽이는 게 아니었을까. 그래서 속임수를 쓰면서까지 A를 선택한 게 아닐까.

다쿠야는 머리를 마구 헝클었다. 어슴푸레 뭔가가 떠오른 것은 조금 뒤였다.

나오키는 야스코 살해를 계획할 때, 자신이 직접 손을 대지 않고 그 일을 D에게 시키기로 결심했다. 하지만 그 D에게 혐의가 가지 않도록 해야 했다. 그러려면 알리바이 조작을 위해 다쿠야와 하시모토를 이용할 필요가 있다. D의 존재를 감추기 위해 두 사람에게는 자신이 직접 야스코를 죽이는 걸로 하고.

그러나 착오가 발생했다. 그 D에게 나오키 본인이 살해된 것이다.

D는 도대체 누구일까. 다쿠야는 여러 인물을 떠올렸다. 나오키하고의 관계가 알려지지 않은 사람…….

침대에서 일어난 다쿠야는 부엌으로 가 물을 마셨다. 수돗물이 가장 안전하다. 요즘 조금 방심했는데 목숨이 위험한 것은 여전하다.

내 목숨을 노리는 게 D일까……. 다쿠야는 유리컵을 쥔 손에 힘을 주었다.

그때 현관 벨이 울렸다. 순간 움찔했다. 누가 나를 찾아왔을까. 컵을 내려놓은 그는 현관 구멍으로 밖을 살폈다.

형사가 서 있었다. 전에도 만난 적이 있는 사야마라는 형사였다. 다쿠야는 천천히 자물쇠를 풀면서 재빨리 머리를 굴렸다. 야스코 사건에 대해 뭔가 알아낸 걸까. 아니, 내가 의심받는 일은 없을 거야, 라고 스스로를 다독였다.

호흡을 가다듬고 문을 열었다. 사야마가 상냥한 미소를 지었다.

"밤중에 죄송합니다."

형사가 주머니에서 뭔가를 꺼내려 했다. 다쿠야는 그럴 필요 없다는 뜻으로 "기억합니다. 사야마 씨죠? 무슨 일이십니까? 이런 시간에." 하고 물었다.

"별일 아닙니다. 그냥 여쭤보고 싶은 게 좀 있어서요. 지금, 시간 있으세요?"

"괜찮습니다. 들어오세요."

다쿠야는 그를 방으로 안내했다. 순간, 평소의 자신이라면 형사를 방에 들여놓지 않았을 거란 데 생각이 미쳤다. 역시 평정을 유지하지 못하고 있다.

"방이 좋네요. 햇빛도 잘 들 것 같고, 무엇보다 조용하네요. 실례지만, 사신 건가요?"

베란다 쪽 커튼을 조금 들치고 유리창 너머 야경을 보며 사야마 형사가 물었다.

"임대입니다."

다쿠야는 대답했다.

"샐러리맨이 이런 걸 살 수는 없죠."

"동감입니다. 저도 좁은 임대 아파트에서 삽니다."

"그런데 사건은 어떻습니까? 회사에서는 뭐랄까, 정리되는 분위기인 것 같던데."

"정리요?"

사야마가 커튼을 제자리에 놓고 의외라는 표정으로 돌아봤다.

"무슨 뜻이죠?"

"아마미야 씨가 일련의 사건을 저지른 범인이고, 결국 자살했다. 모두 그렇게 생각하던데요."

다쿠야의 말에 사야마는 천천히 고개를 끄덕이고, 목덜미를 문질렀다.

"그럴 가능성도 있습니다. 그럴 경우 사건은 종결되는 거죠."

"그럼, 아닐 가능성도 있다는 말씀인가요?"

"아니, 잘 모르겠습니다." 하고 사야마가 말했다.

"아직 아무 말씀도 드릴 수 없습니다. 조사가 부족한 게 많습니다. 그래서 이렇게 여러분들께 폐를 끼치고 있는 겁니다."

"저하고 관련된 조사에서 뭔가 부족한 게 있나요?"

"아뇨, 부족한 건 아닌데……."

양복 안주머니에서 검은 수첩을 꺼낸 사야마가 사뭇 거드름을 피우며 펼쳤다.

"이번 달 10일에 대해 한번 더 여쭙고 싶어서요. 나고야 메이사이공기라는 회사에 출장을 가셨다고 했지요?"

"예. 그랬습니다."

다쿠야는 안도하며 고개를 끄덕였다. 그날 일이라면 뭘 물어보든 자신이 있었다.

"실은 그 건과 관련해 상사인 과장님께 이야기를 들었는데, 스에나가 씨 본인이 출장을 희망했다고 하더군요. 그것도 가기 직전에 말입니다."

"그렇게 갑자기 얘기한 건 아닙니다. 종종 있는 일이거든요."

"하지만 그 회사와는 그때까지 거래가 없었죠? 왜 하필 그때 출장을 추진하셨죠?"

별걸 다 조사했군.

"메이사이공기하고의 거래는 전에도 없었던 건 아닙니다. 저희는 거래처가 편중되는 것을 피하기 위해 새로운 루트를 개척하려 하고 있습니다. 그러나 실적이 없는 회사는 역시 불안하죠. 그래서 이번에는 연구용 설비 견적만 내볼까 했던 겁니다."

새빨간 거짓말이지만 사야마로서는 그걸 거짓으로 규정할

단서가 없을 것이다.

"그렇군요. 기존 방침에 얽매이지 않겠다는 거군요."

감탄했다는 말투다.

"제 알리바이에 문제가 있습니까?"

다쿠야가 먼저 물었다. 아뇨, 하며 사야마는 손을 흔들었다.

"그런 건 아니지만 조금이라도 의문이 생기면 확인을 해야
하니까요. 기분 나쁘게 생각하진 마세요."

"별로 기분 나쁘진 않습니다."

"실례지만, 한 가지 더 여쭙겠습니다. 21일 오후에 어디 외
출하셨나요? 지난주 토요일입니다."

다쿠야는 드디어 올 게 왔다고 생각했다. 21일은 야스코가
살해된 날이다.

"거의 이 방에 있었습니다. 밤에 편의점에 잠깐 다녀온 정
도죠. 아, 그리고 비디오 대여점에도 갔습니다."

다쿠야는 서랍 속에서 몇 장의 영수증을 꺼냈다. 그중에서
한 장, 편의점 것을 찾아 사야마에게 건넸다.

"간식거리를 사왔어요. 날짜도 찍혀 있죠."

"11월 21일, 21시 5분……. 그러네요. 이날 밤은 혼자 계
셨나요?"

"예. 그랬습니다."

가슴을 펴며 말했다. 알리바이가 없다고 해서 위축될 필요

는 없다.

"알겠습니다. 이 영수증, 가져가도 될까요?"

"예. 그러세요."

사야마는 흰 영수증을 소중한 물건 다루듯 집어넣었다.

"여러 모로 폐를 끼치고, 실례되는 질문을 해서 죄송합니다."

"아뇨." 하며 다쿠야는 형사를 현관까지 배웅했다. 그런데 현관문이 닫히기 직전 사야마가 문득 생각난 듯 뒤를 돌아봤다.

"한 가지만 더, 괜찮을까요?"

"뭔데요?"

"스에나가 씨 혈액형을 알고 싶은데요."

"혈액형이요?"

말하면서 직감적으로 알아차렸다. 야스코의 아이 아버지를 찾고 있는 것이다. 다쿠야는 사야마의 얼굴을 바라보며 일부러 쓴웃음을 지었다.

"아마미야 씨의 임신 때문이군요. 저하고 그 여자는 아무 관계도 없습니다."

야스코의 임신에 대해서는 얼마 전 신문에도 조그맣게 보도되었다.

그러자 사야마는 손을 머리에 대고, 수줍게 웃어 보였다.

"아이고, 들켰네요. 죄송합니다. 하지만 일단 관계자 전원 한테 묻는 거라⋯⋯."

"하지만 하시모토나 니시나 실장이 그 여자 상대 아니었나 요? 신문에 그렇게 보도되진 않았지만⋯⋯."

"아뇨, 실은 두 사람 모두 아닙니다. 혈액형이 맞지 않거든 요."

다쿠야는 가슴이 철렁했다. 그렇다면 내 아이란 말인 가⋯⋯.

"어떻게 안 맞았다는 거죠?"

"그 전에 혈액형을 알려주시면 좋겠군요."

사야마는 부드러운 표정과 달리 진지한 시선으로 다쿠야를 바라봤다. 다쿠야는 입술을 한번 적시고 조그맣게 "O형입니 다." 하고 최대한 태연하게 말했다.

"O형."

사야마는 확인하듯 다시 한번 되풀이했다.

"확실하겠죠?"

"회사 의무실이 거짓말을 한 게 아니라면."

다쿠야가 말하자, 사야마는 한쪽 뺨으로만 웃고 나직이 말 했다.

"아마미야 씨의 혈액형도 O형이었습니다. 하시모토 씨와 니시나 씨는 A형이었고요. 그러나 아이의 혈액형은 B형이었습니다."

"B형······."

"예. 이걸로 당신의 혐의도 없어졌네요."

9

11월 27일, 금요일. 사야마와 신도 두 형사는 신칸센 히카리호 금연석에 나란히 앉아 있었다. 행선지는 나고야였다.

"시체 릴레이를 했다는 것은 확실히 기발한 아이디어예요. 알리바이를 만들기 위해 그런 식으로 했다고 가정하면 시체를 일부러 오사카에서 도쿄까지 운반한 이유도 이해가 되죠."

신도는 도로지도를 펼치고 말하면서 아쓰기 인터체인지 부근에 빨간 연필로 동그라미를 쳤다.

"하지만 그 기발한 아이디어도, 지금은 무용지물이 되기 직전이야."

사야마는 팔걸이에 팔을 걸치고 턱을 괴었다.

"오사카에서 아쓰기까지 운반하면, 시체 릴레이라 해도 별다른 이점이 없어. 관계자들의 알리바이를 다시 조사해봤는데, 그럴 만한 사람도 못 찾았고."

"유일하게 고려할 수 있는 사람이 당일 나고야에 있던 스에나가죠."

"응. 그렇긴 한데, 그래도 알리바이가 있어. 끔찍할 정도로 완벽해. 증인도 만나볼 생각인데, 알리바이를 뒤집을 수는 없을 것 같아."

"하지만 사야마 선배가 나고야에 가겠다고 한 건 역시 스에나가를 의심해서 아닙니까? 아이치 현경(縣警)에도 협조를 요청하셨죠?"

"그렇게 대단하게 생각할 것 없어. 시체 릴레이 이론을 채택할 경우, 소거법을 적용하면 결국 그 남자밖에 남지 않아서 그런 거야. 그러니까 어쩌면 이걸로 릴레이 이론을 버려야 할지도 모른다는 얘기지. 다만 그날 스에나가가 나고야에 있었다는 게 아무래도 마음에 걸려. 게다가 어제 그 남자를 만났는데, 왠지 마음을 놓아선 안 되겠다는 느낌을 받았어. 그렇지만 지금은 자네 출장길에 끼어온 것뿐이야."

신도는 니시나 나오키의 본가를 방문하는 출장길에 오른 터였다. 나오키는 열다섯 살까지 도요하시에 있는 어머니의 집에서 살았다.

"그래도 그 파란색 양모는 대단했어요. 그래서 반장님도 릴레이 이론을 완전히 무시 못하신 거잖아요."

"뭐, 그건 뜻밖의 수확이었지."

어젯밤, 감식반에서 새로운 보고가 도착했다. 그에 따르면 니시나 나오키가 입고 있던 양복에서 파란색 양모 섬유가 몇 가닥 발견되었다고 했다. 그것과 똑같은 게 이미 하시모토의 차 트렁크에서 나왔으니, 이걸로 파란색 담요로 싼 시체가 하시모토의 차로 운반되었다는 게 증명된 셈이다. 다니구치가 망설이면서도 이번 출장을 허가한 것 역시 그런 사정이 있었기 때문이다.

나고야에 도착해 곧장 나카무라 경찰서로 갔다. 경찰서는 나고야 역 바로 옆에 있었다. 서장에게 인사를 마친 뒤 미야타라는 형사를 만났다. 미야타는 사야마가 미리 의뢰한 것들을 조사해준 사람이다. 몸집이 작고 사람이 좋아 보였다.

"렌터카에 대한 겁니다만, 나고야 역 주변 전문점을 알아봤지만, 스에나가 다쿠야라는 손님은 없었다고 합니다."

미야타는 시원시원하게 말했다.

"역시 그랬나?"

사야마는 끄덕이고 "말씀드린 일곱 명에 대해서도 조사해보셨나요?" 하고 물었다.

"예, 했습니다. 그다지 어려운 일은 아니었습니다. 본인들한테 직접 물어보면 되는 일이었으니까요. 그래도 되는 거죠?"

"예, 상관없습니다."

사야마가 말했다.

"그래서 어떻게 됐나요?"

"일곱 명 중, 차를 가진 사람은 여섯이었습니다. 도요타의 마크Ⅱ가 두 명, 카리나 ED……. 뭐, 차종은 됐고. 어쨌든 여섯 명 모두 부인했습니다. 사건 당일 밤, 누군가에게 차를 빌려준 사람은 없다고 했습니다."

"그래요……. 어쨌든 큰 도움이 됐습니다."

사야마가 머리를 숙여 예의를 차렸다.

나카무라 서를 나오자마자 신도가 물었다.

"무슨 소리예요? 일곱 명이라니?"

"스에나가 다쿠야의 고등학교와 대학 동창들이야. 졸업생 명부를 빌려다 그중에서 현재 나고야에 살고 있는 사람들만 뽑았지."

"아하, 스에나가가 옛날 친구한테 차를 빌렸을지 모른다고 생각했군요."

"응. 시체를 아쓰기까지 운반하고, 다시 나고야로 돌아오려면 어떻게든 나고야에서 차를 조달했어야 해."

"렌터카를 사용했을 것 같진 않는데요."

"맞아. 렌터카 쪽에서 뭔가 건질 거라고 생각하진 않았어."

이번 사건의 영리한 범인이 일부러 증거가 남을 수단을 선택할 리가 없었다.

"도쿄에서 차를 조달해, 그 차를 운전하고 나고야에 왔다고 생각할 수 없을까요?"

신도가 물었다.

"하지만 아침에는 업자와 함께 있었어. 게다가 분명히 신칸센을 탔고."

"차를 미리 나고야에 가져다놓았다면요?"

"그렇게 오랫동안 누가 차를 빌려줄까?"

"자기 차를 사용했다면요? 스에나가도 차를 가지고 있죠?"

"갖고 있어. MRⅡ라는 차야. 2인승이라 트렁크에 골프 가방 하나 넣으면 꽉 찰 만큼 작아."

휴, 하고 한숨을 내쉰 뒤, 신도는 두 손을 들어 보였다.

다음으로, 두 사람이 향한 곳은 나고야센트럴호텔이었다. 프런트 담당자를 불러 당일 스에나가의 숙박에 대해 확인했다. 호텔 측의 기억과 스에나가의 진술에는 모순이 없었다. 아침 7시에 모닝콜을 부탁한 것까지 모두 기록에 남아 있었다.

"이 정도야 당연한 일이겠지."

호텔을 나오며 사야마가 말했다.

"만약 알리바이를 만들려 했다면 이런 기본적인 데서 실수할 리가 없겠지."

"그렇다면 다음에 갈 곳도 결과는 같겠네요."

"아마도. 그러나 가보긴 해야지."

그들의 다음 행선지는 치구사(千種) 구에 있는 메이사이공기였다.

나고야 지하상가에서 점심을 먹고 두 사람은 지하철을 탔다. 메이사이공기는 치구사 역에서 내려 택시로 5분 정도 걸리는 곳에 있었다. 운전사가 회사 이름을 듣자마자 아는 걸 보면 이 지역에서는 꽤 유명한 기업인 듯했다.

안내 데스크에서 이름을 대자, PR 룸이라는 제품 전시실의 접객 공간으로 안내되었다. 벽에는 이 회사가 자랑하는 제품들이 진열되어 있었는데 사야마는 그것들이 어떻게 작동하는지, 또 어디에 쓰이는지 전혀 알 수 없었다. 로직 애널라이저, 트랜전트 리코더……. 아무리 봐도 도무지 알 수가 없었다.

5분쯤 뒤, 상대가 나타났다. 감색 양복을 입은 사십대 전반의 마른 남자였다. 건네받은 명함에는 영업과장 오쿠무라 유타카라고 적혀 있었다. 전화로 미리 들은 말로는, 이 남자가 시종일관 스에나가와 함께 있었다고 했다.

"MM중공의 그 사건 때문이죠? 스에나가 씨에 대해 여러 번 질문을 받았는데, 그분이 의심을 받고 있는 건가요?"

오쿠무라는 전혀 조심성 없이 물었다. 사야마는 서둘러 손을 흔들며 미소를 지었다.

"그런 건 아닙니다. 그날 우연히 회사를 비워서 어쩔 수 없이 여러 번 확인하게 됐습니다."

"아, 그랬군요. TV 드라마를 봐도 경찰 수사란 게 그런 것 같긴 하던데."

오쿠무라는 완전히 납득한 것처럼 보였다.

사야마는 본론으로 들어갔다. 우선 스에나가의 알리바이 확인부터 시작했다. 역시 호텔과 마찬가지로 스에나가 본인의 진술과 다른 점은 없었다. 오쿠무라는 밤 10시까지 그와 함께 있었다고 했다.

"식사가 끝난 게 10시라니, 상당히 늦었네요."

"어떻게 하다보니 그리 됐습니다. 저희들은 원래 더 빨리 할 생각이었는데, 스에나가 씨가 이런저런 질문을 해서 좀 길어졌습니다."

"예? 스에나가 씨가요?"

그렇게 말하며 신도가 사야마를 봤다. 스에나가에게 무슨 꿍꿍이가 있었던 게 아닐까요? 신도는 눈으로 그렇게 말하고 있었다.

"식사하는 동안 스에나가 씨가 시간에 신경을 쓰진 않던가요? 여러 번 시계를 봤다던가, 불안해 보였다던가."

사야마가 물었다.

"그런 느낌은 못 받았지만……."

오쿠무라는 당시의 기억을 떠올리며 말했다.

"식사가 끝난 뒤, 나고야의 밤거리를 안내하겠다고 했는데 완강히 거절했던 게 기억에 남네요. 빨리 데이터를 정리하고 싶다고 해서 저희들도 더 권하지 못했죠. 그렇게 시간을 들여 정리할 데이터 같은 건 없었을 테지만 말입니다."

"흐음, 그럼 식사가 끝난 후 스에나가 씨가 서둘러 호텔로 돌아갔다는 말씀이군요."

반드시 일부러 그랬다고는 할 수 없다. 하지만 10시 이후엔 뭐든 할 수 있었다는 뜻이기도 하다.

"뭐, 저희야, 술자리를 피하기 위한 구실로 해석했습니다. 그런 초대에 응하면 거래를 할 때 냉정한 판단을 내릴 수 없을 테니까요. 사실, 저희가 초대를 한 것도 그런 목적 때문이거든요. 하지만 그 건에 대해 처음부터 우리와 계약할 마음이 없었을 겁니다. 그저 실력이나 한번 보자는 거였겠죠."

"그런 경우가 자주 있나요?"

신도가 물었다.

"네. 새로운 거래를 시작하기 전에는 반드시 그런 절차를 거치죠. 하지만 그런 것치고 스에나가 씨는 지나치게 꼼꼼했어요. 무엇보다 이틀이나 걸렸으니까요. 솔직히 그렇게 열심히 보리라고는 기대도 안 했습니다."

그렇게 말하고 오쿠무라는 흐뭇한 표정을 지었다.

이틀이나 걸렸다……고?

그래야만 했던 이유가 스에나가 본인에게 있었던 게 아닐까? 하지만 그것 역시 지나친 생각일지 모른다.

메이사이공기를 떠나 다시 나고야 역으로 돌아온 두 사람은 메이테쓰(名鐵)로 갈아타고 도요하시로 향했다. 원래 목적지인 니시나 나오키의 본가를 방문하기 위해서였다. 모든 좌석이 지정석인 특급이었기 때문에 느긋하게 앉아 갈 수 있었다.

"역시 시체 릴레이 이론은 끝인가."

사야마는 어깨를 주무르며 말했다.

"하지만 이상합니다."

신도가 말했다.

"놈의 나고야 출장에는 아무래도 작위적인 냄새가 납니다."

"동감이지만 알리바이가."

"예. 알리바이가. 아무리 생각해도 놈은 니시나를 죽일 수 없죠."

신도는 깍지를 끼고 손가락 관절을 꺾어 딱딱 소리를 냈다. 수사가 진척되지 않아 초조함을 느낄 때 하는 버릇이다.

"생각하는 게 하나 더 있긴 하지만……."

사야마가 입을 열자 신도가 "예?" 하고 고개를 돌렸다.

"스에나가도 공범 중 하나라고 생각할 수는 없을까?"

"예?"

"즉, 주범은 따로 있고, 스에나가도 하시모토도 시체를 운반한 공범에 불과하다는 가설이야."

"잠깐만요. 이런 말이에요? 니시나를 죽인 건 또 다른 사람이고, 스에나가는 아쓰기까지 시체만 운반했다. 그리고 아쓰기에서는 하시모토가 인계받았다……."

"맞아. 하지만 나고야에 있던 스에나가가 시체를 차에 싣기 위해 오사카까지 간다는 건 말이 안 돼. 주범이 니시나를 오사카에서 살해한 뒤 나고야까지 운반한 게 아닐까? 오사카, 나고야, 아쓰기, 도쿄……. 시체 릴레이는 세 사람에 의해 이뤄진 게 아닐까?"

거기까지 얘기한 후 사야마는 멍하니 있는 신도를 보고 쓴웃음을 지었다.

"엉뚱한 얘기란 거 알아. 그래서 아무한테도 말 안 했어. 증거도 없고. 스에나가가 자꾸 맘에 걸려서 억지로 범인으로 만들다보니 무의식적으로 생긴 망상일지 모르지."

"아뇨, 꼭 그런 것만은 아니에요."

신도가 열띤 시선을 보냈다.

"재미있잖아요. 그 아이디어, 버리지 마세요. 그렇다면 주범은 누구일까요?"

"그래, 그걸 알아내야 해."

갑자기 신도가 손가락을 튕겼다.

"야스코. 아마미야 야스코가 아닐까요?"

"그것도 생각했지."

사야마가 말했다. 야스코가 죽었을 때부터 줄곧 생각한 문제다.

"하지만 그 일은 여자가 하기엔 무리야. 게다가 몸까지 무겁다면 더 어렵지."

"그럴까요? 하긴……."

신도는 신음소리를 낸 뒤 "그러고 보니 야스코의 아이 아버지도 의문인 채 남아 있군요. 혹시 그 남자가 주범 아닐까요?" 하고 말했다.

"그것도 생각해볼 만하지."

사야마는 고개를 크게 끄덕였다.

"그런데 나오키의 본가, 아니지, 나오키 어머니의 본가에 대해 정리해주겠나?"

"예. 잠깐만요."

신도는 양복 주머니에서 수첩을 꺼내 포스트잇이 붙어 있는 페이지를 펼쳤다.

"성은 미쓰이. 나오키의 어머니 이름은 후미코. 후미코의 아버지는 형제들과 함께 미쓰이제작소라는 회사를 운영했다고 합니다."

"무슨 회산데?"

"금속 가공업입니다. 주 거래처는 MM중공 시즈오카 공장."

"그래……."

여기서도 MM중공이 나오자 사야마는 조금 몸을 일으키며 관심을 보였다.

"주 거래처라고는 해도 실제로는 거의 MM중공의 하청이었습니다. 그러나 경영 상태는 그다지 좋지 않았습니다. 동업자들의 생존 경쟁이 치열했기 때문이죠. 그런데 미쓰이제작소는 어느 시점부터 급속히 성장했습니다."

"대단한 비밀이라도 있는 것처럼 얘기하지 말게. 후미코가 니시나 가문으로 시집간 뒤부터겠지."

"그렇습니다. 후미코는 시즈오카 공장의 사무직원이었습니다. 당시 회사 곳곳을 돌아다니며 경험을 쌓고 있던 니시나 도시키의 눈에 들었죠. 그야말로 신데렐라였죠. 이 혼담이 이뤄진 뒤, MM중공에서 미쓰이제작소에 대한 발주가 급증했습니다. 미쓰이 일족은 좋아라, 공장을 확장했고요."

"눈에 선하군."

중년 남자들의 잔뜩 들뜬 모습을 상상하던 사야마는 자기도 모르게 미소를 지었다.

"하지만 그 밀월도 1년 정도밖에 이어지지 못했습니다. 후미코가 나오키를 데리고 집으로 돌아와버렸기 때문이죠. 그리고 얼마 후 이혼을 했습니다."

"이혼 사유는 뭐였나?"

"니시나 도시키의 여자 문제였던 것 같습니다. 종종 있는 얘기죠. 곧 합의 이혼을 했는데, 문제는 아이였습니다. 후미코는 위자료도 양육비도 필요 없으니 자기가 키우게 해달라고 했답니다. 결국 그 요구가 관철되어 아이를 맡게 되었습니다. 덕분에 위자료나 양육비도 별로 못 받고 정리됐죠."

"그걸로 원만하게 해결됐단 얘기야?"

"그게 꼭 그렇지만도 않았습니다."

신도는 페이지를 넘기고 헛기침을 했다.

"이혼하고 2년 뒤, 미쓰이제작소가 도산했습니다. 이유는 모르지만 MM중공의 발주가 끊어졌거든요. 니시나 도시키가 지시했겠죠. 공교롭게도 공장을 확장할 때 진 빚이 결국 명을 재촉하게 된 셈입니다."

"흠, 영세 기업의 비극이라고…… 해야 하나?"

아무리 그래도 과거 처갓집을 공격하다니, 니시나 도시키도 참 문제가 많은 사람이라고 사야마는 생각했다. 당시는 아직 젊어서 감정을 억제하지 못했을 수도 있겠지만 말이다.

나고야에서 도요하시까지는 약 5분 만에 도착했다. 비교적 큰 도요하시 역은 메이테쓰와 JR이 역사를 같이 쓰고 있었다.

역 앞에서 택시를 타고, 니시나 나오키의 본가 주소를 운전사에게 말했다.

"미나토초네요. 거기라면 아주 가깝습니다." 하고 운전사는 싹싹하게 대답했다.

운전사가 말한 대로 몇 분 만에 도착했다. 길을 잘 안다면 걸어와도 될 정도였다. 사야마 일행은 적당한 곳에서 내려 번지를 찾으며 걸었다.

"여기 같은데요?"

낡은 목조 주택 앞에 서서 문패를 보며 신도가 말했다. 아담한 2층짜리 건물에 다다미 세 장 크기의 정원이 담 너머로 보였는데, 아무도 보살피지 않는지 잡초가 무성했다.

사야마는 문패를 봤다. 거기에 쓰인 이름은 미쓰이가 아니었다.

"나오키가 도쿄로 가고 몇 년 뒤, 후미코의 부모가 죽는 바람에 다른 사람 손에 넘어갔습니다."

"그렇다면 나오키에게는 돌아올 고향집이 없어진 셈인가?"

"그렇긴 해도 좀 앞에 미쓰이 후미코의 여동생 집이 있습니다. 그 집에는 최근까지 가끔 들렀다고 합니다."

"흐음, 나오키에게 이모가 있다는 건가?"

"이름은 나미에, 현재 성은 야마나카라고 합니다."

이삼 분 정도 걷자 '야마나카제재'라는 간판이 붙은 건물이 보였다. 2층짜리였는데, 콘크리트 벽이 갈라져 있을 정도로 아주 낡았다. 건물 옆에는 작은 차고가 있고, 더러운 밴과 경트럭이 세워져 있었다. 밴은 잘 몰라도, 경트럭 쪽은 거의 몰지 않는 것처럼 보였다.

"여기는 옛날 사무실입니다. 이 근처에 새로 지은 건물이 있다고 했는데……."

조금 더 걷자 새 타일을 붙인 건물이 눈앞에 나타났다. '야마나카제재 KK'라는 간판이 빛을 발하고 있었다. 미쓰이 가문과 달리 이쪽은 성공한 모양이었다.

4층짜리 빌딩 옆에 역시 최근 다시 지은 것으로 보이는 저택이 있었다. 문패에는 '야마나카 쓰구오'라고 적혀 있었다.

"대단하네. 백 평, 아니, 더 되는 것 같은데. 이렇게 큰지는 몰랐네요."

신도는 끊임없이 감탄하며 인터폰을 눌렀다.

야마나카 나미에는 장신에 호리호리했다. 쉰을 넘긴 나이인데도 그렇게 보이지 않을 정도로 피부가 고와서, 빨간 카디건이 지나치다는 느낌이 들지 않았다.

나미에는 형사들의 방문 목적을 듣자마자 망설임 없이 응접실로 안내했다. 그리고 도우미 여성을 불러 자기 남편을 불러오라고 했다.

"언니는 미쓰이 가문의 희생양이었어요."

나미에는 형사들에게 말했다.

"언니는 니시나 가문에서의 생활이 악몽 같았다고 했어요. 그런 생각이 겉으로 드러났는지 점점 니시나 씨의 마음도 언니에게서 멀어졌지요."

"그래서 곧 이혼하게 된 거군요."

사야마는 말하면서 찻잔으로 손을 뻗었다. 허브 향이 났다.

"이혼이 결정되기 전에 언니는 나오키를 데리고 집으로 돌아왔어요. 니시나 씨에게 아이를 뺏기고 싶지 않았기 때문이지요. 니시나 씨는 언니가 아들을 낳은 순간부터 어떻게든 언니만 내쫓으려고 했거든요."

"후계자를 얻었으니 볼일 다 봤다는 건가요?"

사야마의 표현에 나미에는 살짝 미소를 지었다.

"마치 한물간 시대 얘기 같죠?"

"하지만 결국 나오키 씨는 후미코 씨가 데려오게 되었군요."

"예. 정말 난리가 아니었어요. 니시나 가문은 협박도 서슴지 않았고, 친척들은 나오키를 니시나 가문에 넘겨주라고 닦달하고……. 그래도 언니는 물러서지 않았어요. 정말 대단했지요."

나미에는 시선을 떨어뜨리고 고개를 끄덕였다.

"그때는 정말 참혹했어요. 매일 채권자들이 몰려오고……, 친척들은 언니 때문이라고 몰아붙였어요. 덕분에 언니가 받은 위자료도 흐지부지 사라졌죠."

정말 참혹한 얘기라고 생각하며 사야마는 한숨을 쉬었다.

"그 후에는 어떻게 사셨습니까?"

"일을 하기 시작했어요. 나오키의 양육비는 매달 받았지만, 집안이 풍비박산 난 상태라 무슨 일이든 해야 했거든요. 그 당시는 저도 막 사업을 시작할 때라 도움을 줄 형편이 못 됐어요."

　나미에가 여기까지 말했을 때, 응접실 문이 열리고 뚱뚱한 남자가 나타났다. 나미에의 남편일 것이다. 매우 열심히 일했는지 이런 계절에도 이마에 땀을 흘리고 있었다.

　자기소개를 마친 뒤 야마나카는 타고난 풍부한 성량으로 나오키에 대해 말하기 시작했다.

　"성실한 아이였지요. 좀 지나치나 싶을 만큼 성숙하긴 했지만요. 종종 저희 집에 놀러왔습니다. 우리 집에는 그 애보다 두 살 아래인 아들이 있었고, 또 무엇보다 개한테는 여기가 유일하게 맘 편히 지낼 수 있는 곳이 아니었을까 싶군요."

　"나오키 씨는 니시나 가문에 대해 어떻게 생각했습니까?"

　사야마가 물었다.

　"그야, 니시나 씨를 미워했지요."

　야마나카가 말했다.

　"처형은 전혀 입에 올리지 않았지만, 친척들은 화풀이하듯 어린 나오키에게 원망을 늘어놓았으니까요. 아무래도 증오심이 생기지 않았겠어요?"

　나오키의 어린 시절을 이해할 수 있을 것 같았다. 낡은 집, 피곤에 절은 어머니……

　"하지만 어둡기만 한 건 아니었어요."

　나미에가 끼어들었다.

"도쿄로 간 뒤에도 가끔 놀러왔어요. 대학생 때는 일을 돕기도 했고요."

"아, 일이라면?"

"자잘한 짐을 운반하고는 했죠." 하고 야마나카가 말을 이었다.

"평소에는 거의 사용하지 않는 밴이 한 대 있습니다. 그게 나오키의 전용차처럼 쓰였죠."

"아, 그러고 보니……" 하고 이번에는 신도가 끼어들었다.

"여기로 오는 도중에 낡은 건물 차고에 차 두 대가 있는 걸 봤습니다."

"맞아요. 그거예요."

야마나카가 이를 드러내며 웃었다.

"여기 올 때는 자가용 대신 사용하곤 했죠. 하지만 그것도…… 이제는 필요 없게 됐네요."

옆에서는 부인이 눈두덩을 누르고 있었다.

5장

살인의 덫

1

　다쿠야가 이상한 장소에서 나카모리 유미에의 모습을 본 것은 12월에 들어서자마자였다. 공기가 점점 차가워지면서 건물 난방도 강해지고 있었다.

　이상한 장소라고 한 것은, 다쿠야 같은 연구자들이 사용하는 실험 동 뒤에 있는 창고 안이었기 때문이다. 그곳에는 사용 기한이 끝난 기계나 프로젝트가 중단되어 미완성인 채 버려진 시험 제작품들이 있었다. 모두 폐기를 기다리는 잡동사니들이다.

　다쿠야는 전에 처분한 전원(電源)을 회수하기 위해 창고로 갔다. 구식 안정화 전원이라 더 이상 쓸 일이 없으리라 생각했는데 실험을 하는 데 필요하게 되었던 것이다.

　창고에 불이 켜져 있었다. 그것은 먼저 온 손님이 있다는 얘기다. 다쿠야는 별다른 생각 없이 안으로 들어갔다.

　먼저 온 손님은 유미에였다.

　다쿠야는 놀라 소리를 지를 뻔했다.

　유미에는 창고 제일 안쪽에 서 있었다. 다쿠야가 있는 곳에서는 오른쪽 얼굴만 보였다. 그런데 그녀의 눈이 정면에 있는 철 덩어리를 향하고 있었다.

　그것은…….

　다쿠야는 그 철 덩어리를 기억하고 있었다. 조립용 로봇 나오미였다. 나오미는 지난해 사고 이후 현장을 떠나 이 창고에 잠들어 있었다.

　그 나오미를 유미에가 보고 있다. 꼼짝도 않고 보고만 있다.

　다쿠야는 한 걸음 내디뎠다. 찰그랑, 작은 금속음이 울렸다. 부품 같은 걸 찬 모양이다.

　놀란 유미에가 그가 있는 쪽을 바라보더니 한층 놀란 표정을 지었다. 긴장하고 있는 게 역력해 보였다. 잰걸음으로 자리를 떠나려던 유미에는 "기다려."라는 다쿠야의 말을 듣고 그 자리에 멈추었다. 몸 전체에 전기가 통한 것 같은 반응이었다.

　그는 유미에 앞으로 다가갔다. 유미에가 고개를 숙였다.

　"자네한테 묻고 싶은 게 있어. 여기저기 돌아다니며 나에 대해 조사를 했더군. 도대체 무슨 속셈이지?"

　다쿠야가 말했다.

　유미에는 슬쩍 그의 얼굴을 보더니 곧바로 시선을 떨어뜨렸다. 그리고 꺼져가는 목소리로 말했다.

　"저는, 모르는 일이에요."

　"시치미를 떼면 곤란해."

다쿠야가 거칠게 몰아붙이자 유미에의 몸이 더욱 오그라들었다. 아래를 향하고 있는 그녀의 속눈썹을 보면서 다쿠야는 말을 이었다.

"사이타마 공장에 이상한 문의를 하고, 자료실에서 내 보고서를 읽었다는 걸 알고 있어. 설명을 듣고 싶은데."

하지만 유미에는 입술을 떨면서 "저는 바빠서요." 하고 그 옆을 지나가려고 했다. 그런 그녀의 팔을 다쿠야가 재빨리 낚아챘다. 가늘고 부드러운 팔이었다. 힘을 많이 주지도 않았는데 작은 체구라 그런지 곧바로 몸의 균형을 잃었다.

순간 "아!" 하는 소리와 함께 뭔가가 밑으로 떨어졌다. 베이지색 파일이었다. 유미에는 파일을 주우려 했지만 다쿠야가 팔을 잡아당기는 바람에 움직이지 못했다.

"놔주세요! 아파요!"

유미에가 말했다.

"그 파일 내용을 맞혀볼까? 작년 나오미 사고에 관한 자료지? 어때, 맞아?"

고개를 든 유미에의 눈이 동그래졌다. 하지만 다쿠야가 노려보자 다시 시선을 피했다.

"말해. 도대체 뭘 조사하고, 뭘 알고 있는지."

다쿠야는 유미에의 몸을 좀 더 끌어당겨 양 어깨를 잡고 가까운 벽으로 밀었다. 유미에가 얼굴을 찡그렸다.

"좋아요. 말할 테니 이러지 말아요."

"솔직히 말하면 놔주지."

다쿠야는 어깨를 잡은 손에 힘을 주었다. 부서질 것 같은 가냘픈 어깨였다.

유미에는 입술을 깨물고, 다쿠야의 얼굴을 봤다.

"나는……, 나는, 다카시마 유지 씨와 결혼할 사람이었어요."

"다카시마?"

다쿠야는 기억을 되짚었다. 기억에 없는 이름이었다. 그걸 알아차렸는지, 유미에는 증오로 가득한 표정을 지었다.

"기억도 못하나요? 당신이란 사람은 늘 그렇죠. 다카시마, 유지……, 그 사람은 저 로봇에게 살해된 작업자였어요."

유미에가 턱으로 가리킨 것은 나오미였다. 아! 다쿠야는 기억 속에서 그 이름을 찾아냈다. 다카시마 유지. 그래, 분명 그런 이름이었어.

다쿠야는 손에서 힘을 뺐다. 유미에는 그의 팔을 밀치고 빠져나와 떨어진 파일을 주웠다. 그러나 그 자리를 떠나려 하지 않고 그를 향해 돌아섰다. 빨갛게 충혈된 두 눈에서 눈물이 떨어지기 시작했다.

그랬군. 그 작업자의 애인이었군…….

"유지는 당신들한테 살해된 거예요."

떨리는 목소리로 유미에가 말했다.

"원래대로였다면 지금 행복하게 살아 있을……."

"잠깐만! 무슨 소린지 모르겠군. 그건 안타까운 사고였어. 자네한텐 안된 일이지만 다카시마 군의 조작 실수가 원인이었다고. 우리한테 떠넘길 생각은 하지 마."

"거짓말이에요. 유지는 그런 실수를 할 사람이 아니에요."

"거짓말이 아니야. 충분한 조사 끝에 내린 결론이야."

다쿠야는 새삼 그녀의 얼굴을 쳐다봤다.

"그런데 자네, 왜 지금 와서 그런 걸 조사하게 됐지? 설마, 사고 후 계속 이런 일을 하고 다닌 건 아니겠지?"

그러자 유미에는 망설이는 것처럼 입을 다물었다가 "실장님이 돌아가신 후, 이걸 방에서 발견했어요." 하며 손에 든 파일을 내밀었다.

다쿠야는 그것을 받아들고 페이지를 넘겼다. 전에 자료실에서 훔쳐본 내용이었다.

"이걸 실장이 가지고 있었단 말이야?"

다쿠야가 물었다.

"그래요. 사실, 그 전에도 실장님이 뭔가를 열심히 조사하고 있다는 건 알았어요. 평소 업무에 전혀 관심을 보이지 않았는데, 뭘 저렇게 하고 있나, 늘 마음에 걸렸어요. 이 파일을 보고서야 그 사건에 대해 조사하고 계셨다는 걸 알게 됐어요."

"그래서 자네도, 다시 조사하기로 마음먹었다는 건가?"

유미에는 고개를 끄덕였다.

"솔직히 저는 포기했었어요. 그 사건을 도저히 납득할 수 없었지만, 더 이상 어떻게 해볼 도리가 없었으니까요. 하지만 이 파일을 발견하고 나서 생각이 바뀌었어요. 다시 조사해보자고. 그것이 실장님의 호의에 보답하는 거라고 생각했어요."

"호의?"

다쿠야가 되물었다.

"무슨 뜻이지?"

"실장님은 제가 유지의 약혼자였다는 걸 알고 있었다고 생각해요. 그래서 불행한 사고 때문에 낙담해 있는 나를 비교적 편한 지금 부서로 불러주셨고, 더없이 다정하게 대해주셨던 거예요."

"믿을 수 없군."

다쿠야는 몇 번이나 고개를 흔들었다.

"실장이 왜 그 사고에 그렇게 집착했을까? 그 사람하고는 아무 관계가 없는데."

"아뇨, 관계가 있어요."

유미에는 딱 잘라 말했다.

"그래서 살해된 것…… 같은 느낌이 들어요."

"그런 바보 같은!"

그렇게 내뱉는 순간 다쿠야의 머리에 번뜩 떠오르는 게 있었다. 그는 유미에의 얼굴을 응시했다. 상대도 뭔가를 느꼈는지 조금 뒤로 물러났다.

"이봐, 설마, 날 조사한 것도 그 때문인가? 실장의 움직임을 거추장스럽게 여긴 내가 죽인 게 아닐까 해서?"

다쿠야의 목소리는 아주 낮았다.

유미에는 뒤로 두세 걸음 더 물러났다.

"그런 건 아니지만⋯⋯. 하지만 실장님이 살해되기 직전, 하시모토 씨하고 당신이 실장님을 만나셨죠. 그중 둘이 죽었으니까⋯⋯."

"나만 살아남아서 의심하게 됐다는 건가? 농담하는 거야? 그건 전혀 관계없는 일이야. 게다가 자넨 뭐든 그 사건과 연결 짓고 싶은 모양인데, 나는 그렇다 치고, 하시모토는 우주 개발용 로봇을 연구하던 사람이야. 사고하고는 조금도 관계가 없다고."

다쿠야의 말투가 거칠어서인지, 반론을 제기할 수 없어서인지, 유미에는 다시 잠자코 아래만 바라봤다. 눈물을 멈출 수 없는 듯 가끔 손을 눈가로 가져갔다.

"살인사건하고는 관계가 없을지 모르지만⋯⋯."

잠시 후 역시 꺼져가는 목소리로 말하기 시작했다.

"하지만 전, 납득할 수가 없어요. 유지가 죽었다는 걸. 그래서 로봇에 대해 조금 공부해봤어요. 조작 실수도 많다고 하지만, 프로그램 오류일 수도 있다고 책에 쓰여 있더군요."

"그러나, 그건 아주 드문 경우지."

다쿠야가 말했다.

"그 밖에 노이즈에 의한 작동 오류나, 로봇 자체에 원인이 있는 경우도 가끔 있지. 그런 것 때문에 사고가 일어날 확률보다 인간이 실수할 확률이 훨씬 높다고 생각하는데."

그 말에 유미에는 턱을 치켜세우고 눈을 부릅떴다.

"유지는 늘 말했어요. 엘리트들은 작업자보다 로봇을 더 소중히 여긴다고. 그 사람들은 작업자를 소모품으로 생각한다고."

다쿠야는 쓴웃음을 지었다. 실제로 그렇게 생각하기 때문에 부정할 수가 없었다. 하지만 그런 표정이 유미에를 화나게 한 모양이었다.

"미쳤군요! 머리가 어떻게 된 거 아니에요?"

"이제야 알겠군. 인간이란 참 쓸모없는 존재라는 걸."

다쿠야가 말했다.

그 순간 유미에가 바싹 긴장하는 게 느껴졌다. 보기와 달리 지기 싫어하는 성격인 듯하다. 유미에가 다쿠야 쪽으로 다가와 오른손을 내밀었다.

"파일을 돌려주세요."

"아니, 이건 내가 맡아두지."

다쿠야는 파일을 겨드랑이에 꼈다.

"그런……, 그럴 권리는 없어요!"

"그럼, 자네한테는 있나? 상사의 자료를 마음대로 자기 것으로 할 권리 말이야."

"……"

유미에는 입술을 깨물었다.

"불만이라면, 지금 상사한테 요청해보시지. 이 자료를 빌려달라고 말이야."

분하다는 눈빛이 날아왔다. 다쿠야는 어쩌면 저럴 수 있을까 싶었다. 이미 죽어버린 사람을 위해 심신을 소진시켜서 무슨 득이 있다고?

"자넨 가끔 여기에 오나?"

그녀의 기세에 약간 눌린 것 같은 기분을 느끼며 다쿠야가 물었다.

"간혹. 약해질 것 같을 때."

"더 이상 안 오는 게 좋을 거야. 의미 없는 일이야."

하지만 유미에는 대답하지 않고, 머리를 한번 숙인 뒤 몸을 돌려 잰걸음으로 창고를 나갔다. 그녀의 모습이 사라지자 뜻모를 안도감이 다쿠야의 온몸에 퍼졌다. 왜 이런 느낌이 드는 걸까. 저런 아가씨를 어렵게 생각한 것도 아닌데……

아니, 그보다 이것 때문이다……

다쿠야는 파일을 펼쳤다.

2

얼굴을 문지르자 손바닥이 기름으로 번들거렸다. 머리가 가려웠다. 휑뎅그렁한 회의실에 조그만 난로 하나만 달랑 놓여 있을 뿐인데도 수사관들이 뿜어내는 열기로 더울 지경이었다.

사야마는 기지개를 켜고 신음소리를 냈다. 그러나 누구 하나 "왜 그러냐?"고 묻는 사람이 없다. 묻지 않아도 잘 알고 있기 때문이다. 그렇게 끙끙대는 건 그만이 아니었다.

니시나 나오키, 하시모토 아쓰시의 살인사건 수사는 제자리걸음이었다. 결정적인 단서가 거의 나오지 않고 있다. 하시모토의 차가 나오키의 시체를 운반하는 데 사용되었다는 걸 알아낸 것은 큰 수확이었으나 정작 하시모토가 죽은 것에 대해서는 별다른 전망이 보이지 않았다.

아마미야 야스코 건 역시 마찬가지였다. 그쪽도 자살인지 타살인지 판단할 수 없었다. 니시나와 하시모토를 죽인 뒤 자신도 죽은 게 아니겠냐고 주장하는 수사관들도 많았지만 그걸 뒷받침할 증거는 하나도 나오지 않았다. 야스코가 임신

중이었고, 그 아이의 혈액형이 죽은 두 사람과 맞지 않는다는 이유로, 그 여자의 죽음과 일련의 사건은 아무런 관계가 없다고 주장하는 사람도 있었다. 그리고 그런 의견에 대해 명확하게 반론을 제기하는 사람도 없었다.

그런데 야스코의 소녀 시절에 대해, 다소 흥미로운 정보가 들어왔다. 도쿄에서 일하고 있는 그 여자의 고등학교 동창이 친구의 사망 소식을 듣고 직접 찾아왔던 것이다. 그 동급생은 야스코가 대학 동창에게 하지 않은 얘기를 알고 있었는데 그중에는 부모가 이혼한 이야기도 포함되어 있었다.

"가여운 애였어요."

동급생은 그렇게 말하며 눈물을 훔쳤다.

그러나 이 얘기 역시 이번 사건 해결에 직접적인 도움을 주는 내용은 아니었다. 수사 당국이 알고 싶은 것은 야스코의 과거가 아니라 현재였다.

최초 사건이 일어난 지 3주가 지났는데도 아무런 단서도 잡히지 않았다.

사야마의 시체 릴레이 이론도 막다른 골목에 부딪혔다. 하시모토가 아쓰시에서 시체를 인수받았다 해도, 거기까지 누군가가 시체를 실어왔다는 데서 두 손을 들고 말았다. 그날 나고야에 있었다는 이유 때문에 사야마는 스에나가를 의심했지만 그때 사용한 차를 찾지 못한다면 모든 게 그림의 떡

일 뿐이었다. 게다가 만약 그렇다고 해도 스에나가는 주범이
아니다.

사야마는 자신의 차를 탄 다음 찻잔을 하나 더 준비했다.
두 잔을 들고 다니구치에게 갔다. 막 전화를 끊은 그 앞에 찻
잔을 내려놓자 "이런, 고맙네." 하고 피곤에 절은 목소리로
예의를 차렸다.

"관계자들의 차를 샅샅이 조사시킨 것도 소용이 없었나요?"
사야마의 말에 찻잔을 입으로 가져가던 다니구치의 동작이
멈췄다. 그는 부하의 얼굴을 보지도 않고 고개만 까딱하더니
"틀렸어." 하고는 차를 마셨다.

"역시 그랬군요."
사야마도 차를 마셨다. 반장한테 오긴 했지만 특별히 할 얘
기가 있었던 것은 아니다.

"이제 어지간한 선에서 시체 릴레이 이론은 좀 버리게. 누
군가 하시모토의 차를 이용해 오사카에서 도쿄까지 시체를
운반했다, 그렇게 생각하는 게 자연스럽지 않나?"

"영수증이 있잖아요."
"그 찢어진? 언제 적 건지도 모르잖아. 거기에 너무 매달리
다 오히려 핵심을 놓치게 되네."

"지푸라기라도 잡고 싶은 심정이란 말 아세요?"
"잘 알지. 우리들 일이란 게 늘 그렇지. 하지만 그 지푸라기

라는 게, 착실한 성과로 나타났으면 좋겠군. 자네는 전부 허탕이잖아."

"저는 착실한 성과가 나올 것 같은데요."

사야마가 자리를 떠나려고 할 때 수사관 하나가 들어서며 "쓸 만한 정보입니다." 하고 다니구치에게 다가왔다. 만년필에 대해 조사하던 친구였다.

"착실한 성과가 나온 모양이구만."

다니구치는 사야마를 향해 씩 웃어 보이고는 그 형사 쪽으로 몸을 돌렸다.

"가게는 어디였나?"

"조후 시 ×× 초인데, MM중공 본사에서 가깝습니다. 차로는 한 10분 걸리죠. 이름은 기쿠이문구점. 아주 작은 가게입니다."

"그런데서 만년필 같은 것도 파나?"

"예, 물론 팝니다. 대부분 국산인데 거의 팔리지 않는다고 합니다. 덕분에 가끔 팔아주는 손님을 잘 기억하고 있더군요. 최근 이번 사건에서 문제가 된 S사의 만년필을 판 기억이 있어서 전표를 조사해봤답니다. 역시 사건 직전에 팔았다더군요. 어떻게 할까 이삼 일 망설이다 딸의 권유로 경찰에 연락했다고 합니다."

그런 종류의 제보는 매일 손으로 꼽을 수 없을 만큼 많이 들어온다. 이 형사는 그것들을 하나하나 조사했던 것이다. 그러나 그런 정보들은 거의 엉뚱하기 마련이다. 만년필 메이커가 다르거나, 제품이 다른 경우가 대부분이었고, 심지어 볼펜일 때도 있었다. 일반인들이 호의로 하는 제보니 당연히 고맙지만 허탕 칠 각오로 돌아다니는 수사관들의 수고는 말로 다 표현할 수 없었다.

"그래서 어떻게 됐어?"

다니구치가 몸을 내밀며 관심을 표했다.

"제품은 틀림없이 범행에 사용했던 것과 같았습니다. 그래서 전표를 확인해봤습니다. 날짜는 지난달 12일이니까, 니시나 나오키의 시체가 발견된 다음 날, 하시모토에게 도착한 소포가 발송되기 전날입니다."

"손님의 용모나 체격은?"

"바로 그게 문제입니다."

수사관은 수첩을 보면서 말을 이었다.

"나이는 잘 모르겠는데, 촌스러운 아저씨 같았다고 합니다."

"촌스러운 아저씨? 그게 뭐야?"

"아, 예. 실은 그때 가게를 지키던 사람이 고등학교 1학년짜리 딸이었습니다. 주인은 저녁을 먹고 있었고요."

"그럼, 손님이 저녁에 왔다는 건가?"

"8시쯤이라고 했습니다. 주인은 그 무렵에 항상 저녁을 먹

는다고 하더군요. 딸의 말로는, 손님들과 얼굴을 마주치고
싶지 않아서 잘 쳐다보지 않는다고, 그래서 얼굴은 잘 기억
이 나지 않는다고 했습니다."

"하지만 촌스러운 아저씨라고 기억하지 않았나?"

사야마가 끼어들었다.

"그렇습니다. 아저씨들이 자주 입는 점퍼에, 금테 안경도
유행이 지난 것이었다고 합니다. 얼굴을 안 봤다면서 그런
건 참 잘도 기억하더군요. 대단해요."

"점퍼 색깔은?"

다니구치가 물었다.

"회색인지, 옅은 갈색인지 분명치 않습니다. 어쨌든 어두운
중간색입니다."

색에 대한 기억이 왔다 갔다 한다는 느낌이 들었다. 하지만
실제로 인간의 기억력은 이 정도에 불과하다. 그나마 고등학
교 1학년짜리 소녀라 이렇게까지 기억하는 것이지, 가게 주
인이었다면 더 애매하게 말했을 것이다.

"몽타주를 그릴 수 있을까? 얼굴 윤곽 같은 건 기억 못할
까?"

"평범하다고 했습니다."

"평범하다니?"

"그러니까 뚱뚱하지도 마르지도 않고, 둥글지도 길지도 않

았다고 합니다."

"요컨대 잘 기억 못하겠다는 말이군."

다니구치는 얼굴을 찌푸렸다.

"유감스럽게도 그렇습니다. 다시 만나면 알아보겠냐고 물었더니 모르겠답니다."

다니구치는 머리를 긁적이는 것으로 초조함을 드러냈다.

"그 남자가 만년필만 샀대?"

"아뇨. 파란색 잉크도 같이 샀답니다."

덜커덕, 누군가 의자 끄는 소리를 냈다. 만년필에 파란색 잉크, 하시모토를 살해한 방법과 딱 맞아떨어진다.

"파란색 잉크병?"

다니구치가 확인했다.

"그렇습니다. 두 병이요."

"두 병?"

사야마의 목소리가 커졌다.

3

고로는 놀라며 밀크 피처를 들다 말고 고개를 들었다. 뜻밖의 얘기를 들었다는 표정이다.

"내가 그 로봇 앞에 있다가 들켰어. 게다가 그 사람, 내가 이리저리 조사했다는 것도 알고 있었어."

유미에는 스푼으로 아이스크림을 쿡쿡 쑤시며 말했다. 오늘 회사 창고에서 스에나가와 맞닥뜨렸던 일을 고로에게 얘기하고 있었던 것이다.

"네가 그의 애인이었다는 것도 얘기했어?"

"응. 모두 다. 그리고 유지는 당신들한테 살해된 거라는 말도 했어. 그런데……"

유미에는 스에나가의 가면처럼 딱딱하고 무표정한 얼굴을 떠올리며 "전혀 반응이 없었어." 하고 말했다.

"자기들 잘못이 아니라고 했겠지."

"응. 자신만만하던걸. 진심으로 로봇이 인간보다 우수하다고 믿고 있었어. 미쳤어. 미친 건 알고 있었지만 정말 아무렇지도 않은 얼굴이었어."

"그런 놈이야."

고로는 이어서 "근데 그 파일은 어떻게 됐어?" 하고 물었다.

"뺏겼어."

유미에는 한숨을 쉬며 아이스크림을 한 입 먹은 뒤 그 경위를 설명했다.

"그래서……, 그걸 뺏겼단 말이지."

고로는 큰 충격을 받은 것 같았다. 그건 유미에도 마찬가지였다.

한동안 침묵이 이어졌다. 유미에가 아이스크림을 먹기 위해 내는 스푼 소리와 고로가 커피를 마시는 소리만이 간간이 들릴 뿐이었다.

"그래서, 앞으로 어떻게 할 거야?"

커피를 다 마신 고로가 물었다.

"응. 식욕도 없고……."

"오늘 일 말고, 앞으로 말이야. 그 조사는 계속할 거야?"

"아! 앞으로……."

유미에는 빈 아이스크림 접시로 시선을 떨어뜨렸다. 아직 아무 생각도 못했다. 지난 며칠 동안 유지의 사고를 조사하느라 정신없이 보냈다. 그러나 그 파일이 없으면 조사를 계속하는 것도 힘들다. 이런 일이 있을 줄 알았다면 복사라도 한 부 해둘걸, 하는 생각이 들었다.

하지만…… 이런 일을 계속해봐야 무슨 소용이 있나 싶기도 했다. 오늘 스에나가의 얘기를 듣고 모든 게 공허해져버린 것도 사실이다.

"이제 그만둘까?"

유미에는 문득 이렇게 말했다.

"그만두다니? 조사를 그만둔다고?"

"응. 좀 지치기도 하고, 내가 얼마나 무력한지 알았어."

"……최선을 다했잖아."

"고로한테도 고생만 시키고. 여러 가지를 조사해줬는데."

"아니야, 나야 거의 도움도 안 됐는데 뭐."

고로는 자조 섞인 웃음을 지었다. 그는 사내에서 일어난 사고 조사와 보안을 담당하는 안전과를 조사해주기로 했는데, 자기 말대로 그다지 수확이 있었다고는 할 수 없었다.

"고로."

유미에가 불렀다.

"나, 고로하고 결혼할까봐."

"유미에……."

"좀 더 마음이 정리된 다음이 되겠지만 말이야."

고로는 수줍은 표정을 짓더니 유미에의 얼굴을 바라보며 말했다.

"그때 다시 프러포즈할게. 그러면 대답해줘."

"응!"

유미에는 웃으며 고개를 끄덕였다.

"이제부터 뭘 하지?"

고로가 물었다.

"이제부터?"

"오늘 말이야. 아직 시간이 많잖아."

"그러네."

유미에는 고개를 갸웃했다. 오늘 밤은 많은 걸 생각하고 싶
지 않았다.

"술이나 마실까?"

유미에가 중얼거렸다.

"오케이!"

고로는 계산서를 들고 힘차게 일어섰다.

4

도대체 모르겠군. 낮에 나카모리 유미에한테서 뺏은 파일
을 본 다쿠야의 느낌이었다. 침대에 누워 머리맡 스탠드를
켜고 자료를 봤다.

자료는 작년에 일어난 로봇 사고에 관한 안전과의 조사 결
과와 신문기사, 경찰의 견해, 연구개발2과의 보고서 등이었
다. 사고를 일으킨 로봇 나오미의 사양과 그때 나오미가 조
립하던 제품에 관한 자료도 들어 있었다.

왜 나오키는 이런 걸 모았을까?

그걸 모르겠다.

그 사고에 관해 조사하는 사람이 있다 해도, 나오키가 아니
었다면 신경도 안 썼을 것이다. 그런 녀석들은 어디에나 있

다. 게다가 개발2과 담당이라 해도 다쿠야는 나오미 연구에 거의 참여하지 않았다. 다시 말해서, 대단히 뛰어난 성능을 요구하는 로봇이 아니었다는 얘기다. 무능한 인간도 할 수 있는 작업을 대신 하는 수준이었다. 그 정도 로봇을 개발하는 데 애써 자신이 전면에 나설 필요는 없었다.

그런데도 마음에 걸리는 건 나오키가 그것에 대해 조사했다는 말을 들었기 때문이다.

일련의 사건을 정리한 결과 분명해진 것은 나오키가 다쿠야와 하시모토에게 뭔가를 숨겼다는 점이다. 그는 애초 야스코를 살해할 계획을 세울 때부터 자신만의 비밀을 갖고 있었다. 즉, 자신들 외에 협력자 D가 있었다는 얘기다.

그렇다면 그 D는 누구일까. 나오키는 왜 그 D라는 존재를 숨길 필요가 있었을까.

다쿠야는 베일에 가려진 그 D라는 인물을 무슨 수를 써서라도 찾아야 했다. 분명 그 인물이 야스코 살해 계획 때 작성한 연판장을 갖고 있을 테니 말이다.

그건 그렇고, 다쿠야는 조금 납득이 안 가는 게 있었다. 그것은 만년필 사건 이후 한번도 생명의 위협을 느낀 적이 없었다는 점이다. 물론 다쿠야 자신이 잔뜩 경계를 하고 있어, 범인이 쉽게 손을 못 쓰는 걸지도 모른다. 그러나 나오키가 죽은 후 곧바로 독이 든 만년필을 보낸 걸 생각하면, 한시라도 빨리 죽여야 하는 것 아닌가.

아니면…….

이렇게 생각할 수도 있다. 베일에 가려진 D는 자기 정체를 알고 있을 거라 생각하고 하시모토와 다쿠야를 죽이려 했던 게 아닐까. 그런데 결국 다쿠야는 그 사실을 모른다, 그러니 죽일 필요는 없겠다, 이렇게 판단한 것 아닐까…….

가능한 얘기다. 그렇다면 D가 나오키를 죽인 이유는 뭘까?

바로 그 이유가 여기에 숨겨져 있는 건 아닐까……. 그런 생각을 하게 된 다쿠야는 다시 파일을 보기 시작했다.

"아무래도 마음에 걸려."

무심코 이렇게 내뱉은 것은 사고 발생부터 문제 해결까지의 흐름을 하나하나 보고 있을 때였다. 각각의 단계에서 필요한 조사가 이루어졌고, 보고서도 규정대로 제출되었다. 하지만 너무 빨리 마무리되었다는 느낌을 지울 수 없었다. 개발2과가 자신들의 잘못을 인정하지 않은 것은 당연하지만, 일단 사고가 나면 눈에 불을 켜게 마련인 안전과의 추궁이 너무 안일했다. 객관적으로 보면, 처음부터 작업자의 조작 실수라고 결론을 내려놓은 것 같은 느낌이 강했다. 안전과는 작업 순서의 기재 항목에 대해서는 상당히 엄격하게 잘못을 지적한 반면, 로봇의 능력이나 사양에 대해서는 눈에 띄게 목소리를 낮추고 있었다.

그 사고 이후, 다쿠야도 꽤 많은 자료를 작성했다. 과장이 그 자료를 가지고 대책 회의에 출석했던 기억도 생생하다. 앞으로 어떻게 될까, 하는 불안한 심정으로 지켜봤는데 개발 2과에는 불똥이 튀지 않고 사건은 종결되었다.

니시나 도시키의 힘이라고 다쿠야는 확신했다. 얘기가 복잡해지기 전에 각 방면에 손을 쓴 게 틀림없다.

그렇다면 니시나 나오키가 그걸 재조사했다는 것은, 증오하는 아버지에 대한 저항인가…….

일단 조사를 좀 해볼까? 하고 생각하던 다쿠야는 쓴웃음을 지었다. 설마 내가 이 조사를 이어서 하리라고는 아무도 생각 못 할 것이다.

파일을 닫고 전기스탠드를 껐다.

어둠 속에서, 문득 나카모리 유미에의 우는 얼굴이 어렴풋이 떠올랐다.

다음 날 아침, 다쿠야는 일찌감치 안전과를 찾아갔다. 사고 조사를 담당했던 사람을 만나기 위해서였다. 하지만 궁상맞은 인상을 풍기는 담당자 바바는 다쿠야의 문의를 노골적으로 미심쩍어했다.

"지금 와서 왜 그러십니까?"

바바는 책상에 앉은 채, 다쿠야를 머리에서 발끝까지 훑어

보며 말했다.

"좀 조사하고 싶은 게 있어서요. 당시 자료나 데이터 같은 게 남아 있나요?"

"그야, 보관하고 있죠. 규칙이니까요."

다쿠야의 온몸을 훑어본 그가 전혀 다른 방향을 쳐다보며 대답했다.

"보여주실 수 있나요?"

그러자 바바는 불쾌한 표정으로 말없이 자리에서 일어났다. 그리고 벽 쪽에 있는 앵글 책장에서 두꺼운 파일을 꺼내오더니, 마치 일부러 그러는 것처럼 다쿠야의 얼굴에 대고 후, 하고 바람을 불었다. 다쿠야의 얼굴에 먼지가 날렸다.

"자, 여기요."

바바가 말했다.

고맙다는 인사를 하고, 다쿠야는 파일을 받았다. 그리고 재빨리 내용을 살폈지만 곧 실망했다. 다쿠야의 파일에 있는 내용과 별반 차이가 없었기 때문이다.

"무슨 불만이라도 있나요?"

다쿠야의 모습을 물끄러미 지켜보던 바바가 물었다. '질문'이 아니라 '불만'이라고 말한 게 의미심장하게 느껴졌다.

"의문점이 하나 있긴 한데요." 하며 다쿠야는 바바에게 파일을 보여줬다.

"조사 기간이 너무 짧은 것 같은데, 어떻게 생각하세요?"

보고서에 의하면 조사 기간은 약 2주일이었다. 하지만 사망 사고라는 점을 고려하면 적어도 1개월 정도는 걸리는 게 당연하다.

"특별한 일도 아닌데요, 뭐."

바바가 말했다.

"원인과 문제점이 명확하면 그만이니까요. 일은 빨리 처리할수록 좋은 거죠."

"특별히 서두른 건 아니란 말씀인가요?"

"그야, 가능한 한 빨리 처리하라는 말은 들었죠. 그런데, 일이 늦어져서가 아니고 빨리 끝나서 불만이라는 겁니까?"

"아뇨, 불만이라는 건 아닙니다."

"당신, 로봇 개발 쪽 사람이죠?"

바바는 다쿠야의 가슴에 달려 있는 배지를 보며 말했다. 배지에는 소속과 이름이 적혀 있었다.

"그렇다면 이 문제에 대해서는 가타부타 안 하는 게 좋지. 작업자 실수로 결정 났으니까."

다쿠야는 여전히 자신과 눈을 맞추지 않고 있는 바바의 얼굴을 내려다봤다. 그는 지긋지긋하다는 표정으로 옆을 보고 있었다.

"알겠습니다. 고맙습니다."

파일을 돌려주고, 다쿠야는 안전과를 나왔다. 그리고 문을 닫으면서 호시코와 결혼해 실권을 잡으면 우선 저 바바라는 녀석을 지방 한직으로 좌천시켜야겠다고 생각했다. 머리도 나쁘고 말귀도 못 알아먹으니 어쩔 수 없지.

그건 그렇고, 조사하기가 쉽지 않겠다는 생각이 들었다.

조금 전 바바의 태도로 봐선 그 사건에 대해 함구령이 떨어진 것 같았다. 그렇다면 눈에 띄는 행동은 삼가는 게 나을 듯싶었다.

안전과가 있는 건물을 나와 본관 쪽으로 걷고 있는데, 한 남자가 정면 로비에서 나오는 게 보였다. 요즘 자주 만나는군. 다쿠야를 여러 번 찾아왔던 사야마 형사였다. 또 뭔가 물어보려고 온 것 같은데 수확이 없는지 표정이 어두웠다.

다쿠야는 잰걸음으로 다가가 말을 걸었다. 사야마도 곧 알아보고 정중히 고개를 숙였다.

"이제 돌아가시는 겁니까?"

다쿠야가 물었다.

"예. 오늘은 대단한 용건이 있는 것도 아니어서."

"차라도 한잔 하시지요. 별로 맛없는 자판기 커피긴 하지만요."

"글쎄요."

사야마는 잠시 생각한 후 "뭐, 잠깐이면." 하고 응했다.

다쿠야는 형사를 정면 현관에서 조금 떨어진 곳에 있는 사
내 버스 대합실로 안내했다. 두 평 반 정도의 작은 방이었
다. 이곳은 버스가 도착하고 떠나는 시간 외에는 사람이 거
의 없다.

"오늘은 무슨 용건으로 오셨나요?"

밖에 놓인 자판기에서 커피 두 잔을 뽑아 한 잔을 내밀며
다쿠야가 물었다.

"아이고, 이거 고마워서……. 아니, 정말 대단한 건 아닙니
다. 죽은 아마미야 야스코 씨와 마지막으로 함께 뮤지컬을
보러 갔던 여직원을 만났습니다. 그때 모습이 어땠는지 물어
보려고요."

"그랬군요. 그래서 어떻게 됐나요?"

다쿠야는 형사와 나란히 벤치에 앉았다.

"잘 모르겠습니다."

사야마는 허탈한 표정을 지으며 고개를 숙이더니, 그다지
맛없는 커피를 맛있게 마셨다.

"자살할 것 같아 보이지는 않았다고 하더군요. 아주 즐거워
했다면서. 하지만 의외로 자살하기 전에 그런 모습을 보이는
경우가 있지요."

형사는 다시 종이컵을 기울였다. 그 옆모습을 보면서 다쿠
야는 형사의 본심을 읽으려고 애썼다. 이 끈기 있는 형사가

선선히 자살로 인정했다고는 믿어지지 않았다.

"그런데 아이 건은 어떻게 됐습니까? 아이 아버지는 알아 냈나요?"

경찰의 움직임을 알아내기 위해서라기보다 진짜 궁금해서 물었다.

하지만 형사는 부끄럽다는 듯 뒤통수를 두드렸다.

"그게 아직 밝혀지지 않았습니다. 이런 문제는 어려워요."

"그렇겠죠. 그 여자, 의외로 상당히 놀았나보네요."

"예, 그렇습니다. 이건 여기서만 하는 얘긴데, 학창 시절에 도 두 번이나 낙태를 했답니다. 그 당시의 담당 의사도 만나 봤습니다. 또 낙태하면 더 이상 아이를 낳을 수 없다고 겁을 줬다더군요. 그래서 이번에는 낳으려고 한 것 같습니다만."

"예······."

다쿠야는 마음에 걸리는 이야기라고 생각했다.

"그 여자뿐 아니라 요즘 젊은 여성들이 다 그렇죠. 거침이 없잖아요. 그래서 남자들이 쩔쩔매는 거겠죠." 하고 사야마 가 말했다.

"부모가 안됐군요."

"예. 정말 그래요." 하며 고개를 끄덕이던 사야마가 갑자기 생각난 듯 말했다.

"하지만 동정의 여지가 있는 경우도 적지 않아요."

"동정?"

"예. 예컨대 아마미야 야스코 씨의 경우가 그렇죠. 고교 교사인 아버지가 졸업생과 바람이 났다고 합니다. 게다가 아이까지 낳았고요. 여자가 멋대로 낳은 거라고 하더군요. 그런일이 드러나면 세간의 비난을 듣고 직업도 잃게 되니까, 어쩔 수 없이 양육비를 주게 되었죠. 하지만 바로 그 돈이 덫이되고 만 겁니다. 세상에 알리겠다는 협박을 받을 때마다 훨씬 많은 돈을 지불해야 했죠. 그 때문에 가정은 풍비박산이되고, 어머니는 집을 나갔지요. 필시 아마미야 야스코 씨도그런 집이 지긋지긋했을 겁니다. 도쿄로 온 뒤 한 번도 집에가지 않았다고 하더군요."

형사의 말이 끝나도록 다쿠야는 대꾸할 말을 찾지 못했다. 야스코에게 그런 과거가 있으리라고는 상상도 못했기 때문이다.

"그런 말을, 그 여자 아버지가 직접 고백했나요?"

다쿠야가 묻자 사야마는 천만의 말씀이라는 듯 손을 흔들었다.

"아마미야 씨의 고등학교 동창이 도쿄에 있는데, 그 사람한테 들었습니다. 다른 사람한테는 그런 말을 전혀 안 한 것 같습니다."

부모의 수치. 다쿠야는 불쾌해졌다. 부모의 수치는 늘 자녀에게 돌아온다.

"자……."

사야마는 비어버린 종이컵을 옆 쓰레기통에 구겨 버렸다.

"이제 슬슬 가봐야겠네요. 잘 마셨습니다."

"힘내십시오."

"예. 어떻게든 해봐야죠." 하고 일어선 사야마가 또다시 뭔가 생각난 것처럼 다쿠야 쪽을 돌아보았다.

"그러고 보니 지난번에는 실례했습니다. 시시콜콜 알리바이를 확인해서 불쾌하셨죠?"

"아, 예. 유쾌하진 않았죠."

다쿠야가 대답했다.

"그 건에 대해선 뭣 좀 알아내셨나요?"

"아뇨. 그쪽도 오리무중입니다. 하지만……." 하고 운을 뗀 사야마가 계속 말했다.

"한 가지 새로운 생각이 떠올랐습니다. 처음 일어난 니시나 나오키 살해 사건과 관련된 겁니다만, 그 사건에 공범이 있지 않을까 싶습니다."

"아, 예!"

다쿠야는 감탄한 것처럼 말했다.

"그러니까, 범인이 둘이라는 겁니까?"

"아뇨, 그런 게 아닙니다."

사야마가 다쿠야의 얼굴을 바라보며 말했다.

"범인은 하나나 둘이 아니고, 만약 셋이면 어떨까 하는 게 새 가설입니다. 어때요? 재미있죠?"

순간 움찔했다. 그러다 상대가 이쪽 반응을 보고 있다는 걸 다쿠야는 느꼈다. 우연한 기회에 범인이 복수일 가능성에 대해 생각하게 됐지만 근거가 없어서 탐색 중인 것이다.

"그거 재미있네요. 다음에 꼭 들려주세요."

그런 속임수에 넘어갈 것 같아? 다쿠야는 이런 생각을 하며 평정을 유지했다. 낯빛을 바꾸지 않는 것 정도는 그리 어려운 일이 아니다.

"예. 다음에 꼭 들려드리죠."

형사도 그때까지와는 전혀 다른 표정으로 다쿠야 앞에서 사라졌다.

5

MM중공을 나온 사야마는 수사본부에 연락했다. 야스코와 뮤지컬을 보러 간 여직원의 말을 요점만 간추려 보고했다. 자살설을 의심할 만한 얘기이긴 하지만 결정적인 증언은 아니라는 것이 다니구치의 논평이었다. 그건 사야마도 마찬가지였다.

"자, 그럼 이제부터 신도와 합류하게. 녀석은 지금 이케부쿠로로 가고 있어."

"이케부쿠로? 무슨 일이 있습니까?"

"니시나 나오키의 대학 친구가 이케부쿠로에서 근무하고 있네. 나오키 방에 있던 일정표를 보고 죽기 직전 그 친구를 만난 걸 알아냈지."

"이케부쿠로 어디로 가야 하나요?"

"그 남자는 선샤인 빌딩에서 근무하고 있어. 자네와 합류하는 건 내가 신도한테 알려줄게. 신도하고 만날 장소는 어디가 좋겠나?"

잠깐 생각한 뒤, 도큐핸즈 앞이라고 대답했다. 화분을 하나 사다달라는 아내의 부탁이 떠올랐기 때문이다.

사야마가 도착하니, 먼저 온 신도는 이미 도큐핸즈 쇼핑백을 들고 서 있었다. 다가가 말을 걸자 후배 형사가 피곤기 남은 웃음을 건넸다.

"뭘 샀어?"

사야마는 쇼핑백을 가리키며 말했다.

"옷장 경첩이요. 양복장 문이 고장 났거든요."

"아예 하나 새로 사지?"

"그럴 만한 돈이 없어요. 월급이 쥐꼬리만 해서."

"독신 귀족이 엄살은. 그런데 나도 살 게 있는데, 화분은 몇 층에서 팔지?"

사야마가 안으로 들어가려고 하자 "시간이 없어요. 돌아갈 때 사세요." 하며 신도가 팔을 붙잡았다.

남자와 만나기로 한 장소는 선샤인 빌딩 지하에 있는 찻집이었다. 가장 안쪽 테이블에 앉아 입구로 시선을 던졌다.

"오늘 아침에는 재수 더러웠어요."

물수건으로 얼굴을 닦으며 신도가 말했다.

"또 다른 문구점에서 연락이 왔거든요. 사건이 일어나기 전에 같은 만년필을 사간 남자가 있다고요. 마침 시간이 맞는 사람이 없어서 우연히 거기 있던 제가 가게 됐죠."

"진짜 재수가 없었군."

"운이 없었죠. 내 참! 만년필에 관해서는, 그 금테 안경을 낀 남자가 사갔다고 한 문구점, 거기가 진짜라고 결론이 났잖아요."

"그래서, 자네가 간 곳은 어떻게 됐어?"

"별로 쓸 만한 얘기는 없었어요. 손님이 온 것은 소포가 발송된 날 아침 8시쯤이었고, 같은 만년필이긴 했어요. 파란색 잉크는 사가지 않았고요. 게다가 장소가……"

"어딘데?"

"하치오지의 대학가요."

사야마는 큭, 하고 웃음을 터뜨렸다. 대학가 문구점이라면 만년필을 사러 오는 손님도 많을 것이다.

"어떤 손님이었는데?"

"헬멧을 쓴 남자였대요. 그 근처는 오토바이를 타고 통학하는 학생들이 많거든요."

"흐흠……."

헬멧이라는 말에 사야마의 얼굴에서 웃음기가 사라졌다. 일부러 얼굴을 가리려 했던 건 아닐까. 그러나 파란색 잉크는 사가지 않았다…….

거기까지 생각했을 때, 한 남자가 들어왔다. 회색 양복에 약간 버터 냄새가 나는 남자였다. 실내를 둘러보는 모양이 나오키의 친구 같았다. 신도가 일어나 말을 걸었다. 역시 맞았다.

남자의 이름은 가나이 다카시. 그가 근무하는 통산성 산하의 에너지연구소가 이 건물에 있다고 했다.

"니시나는 조용한 남자였죠. 친구도 많은 편은 아니었고요. 하지만 기가 약한 건 아니었습니다. 뭔가를 실행에 옮길 때는 주저하지 않고, 상의도 없이 해치우는 타입이었어요."

나오키에 대한 가나이의 평이었다. 둘은 대학 학부 동기였고, 연구실도 바로 옆이라 가깝게 지냈다고 한다.

"최근에도 자주 만나셨습니까?"

신도가 물었다.

"만났습니다. 그렇긴 해도, 서로 바빠서 자주라고는 할 수 없었지요. 사실 그 친구와 자주 만나게 되는 건 이제부터 시작될 계절이죠."

"계절이요?"

"예. 스키를 함께 타러 다녔습니다. 저도 스키에는 좀 자신이 있고, 그 녀석은 아주 잘 탔죠. 스키라는 게 기량이 비슷하지 않으면 함께 가도 같이 즐길 수가 없거든요. 실은 올 연말에 둘이 홋카이도에 가자고 약속했습니다. 맞아, 마지막 만났을 때에도 그 이야기를 했어요."

거기까지 말하고, 가나이는 안타까운 표정을 지었다. 친구와의 즐거웠던 시간을 떠올린 모양이다.

"마지막으로 만난 게 니시나 씨가 돌아가시기 전 토요일이라고 들었습니다만."

신도가 확인했다.

"그렇습니다. 자세한 일정을 얘기하자고 했거든요."

"그때, 스키 얘기만 하셨나요?"

"그야, 이런저런 잡담도 했지요. 하지만 만난 목적은 그거였습니다."

"그럼, 그 스키 일정은 어떻게 됐나요?"

사야마가 물었다.

"그 친구 일정이 분명하지 않아서 스케줄이 확정될 때까지 기다리기로 했습니다. 아무래도 개발기획실장이라는 자리에 있어서 바빴겠지요."

가나이는 회사에서의 친구 입장을 거의 모르는 모양이었다. 사실, 스키 일정도 못 잡을 만큼 바쁜 건 아니었을 테니 말이다.

"아, 그리고 말입니다."

갑자기 떠오른 게 있는 모양이었다.

"니시나가 오사카에 갔을 때 묵은 곳이 오사카그린호텔이 었죠? 실은 그 친구가 살해되던 날 밤, 제가 그 호텔로 전화를 걸었습니다."

"전화를?"

신도와 사야마가 동시에 물었다. 웨이트리스가 이상하다는 듯 쳐다봤다.

"몇 시쯤이었습니까?"

신도가 물었다.

"그게 아마……."

가나이는 조금 위쪽을 보며 생각하더니 말했다.

"10시쯤이었습니다. 왜 전화를 했냐면, 향후 일정을 그날 정할 거라고 그 친구가 말했기 때문입니다. 그래서 원래는 그 친구가 전화를 했어야 하는데, 혹시 잊어먹을지 모르니까 전화가 안 오면 저더러 연락을 해달라고 하면서 호텔 번호를 알려주더군요. 그런데 그날, 역시 전화가 안 오기에 제가 걸었죠. 10시에는 호텔에 돌아와 있을 거라고 들었거든요. 그런데 그 친구는 외출 중이었어요. 바쁜가보다 생각했는데, 결국 그렇게 됐네요."

사야마는 뭔가 께름칙했다. 스키 일정을 세우는 것 정도라면 오사카에서 돌아온 뒤 얘기해도 되지 않았을까? 그렇게까지 서두를 필요가 있었는지 물어봤다.

"예. 서둘러 일정을 잡으려고 했던 건 사실입니다."

가나이가 말했다.

"여기저기 예약을 해야 하니까요. 그날 중으로 반드시 정해야 했던 건 아니지만, 빨리 결정할수록 좋죠."

"그렇군요."

왠지 석연치 않았지만 더 이상 이 건에 대해 묻지는 않았다.

이어서, 나오키가 살해된 사건에 대해 어떻게 생각하는지, 신도가 물었다. 가나이는 크게 한숨을 짓고 괴로운 듯 얼굴을 찡그린 채 입을 열었다.

"녀석한테 삐뚤어진 구석이 있긴 했죠. 이번 사건도 그런 점 때문에 화를 당했을지 모릅니다. 그런 생각을 하니까, 녀석이 더 가여워요. 녀석이 삐뚤어진 것은 그 녀석 탓이 아니거든요."

가나이와 헤어진 다음, 두 형사는 다시 도큐핸즈로 돌아왔다. 화분 사는 걸 잊지 않았기 때문이다. 하지만 사야마의 머릿속에는 가나이의 말이 맴돌고 있었다.

"이 정도면 괜찮지 않을까요?"

사람 머리 크기 정도의 화분을 들고 신도가 말했다. 함께 화분을 고르고 있었는데, 사야마가 "아, 그래." 하며 건성으로 대답하자 쓴웃음을 짓고는 들고 있던 화분을 내려놓았다.

"그 전화 때문에 그래요?"

신도가 말했다.

"응. 아무래도 마음에 걸려. 하필 그날이었다는 게 말이야."

"내가 전화하지 않으면 걸어달라……. 마치 자기한테 무슨 일이 생길 거라는 걸 알고 있었다는 말 같죠?"

그 의견에 사야마는 무심코 신도의 얼굴을 쳐다봤다. 놀랐기 때문이다. 정말 그랬다. 설마 불길한 예감이라도 들었던 건 아닐 테고.

뭐랄까, 정체를 알 수 없는 무언가가 가슴에 퍼지기 시작했다. 학창 시절, 시험을 보다 아무리 떠올리려 해도 답이 생각나지 않을 때의 답답함과 같은 심정이었다.

"혹시 말이야, 나오키가 그날 일어날 일을 알고 있었다면 어땠을까?"

"설마. 알고 있었다면 도망쳤겠죠."

"그럴까? 나오키는 범인과 만나기로 약속이 되어 있었다. 그리고 그 상대에게 살해될지도 모른다는 위험을 느꼈다⋯⋯. 아니, 아니야. 그것만으로는 가나이에게 그런 전화를 걸라고 한 게 설명되지 않아. 전화를 걸게 해서 뭘 얻을 수 있지?"

사야마의 눈은 화분을 향하고 있었지만 실제로는 아무것도 보고 있지 않았다. 조바심이 나고 머리가 뜨거워졌다.

"사야마 선배."

신도가 말했다.

"비약이긴 한데, 말해도 될까요?"

"괜찮아. 나는 늘 그런데 뭐."

"전화를 걸게 한 것은, 나오키가 알리바이를 조작하려고 했던 게 아닐까요?"

사야마는 들고 있던 화분을 떨어뜨릴 뻔했다. 서둘러 다시 안고는 "무슨 소리야?" 하고 되물었다.

"알리바이요. 그 시간에 전화가 오면 나중에 알리바이 증명이 되겠죠. 소설 같은 데 잘 나오잖아요."

"무엇 때문에 나오키가 그런 짓을 해? 살해된 것은 그쪽⋯⋯."

말하면서 사야마는 심장이 빨리 뛰기 시작하는 것을 느꼈다.

"그가 범인을 죽일 작정이었다는 것도 생각해볼 수 있지 않을까요?"

"그런데 결과는 반대로 됐다?"

고개를 끄덕이며 사야마는 허공을 바라보았다. 뭔지 알 것
같았다.

"경찰서로 돌아가자."

"화분은 어떻게 하고요?"

"세면기라도 대신 사용하면 돼."

도큐핸즈를 나온 두 사람은 서둘러 이케부쿠로 역으로 갔
다. 여전히 사람들로 북적였다. 그 인파를 헤치고 걸으면서
사야마가 말했다.

"나오키가 그런 계획을 세웠다고 쳐. 그러면 시체를 운반한
게 나오키의 공범이라는 얘기잖아. 원래는 상대의 시체를 옮
길 계획이었는데 일이 꼬인 거지. 그런데도 예정대로 운반한
건 왜일까?"

"공범자들에게는 일이 꼬인 게 아닐 수도 있죠. 처음부터
나오키를 죽일 계획이었다면요. 짐의 내용물만 달라졌을 뿐,
컨베이어 벨트는 그대로 가동된 거죠."

"맞아. 컨베이어 벨트라……."

나오키가 상대를 죽이기 위해 놓은 덫이 실은 그 자신의 생
명을 노리는 덫이 되었다는 얘기다.

"만약 그 컨베이어 벨트를 준비한 게 나오키라면, 시체를

운반한 차도 녀석의 주변에서 조달했을 거야."

"당연하죠. 나오키의 차는 이미 조사했으니까, 다른 차가 있었느냐 하는 게 문제네요."

그 말을 듣는 순간, 사야마의 뇌리에 어떤 광경이 떠올랐다. 도요하시에 갔을 때였다. 사야마는 갑자기 걸음을 멈추고, 길 한가운데 멍하니 섰다.

"왜 그러세요?"

신도가 걱정스럽게 바라봤다.

"그거야, 밴!"

"밴?"

"야마나카제재에 있던 거. 나오키가 자가용 대신 썼다는."

신도의 입이 크게 벌어졌다.

"느긋하게 걷고 있을 때가 아니야."

사야마가 말했다.

"멍하니 서 있을 때도 아니네요."

"경찰서에 빨리 전화해!"

사야마의 말이 떨어지기 무섭게, 신도는 공중전화 부스를 향해 달려갔다. 전단지를 돌리던 젊은 남자와 부딪치는 바람에 흰 종이가 바람에 날렸다.

6

12월 첫 번째 토요일, 정오가 지날 무렵 니시나 저택을 방문했다. 쇼핑을 가는데 동행하자는 말을 호시코로부터 들었기 때문이다. 전에는 지정된 장소로 가면 그곳에 포르쉐를 몰고 호시코가 나타났지만, 오늘은 집으로 데리러 오라는 지시가 떨어졌던 것이다.

문에 붙은 인터폰에 대고 이름을 말하자 들어오라고 했다. 양옆으로 펼쳐진 침엽수들을 보며 현관을 향해 걸었다. 2층 창문에서 호시코가 얼굴을 내밀었다.

"지금부터 옷을 갈아입을 거예요. 당신은 아래층에서 차나 마시며 기다려요."

"알겠습니다."

다쿠야가 대답했다.

현관문을 열려는데 옆에서 인기척이 났다. 돌아보니 무네가타가 테니스 라켓을 들고 걸어왔다. 이 저택의 동쪽에는 조그만 테니스코트가 있었다.

"믿음직한 기사가 등장하셨군."

무네가타가 금테 안경을 검지로 올리며 말했다.

"응석을 받아주는 것도 괜찮지만 브레이크도 필요해. 자네의 접근 방법은, 미안하지만 수가 너무 빨해. 야생마를 길들

362

이는 데는 당근과 채찍이 필요한 법이거든."

"경험자의 충고입니까?"

"아니. 다행히 사오리는 그 정도는 아니었지. 그 점에서는 자네를 동정하는 편일세. 함께 차라도 할까?"

"좋습니다."

안으로 들어가 테라스 쪽으로 난 거실에 마주 앉았다. 이렇게 보니 무네가타는 이 집과 아주 잘 어울렸다. 데릴사위는 아니지만 마치 이곳에 오랫동안 산 사람 같았다. 그가 도우미 여성에게 홍차를 내오라고 지시했다. 어떤 종류의 차가 있는지도 잘 아는 모양이다.

"근데 사오리 씨는 어디 가셨나요?"

다쿠야가 물었다.

"근처에 있을 거네. 3시 간식 시간에는 돌아올 거야."

"휴일은 늘 여기서 지내십니까?"

"그렇지. 아버님의 기분도 살필 겸해서."

무네가타는 그렇게 말하며 다쿠야의 얼굴을 물끄러미 바라봤다.

"자네도 그걸 잊지 말게. 확실히 지금은 전무님 마음에 들었지. 하지만 거역하는 순간 모든 게 끝이야."

"거역할 생각은 없습니다."

다쿠야가 말할 때 홍차가 나왔다. 로열 코펜하겐 찻잔에서

향긋한 냄새가 피어올랐다. 다쿠야는 도우미 여성이 자리를 비키길 기다렸다 말을 이었다.

"무슨 불만이라도?"

무네가타는 찻잔을 들고 향기를 음미하듯 한 모금을 마신 후 "나오미 건." 하고 낮게 말했다.

"쓸데없는 일로 여기저기 쑤시고 다니지 않았나?"

"그거 말입니까?" 하고 대답하는 목소리가 조금 갈라졌다. 다쿠야는 안전과 말고도 공정설계과, 보안과 등에도 들렀었다.

"왜 무네가타 씨한테 그런 얘기가 들어간 거죠?"

"전무님한테 들은 얘기야. 주의를 주라고. 경고하는데, 쓸데없는 짓은 안 하는 게 좋아. 경고는 한 번뿐. 두 번은 없네."

무네가타는 다쿠야의 반응을 살피듯 바라보았다. 지금 여기에 있는 사람이 무네가타가 아니라는 생각이 문득 들었다. 니시나 도시키가 그의 눈을 통해 자신을 보고 있는 듯했다.

"알겠습니다."

다쿠야가 말했다.

"그런데 왜 그 사건을 조사하면 안 되는 거죠? 저는 그 사건이 단순한 작업자 실수로 일어났다고 알고 있습니다. 그래서 오히려 그 처리 방식에 불만을 느꼈죠. 각 부서의 보고서를 보니까 문제를 일으키지 않고 덮으려고 노력한 흔적이 역력하더군요. 로봇 기술자로서 프라이드를 가지고 있기 때문에 이런 어정쩡한 일처리를 참을 수 없었을 뿐입니다."

니시나 도시키에 대한 도전은 아니었다는 점을 교묘히 강조할 생각이었다. 그렇다고 나오는 대로 마음에도 없는 말을 지껄인 건 아니다.

무네가타는 다쿠야의 역설을 비웃기라도 하듯 흥, 하고 코웃음을 쳤다. 그러곤 "기술자의 프라이드?" 하며 다쿠야의 말을 되풀이했다.

"공허한 얘기군."

"당신도 기술자 아닙니까?"

그러자 무네가타는 시선을 피하며, 테라스 밖에 있는 나무들을 쳐다봤다. 그러더니 "어쩔 수 없군." 하고 중얼거렸다.

"자네한텐 말해두는 게 좋겠군."

"뭘 말입니까?"

다쿠야가 말하자, 무네가타는 다시 시선을 돌리고 다리를 꼬았다.

"그 사고는 작업자 실수가 아니었네. 자세한 건 아직 밝혀지지 않았지만 아무래도 나오미한테 원인이 있었던 것 같아."

"그럴 리가……."

"물론 확실한 증거는 없어. 그러나 증거가 나온 뒤에는 너무 늦지. 그쯤에서 서둘러 각 분야에 손을 써야 했어. 당시 나도 여기저기 분주하게 돌아다녔네."

무네가타는 차가운 미소를 지었다.

"왜 나오미가 문제라는 결론이 나왔나요?"

다쿠야가 물었다.

"사고 직후, 아주 성가신 증인이 나왔지. 죽은 작업자와 낮 밤 교대로 로봇을 지키던 사람일세. 그 남자가 자신이 작업 할 때도 같은 사고가 일어났다고 말한 거야. 사소한 트러블 이 생겨 나오미를 정지 상태로 놓고 작업하려는데, 갑자기 움직이기 시작했다고 하더군. 아슬아슬하게 화를 면했지만 잘못했으면 그 남자가 먼저 죽었을 거야. 실제 사고가 일어 나기 열두 시간 전 얘기지."

"믿을 수가 없습니다."

다쿠야는 머리를 흔들었다.

"그런데 왜 그 증언이 공식화되지 않았습니까?"

"운이 좋았지."

무네가타는 진지하게 말했다.

"만약 그 남자가 안전과 같은 데로 갔다면 아무리 전무라 해도 어찌해볼 도리가 없었겠지. 그런데 다행히 개발기획실 장한테 갔더군."

"실장한테요?"

왜 하필 실장에게 간 걸까.

"당시 그 로봇 공장은 개발기획실이 가장 중점적으로 관리하던 곳이었어. 그래서 나오키 실장도 가끔 공장에 들렀고, 작업자와 얼굴을 익힌 모양이야. 그 남자도 워낙 중대한 일이라 누군가와 얘기하고 싶었겠지. 결국 가장 잘 아는 사람한테 상담을 하러 갔다고 하더군."

"그럼, 실장님도 사고의 진상에 대해 알고 계셨나요?"

그렇다면 앞뒤가 맞지 않는다고 다쿠야는 생각했다. 하지만 무네가타는 "그야 당연하지." 하고 선선히 긍정했다.

"그리고 나오키 실장은 곧장 전무와 의논했어. 그야말로 비상사태였지. 그 공장에서 그런 사고가 일어난 것은 전무에게 매우 불미스러운 일이었어. 전무는 로봇 사업을 전면에 나서서 추진했고, 특히 로봇으로만 가동되는 그 공장은 그 사업의 성과를 상징하는 것이기도 했으니까. 앞으로 사장 자리에 앉고 권력을 손에 넣기 위해서는 사소한 오점이라도 남겨서는 안 됐거든."

"그래서 사실을 은폐한 거군요."

"고생 좀 했지."

무네가타가 말했다.

"우선 증인의 입을 막아야 했어. 그 남자 역시 로봇의 문제점을 깨닫고도 보고를 게을리 한 잘못이 있어서, 순순히 우리의 지시를 따라주었네. 그래도 만에 하나를 위해 부서도 바꿔주었지. 그다음은 각 분야에 손을 썼네. 작업자 실수라고 했더니 경찰도 더 이상 캐지 않더군. 다시 말하지만, 두 번 다시 하고 싶지 않은 고생이었네."

그러나 무네가타는 마치 그 고생을 그리워하는 것 같았다. 당시 자신의 일처리를 떠올리며 만족하고 있는지도 모른다.

무네가타는 "그런 사정이 있으니까……." 하며 목소리를 조금 낮추고 말을 이었다.

"이상한 행동은 하지 않는 게 신상에 좋아. 예컨대 기술자의 프라이드라도 말이야."

마땅히 대꾸할 말을 찾지 못해 다쿠야는 잠자코 있었다. 그걸 어떻게 해석했는지, 무네가타는 천천히 고개를 끄덕이더니 "그 프라이드가 다음 연구에 활용되면 더 좋겠지. 그런 사고는 이제 질색이니까." 하고 말했다.

"제가 만든 로봇은 완벽합니다."

"철 덩어리라는 데는 변함이 없지. 뭐라고 했더라, 자네가 연구 발표에서 선보인……."

"브루투스."

"그래. 그것도 마찬가지야. 마음을 지니지 못했잖아."

"마음 같은 건 필요 없습니다."

다쿠야가 말하는데, 복도 쪽에서 호시코의 목소리가 들렸다. 순간, 무네가타의 얼굴이 부드럽게 변했다.

이날, 호시코에게 이끌려 제일 먼저 간 곳은 긴자의 화랑이었다. 방을 장식할 그림을 고른다고 했다. 나오키의 방을 철저히 바꿀 모양이었다. 이미 도배를 다시 했다고 한다.

"도통 뭐가 뭔지 모르는 그림이 좋아."

어떤 그림을 좋아하냐는 다쿠야의 물음에 호시코는 이렇게 답했다.

"사람들이 봤을 때, 아! 이건 무슨 그림이네, 예쁘네……, 그런 말들을 못하게 만드는 그림이 좋아. 이 그림에 대한 화제는 피하는 게 낫겠다고 생각하게끔 만드는 게 최고야."

화랑 안을 돌아다니며 호시코가 말했다.

"하지만 그러면 당신 방을 찾은 사람들이 곤란해지잖아요. 화젯거리가 하나 없어진 데다 그림 쪽으로는 고개도 돌려선 안 되니까요."

호시코 뒤를 쫓아다니면서 멍하니 벽에 걸린 그림들에 시선을 던지며 다쿠야가 말했다. 그림에는 흥미가 없었다. 이런 것들을 보는 게 뭐가 좋을까 싶었다.

"그게 목적이야. 그렇게 상대를 압박하는 거지. 그렇게 되면 무슨 일에서든 내가 주도권을 잡을 수 있거든."

의기양양해하는 호시코를 보고 "대단하네요." 하고 감탄했다. 정말로 감탄했다. 과연 이 여자는 니시나 도시키의 딸이었다.

구석구석을 뒤진 끝에, 호시코는 다쿠야의 방 창문 정도 되는 엄청난 크기의 그림을 사들였다. 역시 뭐가 뭔지 도통 모를 그림이었다. 우선 그림 전체가 갈색으로만 칠한 부분, 백색 부분, 빨간색 부분, 녹색 부분으로 나뉘어져 있고, 그 각각의 색깔 안에 생물도 무생물도 아닌 물질이 빈틈없이 채워져 있었다. 각각의 색깔에 따라 특징이 조금씩 다르긴 했지만 거기에 어떤 의미가 있는지, 적어도 다쿠야는 알 수 없었다. 세포질 안에 있는 미토콘드리아의 대이동이라고 하면 이해할 수 있을 것 같은 그림이었다.

"도대체 무슨 그림입니까?"

참다못해 물어봤다.

"몰라."

호시코는 시원하게 대답했다.

화랑 다음은 호시코의 전용 부티크로 갔다. 거기서 두 시간이나 걸려 모피 코트를 샀다. 가장 뜻밖이었던 점은, 그 두 시간 동안 호시코가 한번도 그에게 의견을 묻지 않았다는 것이다. 어거 어울려? 이런 말은 단 한마디도 하지 않았다. 덕분에 다쿠야는 거의 입을 다문 채 부티크 구석에 놓인 소파에 앉아 있었다.

다쿠야는 그동안 호시코에 대해서가 아니라 조금 전 무네가타에게서 들은 얘기에 대해 생각했다.

그 사건이 작업자의 조작 실수가 아니었다는 말인가…….

증인이 있다고?

그것도 믿기 어려웠지만 무엇보다 신경이 쓰였던 것은 나오키가 사고의 진상을 알고 있었다는 점이다. 그렇다면 왜 다시 조사하려고 했을까.

이상한 일이었다. 나오키가 왜 그런 행동을 취했는지 도무지 알 수가 없었다. 아니, 조금 전 들은 이야기 중에서도 아직 석연치 않은 점이 있었다. 그게 도대체 뭘까?

그런 생각을 하며 두 시간을 보냈다.

부티크를 나와 근처 프랑스 식당에서 식사를 했다. 여기도 호시코의 단골인 듯 식사를 하고 있는데 거구의 주방장이 인사차 나왔다. 그는 이런저런 얘기를 한 다음, 다쿠야에게도 인사를 건네며 "이분은 아가씨의?" 하고 의미심장한 눈빛을 호시코에게 보냈다.

호시코는 주방장에게 가벼운 미소를 지어 보이며 "모처럼, 괜찮지?" 하고 대답했다. 호시코가 다른 사람에게 다쿠야에 대해 그런 식으로 소개한 것은 이때가 처음이었다.

호시코는 포크와 나이프를 움직이면서 미국에 유학 가 있는 동안 먹었던 수많은 맛없는 음식에 대해 얘기했다. 여전히 기분이 나쁜지 이야기는 한도 끝도 없이 이어졌다. 그녀의 이야기는 디저트 때까지 계속되었다. 다쿠야는 절대 말을 자르지 않으려고 애썼다. 그런 일이 생기면 갑자기 토라진다는 걸 알고 있었기 때문이다.

"그런데 그 사건은 어떻게 돼가고 있어?"

식사를 마치고 호시코가 물었다.

"범인의 윤곽을 전혀 못 잡고 있는 모양이던데."

"글쎄요. 수사가 난항을 겪고 있는 것만은 사실인 것 같습니다만."

"뭣 때문에 그렇게 오래 걸리는 거야?"

"여러 가지가 있겠죠. 실장의 행동에 이해하기 힘든 게 많은 모양입니다."

그건 경찰의 의견이 아니라 다쿠야 자신의 생각이었다. 자기도 모르게 입 밖으로 나온 것이다.

"이해하기 힘들어? 무슨 소리가 그래!"

호시코의 목소리가 날카로워졌다.

"그 남자는, 그저 니시나 가문을 거스르려는 생각뿐이었어. 그런 생각밖에 없는 속이 텅텅 빈 사람이었다고."

"여전히 지독하네요."

쓴웃음을 짓던 다쿠야는 문득 뭔가를 떠올렸다. 사고의 증인이 찾아와 상담한 뒤, 나오키는 왜 곧장 전무에게 보고한 걸까. 호시코의 말처럼 어떤 구실이든 붙여 반항하려고 했다면 거기서 다른 수단을 쓰는 게 나오키의 방식 아닐까.

내내 석연치 않았던 점이 바로 이것이었다.

"뭐야, 갑자기 입을 다물고."

정신을 차리고 보니 눈앞의 호시코가 노려보고 있었다.

"아니, 아무것도……. 이제 나갈까요?"

"그렇게 말 안 해도 나갈 거야. 다음은 하나야로 가서 귀걸이를 살 거야."

그러곤 일어나 성큼성큼 출구로 향했다.

하나야는 긴자 거리에 있는 보석 가게였다. 정장이나 가방도 팔았는데, 뭐니 뭐니 해도 주요 품목은 각 나라의 유명한 보석 가게에서 들여온 명품들이었다.

호시코는 가게로 들어가자마자 거칠 것 없다는 듯 안쪽으로 향하더니 점장으로 보이는 남자와 이야기를 나눴다. 다쿠야에게는 사치스럽다기보다는 바보 같은 짓처럼 여겨졌다. 이런 쓸모없는 것들에 수백만 엔을 퍼붓는 게 뭐가 좋다고.

전과 마찬가지로 호시코는 자기 맘대로 귀걸이를 골랐다. 다쿠야에게는 그게 오히려 다행이었다.

그림을 볼 때처럼 진열장을 대충 눈으로 훑었다. 그림보다 조금 더 흥미를 느낀 것은 그 가격에 끌렸기 때문이다. 이런 돌들이 천만 엔? 바보 같은 짓이다.

어? 다쿠야의 시선이 멈췄다. 본 적이 있는 브로치가 진열되어 있었기 때문이다. 금색 꽃잎, 중앙의 다이아몬드. 야스코의 방에서 본 것과 같았다.

가격을 보았다. 87만 엔……

물론 이 가게에서는 그리 비싼 축에 드는 물건은 아니었다. 그러나 평범한 직장 여성이 쉽게 살 수 있는 물건도 아니다.

"뭘 그렇게 멍하니 보고 있어?"

갑자기 호시코가 말을 걸어와 깜짝 놀랐다. 호시코는 다쿠야의 시선이 멈춰 있던 진열장 속을 들여다보고 "쇼메의 브로치네. 이게 왜?" 하고 물었다.

"아니, 그냥. 그런데 쇼메가 뭡니까?"

"응. 나폴레옹이 후원했던, 프랑스에서 가장 역사가 깊은 보석 전문점이야. 나는 그리 좋아하지 않지만."

그렇게 말하며 호시코는 진열장을 가볍게 두드렸다.

"그러고 보니 올해 아빠가 프랑스에 갔다 올 때 쇼메에 들렀는데. 감각이 뒤떨어진 목걸이를 사다줬지."

"전무님이?"

목소리가 커졌다.

"정말이에요?"

"정말이야. 왜? 그러지 말고 이제 가자. 이 가게도 이젠 별로네. 맘에 드는 게 하나도 없어."

호시코가 직접 운전해 맨션까지 바래다주었다. 식사 때 와인을 마셨으니 음주운전이건만 조금도 개의치 않았다.

"오늘 고마워. 즐거웠어."

핸들을 꺾으면서 호시코가 말했다. 다쿠야는 약간 놀라 그녀의 옆모습을 바라봤다. 이런 식으로 예의를 갖춘 것도 역시 처음이었다.

맨션에 도착했다. 이번에는 다쿠야가 예의를 갖출 차례라, 잘 자라고 말했다.

"잘 자요. 아! 잠깐만."

차 문을 열려고 하는데 호시코가 다쿠야를 불러 세우더니 오른손으로 그의 목을 감고, 주저 없이 입술을 포갰다. 부드럽지만 성적 매력이 부족한 키스였다.

"오늘 일에 대한 상이야."

입술을 떼고 웃으면서 말했다. 별것 아니라는 태도 속에 부끄러워하는 게 느껴졌다. 이제까지 본 모습 중 제일 맘에 드는 얼굴이었다.

"그럼, 잘 자요."

다쿠야가 말했다.

"응. 잘 자."

다쿠야는 차에서 내리다 말고 "아, 잠깐!" 하며 돌아봤다.

"전무님 혈액형을 아세요?"

"혈액형?"

호시코는 미간을 찌푸렸다.

"왜 그런 걸 물어?"

"그냥……. 알고 있어요?"

"알고 있어. 분명 AB형이야."

"AB형……."

"다음부턴 키스하고 나서 그런 걸 물으면 용서 안 할 거야!"

그렇게 말한 호시코는 힘차게 액셀러레이터를 밟아 차를
출발시켰다.

방으로 돌아와 문을 닫는 순간, 다쿠야는 웃음을 터뜨렸다.
정말 뱃속 깊은 곳이 근질거려서 참을 수가 없었다.

도대체 어떻게 된 거야, 야스코가 니시나 도시키까지 건드
렸다니. 아이 아버지는 그 노인네였어…….

"드디어 알아냈어, 야스코. 네가 왜 낙태를 하려 하지 않았
는지."

물론 그랬겠지. 도시키의 아이일 수도 있으니까. 그렇다면
양육비를 충분히 타낼 수 있다. 잘만 하면 니시나 가문에 들
어갈 수도 있고 말이다.

지난번 형사가 했던 말을 떠올렸다. 야스코의 아버지는 바
람을 피웠던 상대에게 계속 돈을 뜯기다 가정을 망쳤다. 야
스코는 그 원한을, 자신이 반대 입장이 되는 것으로 풀려 했

던 게 아닐까.

"도박은 도박이었네."

그러나 다쿠야는 곧바로 생각을 고쳐먹었다. 과연 도박이었을까. 도시키는 AB형이고, 야스코는 O형이다. 따라서 A형이나 B형이 태어나면 도시키의 아이라고 주장할 수 있다. 그리고 O형이면 다쿠야를 추궁하면 된다. 결과적으로 아이의 혈액형은 B형이었다.

다시 웃음이 나왔다. 이건 또 뭐야? 하는 생각이 들었다. 하시모토와 나오키는 A형이었으니, 처음부터 그 두 사람은 야스코에게 아무런 문제가 되지 않았던 것이다.

쓸데없는 짓을 했군…… 그런 생각이 들자 또다시 몸이 근질거렸다.

하지만…….

나오키는 도시키와 야스코에 관해 몰랐을까. 다쿠야가 그 브로치를 보고 알아차렸듯 그도 역시 알고 있지 않았을까.

만약 그랬다면 사정은 달라진다. 나오키는 니시나 가문을 이을 아이가 태어나는 것을 두려워했던 게 아닐까. 그의 야망은 니시나 가문을 빼앗아 망하게 하는 것이었으니까.

그리고 한 가지가 더 있다. 나오키는 도시키를 증오했다. 그 남자와 한 여자를 두고 관계를 맺었다는 걸 도저히 참을 수 없었던 게 아닐까.

"많은 일이 있었군."

다쿠야는 바닥에 누워 천장을 보며 중얼거렸다. 이번에는
웃음도 나오지 않았다.

7

노크를 했다. 한 박자쯤 틈을 두고 "들어오게." 하는 소리가
들렸다. 항상 그랬다.

무네가타는 천천히 문을 열었다. 책상에 앉아 책을 읽고 있
던 도시키가 고개를 들고 돋보기를 벗었다.

"알아냈나?"

도시키가 물었다. 낮지만 성량이 풍부한 목소리였다.

"알아냈습니다."

무네가타가 대답했다.

"뭐였나?"

"B형입니다."

"B형……, 확실한가?"

"아는 기자한테 들었습니다. 틀림없을 겁니다."

도시키는 의자 깊숙이 몸을 기대며 눈을 감았다. 한동안 침
묵이 이어졌다. 무네가타는 그 자리에 선 채 다음 말을 기다

렸다.

"요컨대……." 하고 도시키가 눈을 감은 채 말했다.

"내 아이일 가능성이 크다는 말이군."

"정확히 말하면, 전무님 아이였다……겠죠."

무네가타는 감정을 싣지 않고 말했다. 도시키는 눈을 뜨고 그런 사위를 물끄러미 쳐다보며 "그래, 그렇지." 하고 무표정하게 대답했다.

"이번 사건으로 두 아이를 잃었다는 말인가?"

"받아들일 생각이셨습니까?"

"아들이라면 그럴 생각이었지."

도시키가 말했다.

"혹 딸이라도 내가 할 수 있는 일은 할 생각이었지. 그래서 아이가 태어나면 곧바로 알려달라고 말해두었는데."

"그 여자도, 전무님의 아이라는 확신이 없었던 게 아닐까요? 낳아서 혈액형이 일치하는 걸 확인한 다음 알릴 생각이었겠죠."

"만약 일치하지 않았다면 어쩔 셈이었을까?"

"그런 경우엔 일치하는 남자한테 매달릴 계획이었겠죠. 그러니까, 그 여자에게는 도박이었던 셈이죠."

"그렇지. 하지만 그런 도박을 벌인 여자가 자살을 선택할 것 같진 않은데."

"맞는 말씀입니다."

"역시 일련의 사건과 관련이 있는 걸까?"

도시키가 역시, 라고 말한 데는 이유가 있었다. 나오키가 죽은 날, 그에게 불려온 야스코로부터 오사카에 갔었다는 얘기를 직접 들었던 것이다. 사건 당일 휴가를 받았기 때문에 불려와 추궁을 당한 끝에 그렇게 자백했었다. 하지만 자신은 사건과 관계가 없다고 주장했다. 만나기로 한 카페에서 마냥 기다리기만 했다는 것이다.

그래서 무네가타가 그 사실을 확인하기 위해 오사카까지 갔다 왔다. 신오사카 역 지하에 있는 '비드로'라는 가게에 물어본 결과, 사건 당일 그런 여자 손님이 있었다고 했다.

야스코는 나오키로부터 도시키와 그녀에 대해 할 얘기가 있다는 말을 들었다고 했다. 즉 나오키는 두 사람의 관계를 알고 있었다는 얘기다.

도시키는 무네가타를 쳐다봤다.

"야스코의 신변에서 나를 알아낼 만한 것은 나오지 않겠지?"

"지금까지는 문제가 없었지만 한 가지 걸리는 게 있습니다. 쇼메의 브로치. 역시 선물은 현금이어야 했습니다."

"그건가."

도시키는 낙심한 표정을 지었다.

"어쩔 수 없지. 일단 계속해서 정보를 수집해주게. 단, 내 이름이 드러나지 않도록 하고."

"알겠습니다."

"그리고 그 사건에 대해서는, 스에나가에게 분명히 해뒀나?"

"예. 알아듣게 얘기했습니다."

"그러면 됐네. 영리한 놈이지만 이상한 쪽으로 머리를 굴리면 귀찮아지니까."

그러곤 그만 가보라는 손짓을 했다.

8

하얀 연기가 누렇게 바랜 천장으로 올라간다. 다니구치가 내뿜은 연기였다. 여기저기서 담배를 피워댔기 때문에 회의실 안은 탁한 공기로 가득 차 있었다.

무거운 침묵과 이상한 열기. 하지만 방을 나가는 사람은 없었다. 탁탁, 누군가 연신 책상을 두드렸다.

덜컹, 소리와 함께 문이 열렸다. 모든 이의 시선이 일제히 쏠렸다. 방에 들어온 것은 화장실에 다녀온 젊은 형사였다. 휴, 한숨을 쉬는 소리. 젊은 형사는 미안해하며 자기 자리로 돌아갔다.

사야마는 다니구치와 대각선으로 앉아 자신의 손톱을 보고 있었다. 그새 꽤 자랐다. 깎은 지 얼마나 됐지.

누군가 복도를 걸어오는 소리가 들린다. 빠른 걸음이다. 사야마는 드디어 왔구나, 생각했다.

벌컥, 문이 열리고 신도가 들어왔다. 곁눈질 한번 주지 않고 다니구치에게 다가가 들고 있던 서류를 책상 위에 놓았다.

"파란색 양모 섬유가 발견됐습니다. 그리고 머리카락 다섯 개. 모두 니시나 나오키의 것과 일치했습니다."

와! 수사관들의 입에서 환호성이 터졌다.

도요하시에 있는 야마나카제재의 밴을 감식반에서 조사한 결과가 오늘 나온 것이다. 신도의 얘기는 사야마의 추리가 적중했다는 것을 입증하고 있었다.

보고서를 본 다니구치가 크게 고개를 끄덕였다. 그리고 슬쩍 사야마를 보며 씩 웃었다.

"자, 그것 보라는 얼굴이군. 이봐!"

"솔직히 기쁩니다. 육감이 맞으니까 기분이 좋네요."

사야마도 웃으며 대답했다.

다니구치는 칠판을 꺼내 그 앞에 섰다. 그리고 왼쪽에 약간 사이를 두고 오사카, 도요하시, 도쿄라고 적었다. 그리고 지금까지 알아낸 것을 정리하면서 설명한 다음, 오사카 밑에 니시나, 도쿄 밑에 하시모토라고 적었다.

"니시나는 공범들과 함께 어떤 인물을 살해하려 했던 것으로 추측할 수 있어. 밴을 준비하고, 부자연스러울 정도로 알리바이를 만든 것도 그 일환이라고 할 수 있지."

"도요하시의 밴은 쉽게 훔칠 수 있는 겁니까?"

한 형사가 질문했다. 다니구치는 곧바로 대답했다.

"안에서 잠겼을 때와 열쇠를 누군가가 갖고 갔을 때를 대비해 예비 열쇠를 뒤쪽 범퍼 안쪽에 나사로 고정시켜놓았지. 그래서 사정을 아는 사람이라면 문제가 안 돼."

나오키도 당연히 그 사실을 알고 있었을 것이다.

다니구치는 계속했다.

"그런 계획을 세웠지만 실제로는 나오키가 살해됐어. 아마 공범자에게 배신을 당했을 거야. 그리고 나오키 본인이 세운 계획에 따라 시체는 오사카에서 도쿄로 운반됐지. 자, 문제는 그 계획이라는 건데, 여기에 대해서는 사야마가 설명을 해주게."

다니구치 대신 일어선 사야마는 회의실을 둘러본 다음 말을 시작했다.

"니시나 나오키는, 아주 의식적으로, 당일 오후 6시까지의 알리바이를 만들었습니다. 호텔에서 묵을 방을 직접 지목한 것도 강한 인상을 남기기 위해서였다고 생각됩니다. 또 그날 밤 10시에 친구로 하여금 전화를 걸게 했습니다. 즉, 나오키는 6시부터 10시 사이에 뭔가를 하려고 했던 겁니다. 그게 바로 누군가를 살해하고, 그 시체를 어떤 장소로 옮기는 것이었습니다. 그때 사용한 것이 조금 전에 말한 밴이었습니다. 여기서, 니시나가 처음으로 시체를 옮긴 장소를 A 지점이라고 합시다. 그리고 니시나는 철도를 이용해 오사카로 돌아옵니다. 한편 공범은 A 지점에서 B 지점, 아마 아쓰기일 거라고 생각됩니다만, 여기까지 시체를 운반하고 돌아갑니다. 그리고 마지막 공범이 아쓰기에서 도쿄까지 시체를 운반한 겁니다."

"그 마지막 공범이 바로 하시모토야."

다니구치가 덧붙였다.

사야마는 고개를 끄덕이고 말을 이었다.

"그런데 결과는 니시나 본인이 살해되어 시체가 도쿄까지 운반된 겁니다. 공범 두 명이 배신을 했기 때문이라고 생각합니다."

"그 니시나가 죽이려고 했던 상대, 그리고 하시모토 이외의 또 다른 공범에 대해서는 무슨 단서가 있습니까?"

고마에 경찰서의 형사가 물었다.

"유감스럽게도 지금 말씀드린 것 역시 추리일 뿐, 물적 증거는 없습니다. 그러나 이 추리에 근거하면, 범위를 좁힐 수는 있습니다."

그렇게 말하며 사야마는 칠판으로 몸을 돌렸다.

"또 다른 공범도 A 지점에서 시체를 인수할 때까지의 알리바이를 확실히 해둘 필요가 있었을 겁니다. 그렇다면 분명히 A 지점에서 그리 멀지 않은 곳에 있었겠죠. 그 A 지점은 추측건대, 니시나 나오키가 6시부터 10시 사이에 시체를 운반하고 돌아올 계획이었다면, 거리상으로 볼 때 나고야가 가장 적합합니다."

나고야 얘기를 꺼낸 것은 그럴 만한 이유가 있었다. 스에나가를 염두에 두고 있었기 때문이다. 하지만 실제로 네 시간 동안, 살인을 저지르고 오사카와 나고야를 왕복하기는 힘들다. 이 점에 대해 사야마는 계획 단계에서 나오키 자신도 시간적인 실수를 범한 게 아닐까 생각했다. 다니구치는 아무 말 없이 듣고 있었다.

사야마에게 질문했던 형사가 "당일, 나고야 근처에 있던 사람이 의심스럽다는 얘기군요." 하더니 이해했다는 듯 고개를 끄덕인 후 "나오키를 죽인 사람에 대해서는 아직 단서가 없습니까?" 하고 물었다.

"아직까지는."

사야마가 대답했다.

"그게 아마미야 야스코라고는 생각하지 않으십니까?"

이 질문은, 다니구치를 향한 것이었다.

"그럴지도 모르지."

다니구치는 자리에 앉은 채 말했다.

"그 여자는 당일 휴가였네. 그러나 여자 힘으로는 무리가 아닐까?"

모두가 끄덕였다.

다니구치가 일어서더니 방을 둘러보며 말했다.

"지금까지 말한 것은 하나의 추리일 뿐, 이게 맞는지 아닌지는 아직 확실하게 말할 수 없네. 다른 가능성을 생각할 필요도 있다는 얘기지. 그러나 누군가가 도요하시에 있는 야마나카제재의 밴을 사용해 시체를 운반한 건 사실이야. 필시 밤늦은 시간에 움직였겠지. 그렇다면 그 사람은 그 후 어떻게 행동했을까? 다른 차를 타고 도쿄까지 왔을까? 아침까지 기다렸다 철도를 이용했을까? 그것도 아니면 다른 교통편을 이용했을까? 이쪽을 공략하면 뭔가 나올 거라고 생각해."

역시 좋은 생각이라고 사야마는 생각했다. 스에나가라면 어떻게 했을까? 그 남자는 나고야로 돌아와야만 했다. 게다가……, 그래, 7시에 모닝콜을 부탁했다…….

순간 사야마는 도요하시 역 앞의 풍경을 떠올렸다.

9

한쪽 손에 든 통 안으로 둥근 막대를 삽입한다. 통의 안지름은 백 밀리미터에서 수십 미크론 크고, 둥근 막대의 바깥지름은 백 밀리미터에서 수십 미크론 작다. 재질은 연강(軟鋼).

사람도 쉽게 할 수 없는 작업이다. 억지로 넣으려고 하면 중간에 걸려서 꼼짝도 안 한다.

그런 작업을 브루투스는 쉽게 해낸다.

손가락 끝에 붙어 있는 센서가 정보를 수집해, 숙련공 같은 매끄러운 손놀림을 보여준다.

작업을 완료했을 때 정지 버튼을 눌렀다. 브루투스의 움직임이 멈췄다.

자, 보라고, 이게 당연한 거야…….

충복처럼 미동도 하지 않는 로봇을 올려다보며 다쿠야는 만족스럽게 고개를 끄덕였다. 그리고 지난번에 들은 무네가타의 말을 떠올렸다. 그런 일은 예외 중에서도 극히 예외적인 경우다. 로봇은 늘 인간에게 충실한 존재다.

다쿠야가 실험실에서 이런 생각에 빠져 있을 때, 입구 쪽에서 같은 부서의 다도코로라는 1년 후배가 걸어왔다. 다쿠야가 여기로 부른 것이다.

"뭐예요, 비밀 얘기라는 게?"

다도코로가 다쿠야 옆으로 의자를 가져와 앉았다. 학력은 높은데 독창성이 부족한 연구자라는 게 다쿠야의 생각이었다. 3년 전 결혼한 후로는 가정을 지키겠다는 생각밖에 없는 녀석이다.

"나오미의 사고에 대해 물어보고 싶은 게 있어."

다쿠야의 말을 듣자마자 그의 표정이 어두워졌다. 떠올리고 싶지 않은 화제인 모양이다.

"그 로봇의 프로그램을 개발했지?"

"예?"

경계하는 눈빛이다.

"사고 직후 여기저기서 조사를 받았겠지?"

"예. 안전과나 그런 데서요. 선배도 그때 일은 잘 알고 계시잖아요?"

이제 와서 새삼 무슨 일이냐는 말투다.

"그때 개발기획실에서는 부르지 않았나?"

"기획실이요?"

다도코로는 의아하다는 얼굴로 "아뇨, 불려간 적 없는데요." 하고 대답했다.

"그래……."

나오미가 오작동을 일으켰다는 건 프로그램이 잘못되었다는 것을 의미한다. 나오키가 그 사실을 알고 있었다면, 한번

쯤은 다도코로를 불러 얘기를 들었어야 마땅하다.

"사고 후에 그 프로그램은 어떻게 됐어? 그대로 사용하고 있나?"

"아뇨, 오래된 거라 나오미가 마지막이었습니다. 그 프로그램은 더 이상 사용하지 않습니다."

그렇다면 사고 후, 같은 타입의 로봇에 남들 모르게 손을 볼 필요도 없었다는 말이다.

"왜 그런 걸 물으세요?"

다도코로가 물었다. 당연한 의문일 것이다.

"아니야, 그냥 로봇 재해에 대해 조사 중이거든. 별거 아니야."

고맙다는 다쿠야의 말에 다도코로는 자리에서 일어났다. 하지만 잠시 생각에 잠긴 표정을 짓더니 "그러고 보니 사고가 일어나고 한참 지난 뒤에 니시나 실장님이 찾아오신 적이 있네요." 하고 다쿠야를 보며 말했다.

"실장이? 사고 때문에?"

"아뇨. 그런 건 아닙니다. 선배처럼 로봇 재해에 대해 조사 중인 것 같았습니다."

"뭘 물었지?"

"대단한 건 아니었습니다. 가동 중인 로봇을 작업자가 일단 정지시키고, 매뉴얼 조작으로 로봇의 팔 등을 움직일 경우,

그 흔적이 남느냐는 질문이었습니다. 작업자의 업무 순서를 나중에 체크할 수 있냐는 뜻이었죠. 현재 로봇에는 없지만, 그런 모니터를 붙이면 가능할 거라고 대답했습니다."

다쿠야는 이상한 질문이라고 생각했다. 왜 나오키는 그런 걸 알고 싶어 했을까?

"그분은 늘 한가했으니, 사고 방지 조칙 같은 걸 만들 생각 아니었을까요?"

그렇게 말한 다도코로는 브루투스의 몸체를 툭 때리고 자리를 떠났다.

이상한 질문이군······.

다도코로의 모습이 더 이상 보이지 않을 때까지 다쿠야는 그 생각에 빠져 있었다. 나오키의 행동에는 이해하기 힘든 게 한두 가지가 아니었다. 다쿠야는 엄지손톱을 깨물면서 머릿속으로 명확하지 않은 점들을 정리했다.

나오키는 야스코 살해에 자신들 말고 공범자 D를 이용하려 했다. 그리고 그 D의 정체를 자신들에게는 비밀로 했다.

나오키는 나오미 사건의 진상을 알고 있었다. 그리고 증인이 있다는 걸 도시키에게 말했다. 늘 거스르기만 했던 도시키에게 그때는 왜 협력했을까.

나오키는 왜 사고에 대해 다시 조사했을까.

그리고 마지막으로······.

"매뉴얼 조작이라……?"

순간, 다쿠야의 눈이 커지며 주먹에 힘이 들어갔다. 머릿속에 번뜩 뭔가가 떠오른 느낌이었다. 지금까지 상상도 못했던 생각이 머리를 지배했다.

맞아, 그렇게 생각하면 모든 의문이 풀린다…….

10

무네가타는 가볍게 헛기침을 하고 입술을 적셨다.

"조금 전, 형사가 저를 찾아왔습니다."

고개를 든 도시키는 들고 있던 만년필을 내려놓았다. 이야기를 듣겠다는 자세다.

"나오키가 살해되던 날의 제 알리바이를 확인하러 왔더군요. 저는 그날, 요코스카 공장에 갔던 터라……."

"밤에는 나와 함께 있었지."

"예. 그런데 밤 알리바이는 소용없다는 말투였습니다. 아무래도 경찰은 살해와 운반이 다른 사람에 의해 이루어진 것으로 생각하고 있는 듯합니다."

"흠."

도시키는 유리 담배 케이스로 손을 뻗으며 말했다.

"그 사람들도 참 생각이 많군."

"그게 일이니까요."

도시키가 담배에 불을 붙일 때까지 무네가타는 기다렸다. 처음 한 모금을 빨기 전에 말을 거는 걸 굉장히 싫어하기 때문이다. 하얀 연기가 나오는 걸 확인한 후 "또 한 가지 중요한 얘기가 있습니다." 하고 말을 꺼냈다.

"뭔가?"

"나오키가 살해된 사건과 관련해 도요하시의 야마나카 가(家)에도 연락을 취했는데, 그쪽에도 형사가 몇 차례 찾아왔다고 합니다."

"그야 당연하겠지."

흥미 없다는 표정이다.

"예. 주로 어린 시절에 대해 물었는데, 지난번에는 이상한 일이 있었다고 하더군요."

"이상한 일?"

"예. 경찰이 그 집의 낡은 창고에 있던 차를 조사했다고 합니다."

"차를?"

"자세한 상황은 모르지만, 아무래도 나오키의 시체 운반에 사용된 게 그 차인 듯합니다."

"뭐라고?"

도시키가 눈을 부릅떴다.

"그러니까, 시체 운송용 차량을 나오키 본인이 준비했다는 겁니다."

"나오키가? 어떻게 된 일이지?"

"그것에 대해 경찰이 어떻게 생각하고 있는지는 아직 알아 내지 못했습니다. 하지만 최악의 경우를 생각해두는 게 좋을 겁니다."

"최악의 경우…… . 왜 안 좋은 일이라도 있나?"

무네가타는 이 질문에 곧바로 대답하지 않고 다시 한번 기 침을 했다.

"나오키는 전무님과 관련해 하고 싶은 얘기가 있다며 아마 미야 야스코를 오사카로 불렀습니다. 그런데 임신에 대해 몰 랐을까요?"

"그야 모르지. 알았을지도."

도시키는 부루퉁하게 대답했다.

"혹시 알았다면, 아마미야 야스코를 성가신 존재로 생각했 을지도 모릅니다."

"이보게."

도시키의 눈이 번뜩였다.

"무슨 소릴 하고 싶은 건가?"

무네가타는 최대한 담담하게 이야기를 계속했다.

"나오키는 아마미야 야스코를 오사카로 불렀고, 그 전에 뭔가를 운반하기 위해 차를 준비해두었습니다."

"나오키가 야스코를 죽일 생각이었다는 말인가? 그리고 그 시체를 옮길 계획이었다고?"

"필시 공범이 있을 거라 생각합니다. 그자가 아마미야 야스코 살해 계획을 역이용하는 바람에 나오키가 피해자가 된 게……."

"그만하게!"

도시키는 무네가타의 말을 막았다. 그리고 아직 많이 남은 담배를 재떨이에 껐다.

"그런 어처구니없는 얘기가 가능할까?"

"단순한 추리라 기우로 끝날 가능성도 충분합니다. 어쨌든 염두에 두시는 게 좋을 듯해서."

무네가타는 고개를 숙였다. 방을 나오기 전에 늘 하는 인사였다.

그가 몸을 돌리기 직전 "잠깐." 하고 도시키가 말을 건넸다.

"경찰은 얼마나 감을 잡고 있나?"

"모르겠습니다. 전무님과 아마미야 야스코에 대해서는 전혀 알지 못하는 것 같습니다. 그러나 그 밴이 발견되는 바람에 나오키가 단순한 피해자는 아니라고 생각할 겁니다."

"힘들게 됐군."

도시키가 말했다.

"어떻게든 손을 써야겠어. 니시나 가문 사람이 살인사건에 연루됐다는 게 알려지면 애써 쌓아온 MM중공과 니시나 가문의 이름에 흠집이 생길 테니."

"그리고 한 가지가 더 있습니다."

"또 뭐가 남았나?"

도시키는 무뚝뚝한 표정을 지었다.

"형사 말로는, 도요하시의 차를 사용한 사람은 당일 그 근처에 있던 자라고 생각하는 듯했습니다. 그렇다면 스에나가가 의심을 받게 됩니다."

"스에나가……."

도시키는 얼굴을 찡그린 채 한동안 창밖을 응시했다. 그리고 그 자세 그대로 무네가타에게 지시했다.

"어쩔 수 없지. 그 녀석은 버린다. 호시코와의 관계를 모두 끊게."

"알겠습니다."라고 말한 후 무네가타는 다시 고개를 숙였다.

"다시 시작해야겠군. 후계자에 대해서도 말이야."

도시키는 긴 한숨을 지었다.

"요코하마의 아드님을 받아들이시는 것도 생각해보시는 게……."

"응, 그렇지. 그것도 괜찮겠지. 그 아이는 올해 중학교 1학년이 됐네. 얼마 전 잠깐 봤는데 잘 컸더군."

준비하게. 도시키는 무네가타에게 말했다.

11

고로는 베개를 껴안고 머리를 처박은 채 등을 돌렸다. 등이
거칠게 요동치고 있다.

유미에는 그의 어깨에 손을 올렸다. 축축하게 밴 땀이 그가
얼마나 필사적이었는지를 보여주고 있었다. 그리고 그 땀이
뜨겁게 느껴질 정도로 그의 몸은 열에 들떠 있었다.

"괜찮아."

유미에는 고로의 등에 대고 말했다.

"있을 수 있는 일이야."

하지만 고로는 아무 말도 하지 않고 자세도 바꾸지 않았다.
유미에는 몸을 조금 움직여 그의 등에 뺨을 댔다.

희미하지만 기계기름 냄새가 났다. 조금 전 샤워를 했는데
도 고등학교를 졸업한 후 줄곧 기계에 둘러싸여 일해온 그의
몸에는 이 냄새가 배어 있는 듯했다.

그때 고로가 입을 열었다. 하지만 베개에 입을 대고 있어
또렷하게 들리지 않았다.

"응, 뭐라고?"

유미에는 얼굴을 들었다.

"미안해." 하며 고로는 베개에서 얼굴을 떼고 말했다.

"웃지 말아줘."

"안 웃어."

유미에가 말했다.

"종종 있는 일이라고 책에서 읽었어. 기분이 바뀌면 괜찮대. 그러니까 너무 신경 쓰지 마."

고로는 안고 있던 베개를 놓고 대신 자기 머리를 감쌌다. 그리고 머리카락을 헝클며 다시 한번 중얼거렸다.

"미안해."

"이제 사과는 그만해."

유미에는 그의 등에 입술을 대고 천천히 눈을 감았다.

고로가 호텔로 가자는 말을 꺼낸 것은 오늘 밤 식사가 끝났을 때였다. 유미에가 고개를 들고 그를 보자 "됐어." 하며 코를 문질렀다.

"괜한 말을 꺼냈나봐. 미안해."

테이블로 시선을 떨어뜨린 채 유미에는 생각했다. 어느 정도 결심이 필요한 일이지만, 이런 새 출발도 괜찮지 않을까 싶었다. 그래서 "좋다."고 대답했다.

고로는 긴장했는지 숨을 멈췄다가 천천히 내뱉은 후 "괜찮겠어?" 하고 물었다.

유미에는 고개를 끄덕였다.

하지만 고로에게 새 출발은 그다지 순조롭지 못했다. 옷을 벗고 침대에 들어간 후에도 고로의 성기는 마음대로 되지 않았다. 그는 거친 숨을 몰아쉬며 유미에의 목덜미와 가슴을 애무하고 팬티에 손을 대기도 했다. 그래도 성교가 가능한 상태가 되지 않았다. 유미에는 과감히 손을 내밀었다. 하지만 그의 남성은 소년의 그것처럼 조그맣고, 마시멜로처럼 말랑말랑했다. 유미에가 만지자 조금 반응을 보였다. 그래서 고로도 기대를 걸었는데, 곧 원래 상태로 돌아가버렸다. 그는 도중에 포기했는지 입으로 유미에를 애무하려고 했다. 유미에는 "괜찮아." 하고 말했다. 한쪽이 일방적으로 봉사하며 오늘 밤을 보내고 싶지는 않았기 때문이다.

그 '괜찮다.'는 말에 오히려 상처를 입었을지도 모른다. 그 말을 듣자마자 베개를 움켜쥐고 등을 돌렸던 것이다.

"저기……."

고로가 말했다. 유미에는 눈을 떴다.

"왜?"

"유지는……, 이런 일 없었겠지?"

유미에는 입을 다물었다.

그러자 그는 다시 "미안해." 하고 말했다.

"그 녀석에 대해 말할 생각은 아니었어. 도대체 나는 왜 이모양인지……."

"한 번 있었어."

유미에의 말에 고로의 어깨가 움찔했다.

"맨 처음, 자신만만해하더니 일단 시작하니까 잘 안 되더라고. 그때도 호텔 침대에 둘이 벌거벗고 누워 있다가……, 아침이 되어서야 했어."

"아침에……?"

"응. 그러니까 조금 자고 나면 분명히 괜찮아질 거야."

"하지만, 그럴 순 없어."

고로는 유미에 쪽으로 몸을 돌렸다. 눈이 빨갛게 충혈되어 있었다.

"밤에 실험실로 가야 하거든."

"이 밤에? 안 가면 안 돼?"

"응." 하고 고로가 끄덕였다.

"가야 해."

"그렇구나."

"하지만 아직 시간은 있어. 그때까지는 이렇게 유미에를 안고 있어야지."

고로의 팔이 유미에의 머리와 등을 감쌌다. 유미에는 그의 가슴에 얼굴을 묻고 눈을 감았다.

12

밤 10시. 사야마와 신도는 도요하시에 있었다. 11월 11일 이른 아침, 즉 니시나 나오키가 살해된 다음 날 아침, 도요하시 역에서 나고야까지 택시를 탄 남자 승객이 있었다는 얘기를 듣고 확인하기 위해서였다.

호호쿠교통(豊北交通), 이것이 그 택시 회사의 이름이었다. 사야마와 신도는 사무실에서 문제의 그 남자 승객을 태웠다는 운전사가 돌아오기를 기다렸다. 그 운전사는 현재 아쓰미 반도까지 나갔다고 했다.

"기억하고 있을까요? 벌써 한 달 전인데."

둥근 스토브에 손을 대고 신도가 불안한 표정으로 말했다.

"비는 수밖에. 이런 일을 하는 사람은 늘 손님들 얼굴을 보니까. 기억력도 나쁘지 않을 거야. 충분히 기대할 수 있어."

"맞아요. 저도 빌어보죠."

그리고 "도요하시 역에서 나고야까지⋯⋯. 스에나가겠죠?" 하고 물었다.

"그럴 거라고 생각해. 놈밖에 없어."

솔직히 사야마는 이 택시 운전사의 증언에 모든 걸 걸었다. 야마나카제재의 밴이 시체 운송에 사용되었다는 게 밝혀진 것까지는 좋았는데, 그 후 수사가 벽에 부딪혔기 때문이다. 특히, 나오키에게 직접 손을 댄 사람은 누굴까…….

이 점에 대해서는 단서가 전혀 없었다. 관계자들의 알리바이를 다시 한번 조사했다. 그러나 아무것도 나오지 않았다. 아니 그보다, 관계자의 범위를 어디까지 넓혀야 하는지도 오리무중이었다.

어쩌면 전혀 엉뚱한 곳에 범인이 있을지도 모른다…….

니시나 가문의 알력, 아마미야 야스코의 임신, 나오키의 성장 과정. 그 밖에 뭔가가 더 있다.

그 모든 것은 스에나가를 추적한 다음이라고 사야마는 생각했다.

"바람이 꽤 부나보네요."

신도가 손바닥을 문지르며 말했다. 유리창 밖에는 종잇조각들이 흩날리고 있었다. 운전사들이 사무실 문을 열고 닫을 때마다 차가운 바람이 다리를 스쳤다.

"12월이라도 그렇게 얇은 양복을 입으니 추운 게 당연하지. 이럴 때 꼭 젊다는 걸 강조해야겠어?"

등을 구부린 채 덜덜 떨고 있는 신도를 보며, 사야마는 쓴웃음을 지었다. 그는 미리 코트를 준비해 입고 왔다.

"일부러 얇게 입은 게 아니라 그저 코트를 살 돈이 없었던 거예요. 이번 사건이 해결되면 헌옷 가게에라도 갈까."

그렇게 말하고 신도는 크게 재채기를 했다.

그런 이야기를 들었는지, 택시 회사 직원이 춥죠? 하며 방한복을 내주었다. 갈색 점퍼였는데 옷깃에 털이 달려 있었다. 멋있다고는 할 수 없지만 따뜻해 보였다.

"살았다. 이것만 있으면 느긋하게 기다릴 수 있겠네."

방한복 앞섶을 단단히 여미며, 둥글게 몸을 구부린 신도는 활짝 웃었다.

"다니구치 반의 미남이 영 망가졌군."

"실컷 놀리세요. 감기에 걸리는 것보다야 낫죠."

"그러고 있으니 쉰 살도 넘은 아저씨 같아."

순간, 사야마의 얼굴에서 웃음기가 사라졌다. 신도의 모습과 방금 자신이 한 말에서 뭔가를 연상했기 때문이다.

"이봐, 신도. 만년필을 산 손님 조사는 어떻게 됐지?"

"아무것도 없어요. 그 이후 단서라고 할 만한 게 없는 것 같아요."

"금테 안경과 중년 남자 말이지?"

"예."

"다른 사람은? 하치오지에서 만년필을 샀다는 젊은 남자."

"그쪽은 가능성이 희박해서 그다지 자세하게 조사한 것 같지 않던데요. 왜 갑자기 그걸 물으세요?"

"혹시······."

사야마는 창밖을 보며 한참을 생각하다 "그 두 사람, 동일

인물이 아닐까?" 하고 말했다.

"동일 인물? 점퍼 입은 남자와 헬멧을 쓴 젊은 남자가?"

"마음에 걸리는 게 있는데." 하고 사야마가 말했다.

"지금 단계에서 생각해보면, 나오키를 죽이고 운반하기 위해서는 세 사람이 공모해야만 해. 하시모토가 살해됐다는 것은 공범들이 분열됐다는 증거야. 그렇다면 범인은 다른 한명도 죽여야 하지 않았을까? 그렇다면 살인 만년필을 두 자루 준비해 각자에게 보냈을 게 분명해. 그런데 결과적으로 죽은 것은 하시모토뿐이었지."

"그러고 보니 점퍼를 입은 남자는 파란색 잉크를 두 개 샀다고 했어요. 만년필은 한 집에서 두 자루를 사면 인상에 남을까, 걱정했을지도 모르지요."

"고등학교 1학년짜리 여자애가 점퍼 입은 남자를 아저씨라고 한 것은, 그저 옷과 안경의 패션 감각 때문이야. 젊은 남자였을지도 몰라."

"변장을 했다는 말인가요?"

이해가 안 가는 듯 고개를 갸웃하던 신도가 갑자기 아! 소리를 냈다.

"선배, 혹시 그 점퍼, MM중공의 작업복 아닐까요? 그리고 금테 안경은 제조 현장 같은 데서 쓰는 안전 안경."

사야마는 순간적으로 숨을 크게 들이쉬었다 내뱉으며 말

했다.

"젊은 작업자……."

"맞아요. 그렇다면 열처리 공장 창고에 들어가 청산가리를 가지고 나올 수도 있습니다."

사야마는 자신의 무릎을 쳤다. 거기에 적합한 인물이 지금 당장 떠오른 건 아니지만, 내일부터 나오키 주변의 젊은 작업자들을 알아볼 필요가 있었다.

"재미있어지는군."

새로운 투지가 용솟음쳤다.

그리고 밤 10시 40분, 드디어 그들이 기다리던 인물이 돌아왔다. 가와다라는, 마흔을 넘긴 남자였다. 바싹 깎은 머리에 목각 인형처럼 굴곡이 많이 진 얼굴이었다. 예컨대 시원시원한 성격 같아서, 사야마는 한번 믿어볼 만하다는 생각이 들었다.

가와다는 뜨거운 차를 한 모금 마신 다음 사야마 쪽으로 다가왔다.

신도는 우선 내용을 확인했다. 문제의 그날, 그런 손님을 태운 기억이 있는지 물었더니 있다고 대답했다.

"그날, 기억합니다. 도요하시 역 앞에서 졸고 있었죠. 그런 시간에는 손님이 거의 없거든요. 그런데 갑자기 앞유리창을 두드려 깨워서 좀 놀랐습니다."

"나고야까지 갔을 텐데요?"

신도가 말했다.

"예. 역까지 가달라고 해서, 아침 일찍 나고야에서 출발하는 전차를 타려나보다 생각했습니다."

"차에서 이야기를 나누셨나요?"

"아뇨. 안 한 것 같은데요."

"젊은 남자였다고 들었습니다만."

"저보다 젊었다는 소리죠. 그렇다고 학생은 아니었어요."

이쯤에서 사야마는 신도에게 눈짓을 보냈다. 신도는 눈으로 대답한 후 "그 손님의 얼굴을 기억하세요?" 하고 물었다.

운전수는 으음, 하고 신음했다.

"어떨지…… 자신은 없는데."

"사진을 보면 기억하실 수 있을까요?"

"생각날지도 모르죠. 하지만, 글쎄요, 어떨지."

신도는 방한복 속 양복에 손을 넣어 사진 몇 장을 꺼냈다. 다양한 타입의 남자들 사진이었다. 그것을 한 장씩 가와다에게 보이면서 "기억이 나면 말씀해주십시오." 하고 말했다.

가와다가 처음으로 잠깐만, 이라고 한 것은 경시청 수사1과의 신입 형사 사진이었다. 그다음이 무명 탤런트. 마지막으로 반응을 보인 것이 스에나가의 사진이었다. 사야마는 속으로 쾌재를 불렀다.

"이 남자 같은데요?"

가와다는 스에나가의 사진을 들고 중얼거렸다.

"하지만…… 딱 잘라 말하긴."

단언하고 싶지만 아무래도 그건 무리라는 뜻인 것 같았다. 하지만 이것만으로도 충분한 수확이었다.

"그 손님의 특징 같은 건 없었나요?"

사진을 치우며 신도가 물었다.

"특징이요?"

가와다는 머리를 갸웃거리더니 "아! 맞다. 중요한 걸 잊고 있었네." 하고 말했다.

"뭡니까?"

"상처요. 여기에."

가와다는 자신의 왼쪽 귀를 형사들에게 보여줬다. 귀 밑에 꿰맨 흔적이 있었다.

"사고로 생긴 겁니다. 젊었을 때요. 근데 그 손님한테 저하고 반대쪽, 그러니까 오른쪽 귀 뒤에 똑같은 상처가 있었어요. 2센티미터 정도 됐을 거예요. 차에서 내릴 때 잠깐 봤어요. 어라, 나하고 반대네, 했던 기억이 나네요."

13

어? 호시코가 오른쪽 귀를 만졌다. 포르쉐가 맨션 앞에 멈 췄을 때였다. 브레이크 페달에서 발을 떼며 다쿠야는 "왜 그 러십니까?" 하고 물었다.

"이런 데 상처가 있네? 몰랐어."

아! 하며 다쿠야는 머리카락으로 가렸다.

"사실은 가리고 다닌 겁니다. 머리를 자르면 보여서요."

"왜? 그거, 악동 시절의 훈장?"

"뭐, 그런 셈이죠."

이 상처가 생겼을 때를 떠올렸다. 어둡고 좁은 집, 더러운 옷⋯⋯. 취한 아버지에게 채여 기둥에 부딪치면서 생긴 상 처였다.

인간은 평등하지 않아. 태어날 때부터 계층이 나뉘어져 있 고, 자신은 가장 밑바닥에 있었다. 그런 인간이 가장 높은 곳 에 오르려 하고 있다.

그걸 위해선 사람도 죽일 수 있다⋯⋯.

호시코와 키스를 나눈 후, 다쿠야는 차에서 내렸다. 운전석 으로 옮겨 앉은 호시코가 "그럼, 안녕!" 하며 손을 흔들었다. 그도 손을 흔들고 차가 보이지 않을 때까지 거기에 서 있었다.

그리고 집 대신 주차장으로 가서 MRⅡ에 탄 다음 시동을 걸고 방금 전 포르쉐가 사라진 길로 나섰다.

  유미에가 눈을 떴을 때 옆에는 아무도 없었다. 몸을 일으켜
"고로!" 하고 불렀지만 대답이 없었다.

  알몸인 채 침대에서 내려섰다. 옆 테이블에 흰 봉투가 놓여
있었다. 겉에는 '미안해'라고 적혀 있었다.

  심하게 뛰기 시작한 가슴을 진정시키며 유미에는 봉투를
열었다. 글자가 빼곡하게 적힌 편지지가 세 장. 그 첫 장을 읽
자마자 유미에는 격렬하게 흐느끼기 시작했다.

  이날 밤, MM중공 실험 동에서 일하는 사람은 없었다. 다쿠
야도 물론 그 사실을 알고 있기 때문에 이 장소를 선택했던
것이다.

  3층이 로봇용 실험실이었다. 이곳 열쇠는 낮에 이미 챙겨
두었다. 안으로 들어가 주 전원을 넣었다. 형광등이 켜지고,
땅바닥이 울리는 것 같은 소리가 나기 시작했다.

  다쿠야는 브루투스 옆으로 가서, 이 충실한 종복의 전원도
켰다. 시험 삼아 팔을 작동해보았다. 채찍처럼 부드럽게 움
직였다.

  옆에서 발소리가 났다. 다쿠야는 브루투스의 컨트롤러를
들고 그쪽을 돌아봤다.

사카이 고로가 서 있었다.

"어이! 잘 찾아왔군."

다쿠야는 밝게 얘기했다.

고로는 대답이 없었다. 움직이려고도 하지 않았다. 그저 물끄러미 다쿠야의 얼굴을 보고 있었다.

"여기로 와서 앉지?"

옆에 있는 의자를 가리켰지만 고로는 다쿠야에게 다가올 뜻이 없어 보였다. 그 대신 "용건이 뭡니까?" 하고 처음으로 입을 뗐다.

"용건이라……."

이렇게 말하며 다쿠야는 컨트롤러를 내려놓았다.

"일단 사실 확인부터 해야겠지. 틀린 게 있으면 지적하게."

그러라는 뜻으로 고로는 턱을 약간 움직였다.

"그럼 시작하지. 우선 제일 먼저, 자네가 저지른 최초의 범죄부터 말하지. 자네는 다카시마 유지를 죽었어. 그렇지?"

고로는 순간 눈을 내리깔았다가, 그런 행동이 부적절하다고 판단했는지, 고개를 들고 똑바로 쳐다봤다.

"예, 그랬습니다."

유미에는 서둘러 옷을 입었다. 그사이에도 눈물이 계속 흘러나왔다. 그러나 서두르지 않으면 안 된다. 이런 식으로 모든 걸 끝내는 건 싫었다.

　나는 유지를 죽였어······. 편지의 첫 문장이 떠올랐다. 그 말과 함께 유미에 안에서 무언가가 무너져 내렸다.

　······나는 너를 줄곧 좋아했어. 아주 오래전부터. 하지만 내가 회사에 들어와 유지를 만나고, 그와 함께 고향에 갔다 온 다음부터 내 꿈은 조금씩 무너지기 시작했어. 너는 그와 사랑에 빠졌지. 하지만 바보 같은 난 그것도 모르고 혼자 좋아했어. 그리고 멍청하게도 데이트 신청을 하기도 했지. 무슨 일이 벌어졌는지는 조금 뒤에야 알았어. 유지에게 들었지. 너와 결혼할 생각이라고.

　유미에는 당시의 상황을 지금도 잘 기억하고 있다. 가장 행복했던 시간이었다. 그랬기 때문에 유지의 죽음은 그때까지 경험해보지 못한 너무나 슬픈 사건이었다.

　내가 유지를 증오하게 된 이유는 한 가지 더 있어. 너도 알다시피 나와 그는 낮밤 교대로 무인 로봇 공장에서 생산 라인을 점검하는 일을 했어. 날마다 기계만을 상대하는, 도저히 인간적인 일이라고는 할 수 없는 업무였지. 당연히 우리는 전환 배치를 원했어. 그러나 내가 얻은 정보로는, 그만 받아들여졌다는 거였어. 그 이유는 다카시마가 곧 가정을 꾸리게 되기 때문이라는 거였어. 다른 이유가 아니라 너라는 천사를 얻게 된 덕분에 인간다운 생활을 보장받게 된 거였지. 그리고 나는 아무것도 얻지 못한 채 언제 끝날지 모르는 기계와의 생활을 계속하게 된 거고. 유지가 죽으면 돼. 나는 그렇게 생각하기 시작했어.

호텔을 나온 유미에는 택시를 잡았다. MM중공으로 가달라고 했다. 택시 운전사는 대답 없이 차를 출발시켰다.

늦지 않기만을 유미에는 빌고 또 빌었다.

하지만 내가 그를 죽인 건 단순한 질투 때문만이 아니었을지도 몰라. 솔직히, 나는 그때 내가 정상이었는지 자신이 없어. 그건 도대체 누구였을까? 매일 로봇만을 상대했던 남자는, 그리고 나는 몽유병 환자처럼, 유지를 죽였어.

"다카시마 유지가 라인을 돌아보고 있을 때, 몰래 다가가 로봇을 멈췄어. 그리고 다카시마가 잘못된 곳을 고치려고 할 때, 다시 로봇을 가동시켜 그를 죽였어. 맞지?"

입을 다물고 있는 고로의 태도를 다쿠야는 긍정으로 받아들였다.

"동기는 그 여잔가? 귀여운 아가씨더군. 자네에 대해 알아내고 미행했을 때, 그 아가씨와 데이트하는 걸 보고 놀랐어. 그 순간, 내 추리에 확신이 생겼지."

그래도 고로는 아무 말이 없었다. 다쿠야는 계속했다.

"그러나 그 사실을 아는 사람이 있었어. 니시나 나오키지. 목격한 건가?"

"그날 공장에서 나오는 걸……." 하고 고로가 드디어 입을 열었다.

"그 사람이 우연히 심야 가동 시찰을 나왔던 겁니다."

"그랬군. 운이 나빴어."

일단 그렇게 말했다가 "아니, 본 게 그놈이라 다행이었는지도 모르지." 하고 정정했다.

"왜냐면 놈은 자네에게 전혀 엉뚱한 지시를 내렸기 때문이야. 똑같은 작동 오류가 낮에도 있었다고 말하라고 지시했어. 자네로서는 시키는 대로 할 수밖에 없었겠지."

다쿠야는 나오키의 생각을 이해할 수 있었다. 그는 아버지의 모든 것을 증오했다. 따라서 로봇의 작동 오류로 사고가 났다는 걸 통해 니시나 도시키에게 고통을 주려고 했던 것이다…….

"그리고 자네한테는 당근과 채찍이 주어졌지. 당근은 부서 전환, 채찍은 나오키의 명령에 복종하는 것. 자네를 더욱 쉽게 지배하기 위해 니시나 나오키는 나카모리 유미에까지 자기 곁에 두었어. 물론 그 여자 얘기를 들어보면, 그녀에 대한 약간의 배려도 있었던 듯하지만. 어쨌든 자넨 니시나 나오키

412

에게 이런저런 명령을 받았겠지?"

하지만 고로는 고개를 가로저었다.

"결국은 한 가지뿐이었습니다."

"아마미야 야스코를 죽이라는 것?"

다쿠야가 말했다.

"그런데 말이야, 자네는 좀 더 현명해질 필요가 있었어. 생각해봐. 자네가 다카시마를 죽인 사건은 사고로 처리됐어. 니시나의 명령 따윈 무시했어도 된다는 거지."

"하지만 경찰에 알린다고……."

"시치미를 떼면 그만이야. 증거가 없잖아. 하나 가르쳐주지. 사실 니시나 나오키도 증거가 없다는 것을 깨달았어. 그래서 그 사고를 철저히 조사했지. 증거를 찾기 위해서 말이야. 하지만 그런 것은 없었어."

고로는 잠깐 분하다는 표정을 지었지만, 이내 원래의 무표정으로 돌아왔다. 그것을 보고 다쿠야가 말했다.

"자네가 니시나 나오키로부터 받은 명령을 자세히 알고 싶어."

"자세히?"

고로는 미간을 찡그렸다.

"그래. 자네의 타임카드를 보면 그날만 시차 근무였어. 정오가 지나야 업무가 끝나는 거지. 아마 니시나는 그것도 고

려해 실행 날짜를 그날로 정했을 거야. 회사를 나와 곧장 오
사카로 갔겠지?"

고로는 끄덕였다.

"신오사카 역 앞 주차장에 야마나카제재라고 적힌 밴이 있
다. 열쇠는 뒷범퍼 안쪽에 붙어 있다. 그걸 확인한 다음 5시
까지 지하 카페로 가라. 야스코가 거기서 기다리고 있을 테
니 심부름꾼인 척하고 밴에 태워 인적이 드문 곳으로 데려가
죽여라. 그다음에는 나고야·고베 고속도로를 타고 나고야
인터체인지 근처에 있는 공터에 밴을 버리면 끝이다…….
이런 지시였습니다."

"공터?"

다쿠야가 되물었다.

"주차장이 아니고?"

"예."

고로가 대답했다.

어떻게 된 거지? 다쿠야는 생각했다. 약속했던 중계 지점
과 다르다. 이상하게 생각하면서 "하지만 자넨 명령 받은 대
로 하지 않았어. 어차피 살인을 저지를 거면 약점을 잡고 있
는 니시나를 죽이는 게 낫다고 생각했나?" 하고 물었다.

고로는 잠자코 고개만 끄덕였다.

"어디서 했지?"

"밴을 버리라는 지시를 받은 곳이었습니다. 파란색 담요를 덮어쓴 채 기다리고 있으니 그 사람이 오더군요. 저를 시체라고 생각했겠죠. 운전석에 앉기에 뒤에서 덮쳐, 가지고 있던 나일론 줄로 목을 졸랐습니다."

그렇게 된 거군. 다쿠야는 그제야 수긍이 갔다. 고로에게 야스코의 시체를 나고야 인터체인지 근처까지 운반시키고, 자신은 유유히 신칸센 같은 교통편으로 와서, 거기서부터 다쿠야와 약속한 지점까지 밴을 운전할 계획이었던 것이다. 원래대로라면 고로에게 직접 다쿠야와 약속한 장소까지 운반시키면 되었겠지만, 만에 하나 서로 얼굴을 보게 될까봐 께름칙했을 것이다.

또한 나오키 자신은, 신칸센을 타고 오사카로 돌아가 10시쯤에 자신의 알리바이를 조작할 작정이었을 게 틀림없다. 그러면 다쿠야와 하시모토에게 말한 계획에서는 나오키의 공백 시간이 6시부터 11시가 되지만 실제로는 6시부터 10시로 좁혀진다. 만일 다쿠야나 하시모토가 체포되어 계획을 자백한다 해도 나오키 자신하고는 관계없는 일이라고 주장할 수 있다. 그리고 이런 상황을 만들기 위해 카드 속임수까지 동원했던 것이다.

"그래서, 니시나 나오키를 죽인 다음, 연판장을 발견했나?"

"그것과 당신에게 밴을 인도할 지점이 그려진 지도도 함께

요. 솔직히 놀랐습니다. 살인 계획에 다른 두 사람이 더 있을 거라고는 생각 못했으니까요."

"그래서 밴을 일단 지도에 있는 장소로 갖다놓았다는 건가?"

"다른 방법이 떠오르지 않아서요."

"덕분에 우린 일이 엄청나게 꼬여버렸지."

다쿠야는 천천히 일어섰다. 추리했던 대로였다. 이것만 들으면 다음은 문제없다.

"하시모토를 죽인 것도 물론 자네겠지. 연판장을 보고, 우리가 자네의 비밀을 알 거라고 생각했을 테니까."

"하시모토 씨에게는 안된 일이지만……" 하고 고로가 말을 이었다.

"하지만 그 사람도 사람을 죽이려고 했으니, 그것도 운명이지요."

"그래?"

다쿠야가 이렇게 말하는 순간, 고로가 철제 앵글을 휘두르며 달려들었다.

택시에서 내리자마자 유미에는 출입구로 달려갔다. 이런 시간에 여직원이 올 리 없을 텐데도 수위의 제지를 받지 않았다.

실험실······, 실험실이라고 했어······.

사무 업무만 담당했던 유미에는 실험 동 같은 데는 가본 적이 없던 터라 갈피를 못 잡았지만 일단 달렸다.

그 당시 나는 미쳐 있었어. 나를 미치게 만든 건, 저 건물 높은 곳에서 기계인형을 만들며 기뻐하고 있는 놈들이었지. 유미에, 네 말이 맞아. 놈들은 미쳤어. 나는 봤어. 그 스에나가라는 연구자가 로봇에 뺨을 비벼대고 있는 걸. 미친놈들 때문에 내 인생도 끝장났어.

여기로 불러낸 다음 틈을 봐서 브루투스를 이용해 죽인다······. 이게 다쿠야의 계획이었다. 그리고 증언한다. 실험을 도와달라고 불렀는데, 잠깐 한눈을 파는 사이 자기 멋대로 로봇을 만져서······.

하지만 그럴 상황이 아니었다. 고로가 휘두른 앵글이 넓적다리를 강타해 일어설 수가 없었다. 고로는 다시 앵글을 휘둘렀다. 머리를 노리고 있었다. 겨우 피했는데, 앵글이 어떤 기계에 맞았는지 둔탁한 소리와 함께 몇몇 부품이 산산조각 나며 흩어졌다.

"나를 죽이면 더 이상 도망갈 곳이 없어!"

숨을 헐떡이며 말했다. 오른쪽 발에 엄청난 고통이 느껴졌다. 다쿠야는 팔과 왼쪽 발만 이용해 도망쳤다.

"알고 있어."

고로가 말했다.

"도망칠 생각도 없어. 그저 당신을 죽이고 싶을 뿐이야."

또다시 공격해왔다. 그러나 이번에는 다쿠야에게 운이 따랐다. 고로가 휘두른 앵글이 다쿠야 옆에 있는 로봇의 몸체에 맞았던 것이다. 엄청난 소리와 함께 앵글이 반대 방향으로 날아갔고, 고로는 어깨에 극심한 고통을 느꼈는지 무릎을 꿇었다.

이 틈을 타 다쿠야는 몸을 날렸다. 두 손으로 고로의 목을 졸랐다. 하지만 고로는 혼신의 힘을 다해 오른쪽 발로 다쿠야의 배를 걷어찼다. 다쿠야는 보기 좋게 뒤로 나가떨어졌다. 그때 대형 스패너가 눈에 들어왔다. 그것을 움켜쥔 순간, 고로가 덮쳐왔다.

다쿠야는 정신없이 스패너를 휘둘렀다. 스패너가 고로의 얼굴에 명중하면서 미간이 깨졌다. 고로가 양손으로 얼굴을 움켜쥐었다. 손가락 사이로 선혈이 흘러넘쳤다. 고로는 그 자리에 주저앉았다.

다쿠야는 머리에 또다시 일격을 가했다. 고로가 짐승 같은 소리를 냈다.

모든 문이 잠겨 있는 바람에, 실험 동 입구를 찾는 데 꽤 애를 먹었다.

드디어 열린 문을 찾은 유미에는 일단 엘리베이터로 갔다. 그러나 고로가 몇 층에 있는지 알 수가 없었다. 유미에는 계단을 뛰어올라가면서 그의 이름을 불렀다. 2층에는 없었다. 새카만 암흑뿐이었다. 3층으로 올라갔다. 방에 모든 불이 켜져 있는 게 보였다. 방으로 들어가 이름을 불렀다.

무슨 소리가 나는 것 같아 유미에는 안쪽으로 들어갔다. 마치 거대한 무덤처럼 커다란 로봇들이 늘어서 있어, 키가 작은 유미에는 앞을 제대로 볼 수가 없었다.

좀 더 안으로 들어갔을 때, 너무 놀라 저도 모르게 숨을 멈췄다. 누군가가 쓰러져 있었기 때문이다. 그게 고로라는 것을 깨닫기까지 이삼 초가 걸렸다. 그는 피투성이가 된 채 엎어져 있었다.

"고로!"

유미에는 달려갔다. 하지만 바로 그때, 옆에 있는 기계 뒤에서 어떤 남자가 나타났다. 비명을 지르는 순간, 그 남자가 유미에의 팔을 낚아챘다. 엄청난 힘이었다. 공포 속에서, 그 남자의 얼굴을 봤다. 일그러진 형상을 한, 본 적이 없는 남자였다. 아니, 어딘가에서 본 적이 있다. 이 남자와 닮은 사람을 최근 만난 적이 있다······.

남자가 유미에의 목으로 손을 가져왔다. 나를 죽이려 하는

구나, 하고 유미에는 생각했다.

다쿠야는 여자의 가는 목을 조르면서, 도대체 자기가 무슨 짓을 하고 있나 싶었다. 모든 게 순조롭게 계획대로 되어야 하는데, 돌이킬 수 없는 일을 하고 있었다. 사카이 고로를 죽이고, 이 여자도 죽이려 하고 있는 것이다.

뭔가 잘못된 거라고 다쿠야는 마음속으로 되뇌었다. 악몽을 꾸고 있는 게 분명해. 내일이면 다시 평범한 일상이 시작될 거고, 내게는 장밋빛 미래만이 기다리고 있을 거야. 누군가가 말한, 햇빛 가득한 세계로 가는 거야.

그런데 이 여자는 뭐지? 뭘 하고 있는 거지? 내가 왜 목을 조르고 있지?

다음 순간, 다쿠야는 머리에 엄청난 충격을 받았다. 그 충격 때문에 유미에의 목을 놓쳤다. 다쿠야의 손에서 풀려난 유미에가 등을 구부리고 격렬하게 기침을 하기 시작했다.

다쿠야는 뒤를 돌아봤다. 그와 동시에 목에 차가운 자극을 느꼈다. 브루투스. 브루투스의 손이 그의 목을 움켜쥐고 있었던 것이다. 그리고 바닥에 웅크린 채 컨트롤러를 조작하는 고로의 모습이 눈에 들어왔다.

"뭐 하는 거야? 브루투스……."

그렇게 중얼거렸을 때, 검은 금속 손가락이 조용히 움직이기 시작했다. 목이 조이는 것 같다고 느낀 것도 잠깐이었다.

흰 섬광이 눈앞을 스치는가 싶더니, 다음 순간 꺼졌다.

옮긴이의 말

차가운 심장으로 운명의 아이러니를 보듬다

《브루투스의 심장》은 히가시노 게이고가 1989년에 쓴 초기 작품이다. 미야베 미유키가 도서형 추리소설(트릭을 독자에게 먼저 알려주고 주인공이 사건을 해결하는 과정을 지켜보는 서술 방식)의 수작이라고 극찬한 이 작품은 기발한 아이디어와 꽉 짜인 트릭으로 정통 추리물의 재미를 한껏 뽐낸다. 또한 운명을 이겨내려는 인간의 발버둥과 그들의 파멸을 그림으로써 히가시노 게이고 작품 세계의 원형을 보여주고 있다.

도서형 추리소설의 수작!

소설의 주인공 스에나가 다쿠야는 주정뱅이에 폭력적인 아버지 때문에 인간에 대한 불신과 권력지향적인 성격을 갖게 된다. 그는 다른 사람 위에 군림하는 자리를 얻기 위해 수단 과 방법을 가리지 않는 인물로 성장한다. 엘리트 로봇 개발자 로 성공한 그는 회사 실세의 딸과 결혼할 기회를 잡지만 내연 관계에 있던 여성 야스코가 장애물로 등장한다. 스에나가는 비슷한 처지에 있는 동료 두 명과 함께 장애물인 여자를 없애 기 위해 살인과 운반, 시체 처리를 각자 분담하는 치밀한 '시 체 릴레이' 완전범죄를 계획한다. 그런데 여자가 아닌 공범 중 하나가 살해되면서 사건은 뜻밖의 국면을 맞는다.

 소설이 시작되자마자 사람이 죽고, 이어서 살인 릴레이라 는 독특한 아이디어가 선명하게 모습을 드러내며 읽는 이의 시선을 사로잡는다. 이야기가 전개되면서 범죄자인 스에나 가는 미스터리를 푸는 탐정의 역할을 자처하게 되고, 형사들 도 서서히 살인사건의 진상을 파헤치며 스에나가를 압박한 다. 여기에 또 다른 인물들이 등장하며 복잡하게 얽힌 사건 의 진상을 찾는 세 갈래의 추리가 시작된다. 독자들은 이들 중 누가 비밀을 풀 것인가, 손에 땀을 쥐며 지켜보게 된다.

 작품 속에서 일어나는 다섯 번의 살인은 저마다 완벽한 트 릭을 가지고 있고, 그 정교함에 저절로 감탄이 나올 정도다.

과학 기술에 대한 전문적인 묘사도 뛰어나다. 여기에는 이공계 출신으로 전기회사에 근무했던 작가의 개인적 경험이 잘 드러나 있다.

히가시노 게이고 소설의 원형질

"인간은 평등하지 않아. 태어날 때부터 계층이 나뉘어져 있고, 자신은 가장 밑바닥에 있었다. 그런 인간이 가장 높은 곳에 오르려 하고 있었다. 그를 위해선 사람도 죽일 수 있다……."

밑바닥 인생을 살아온 스에나가는 자신에게 주어진 운명을 바꾸기 위해 인간성을 잃고 목표를 향해 돌진할 뿐이다. 그는 "인간이 도대체 뭘 할 수 있단 말인가. 아무것도 할 수 없다. 거짓말이나 하고, 게으름을 부리고, 겁먹고, 질투나 할 뿐이다. 뭔가를 이루려는 사람이 이 세상에 몇이나 되느냐는 말이다. 대체로 인간은 누군가의 지시에 따라 살 뿐이다. 지시가 없으면 불안해져 아무것도 하지 못한다. 프로그램에 따라 하는 일이라면 로봇이 훨씬 우수하다."고 생각한다. 그래서 인간보다 로봇을 더 신뢰한다.

스에나가뿐만 아니라 팜므 파탈로 등장하는 야스코부터 시체 릴레이를 제안했던 사람까지 등장인물들은 모두 과거의 어두운 기억을 지니고 있다. 대부분 자신의 출신이나 가족에서 비롯된 것들이다. 이들은 각자의 과거와 가족, 즉 운명에서 벗어나기 위해 안간힘을 쓴다. 그리고 결국 자신의 행동에 대한 대가를 치르게 된다.

이 과정을 묘사하는 작가의 태도는 담담하고 차갑다. 운명에서 벗어나기 위해 발버둥치는 등장인물들의 행동이 범죄로 치닫는 과정을 세밀하게 묘사하면서도 그런 그들에게 정당성을 부여하거나 동정의 시선을 보내지 않는다. 물론 함부로 심판하려 들지도 않는다. 그들을 그렇게 만든 사회나 조직 구조, 가족의 문제에 대해서도 마찬가지다. 그들이 갈등하는 원인에 대한 섬세한 묘사로 사회나 조직의 문제를 고스란히 드러내지만 거기에 대해 어떤 평가도 내리지 않는 것이다. 작가의 시선은 모든 사건을 내려다보는 로봇 브루투스만큼이나 차갑고 무기질적이다.

묘사하되 단죄하지 않는 작가의 이런 태도는 이후 《백야행》, 《환야》, 《편지》 같은 작품에도 잘 드러나고 있다. 이 작품에서는 피해자로 중간에 사라지지만 자신의 목적을 위해 남자들을 수단화하는 팜므 파탈적인 여성 캐릭터 역시 이후의 작품으로 이어진다. 로봇이라는 최첨단 과학이 등장하는 것 역시 뇌 이식 수술을 다뤘던 《변신》으로 이어지며 과학 기술에 대한 더욱 깊이 있는 성찰을 선보인다. 초기 작품에 해당하는 《브루투스의 심장》은 이후 히가시노 게이고의 작품 세계를 결정짓는 원형질을 확인할 수 있는 작품인 셈이다.

　《브루투스의 심장》에서는 모든 인물이 무언가를 잃는다. 그것은 소중한 생명이나 사랑하는 사람이며, 평생을 꿈꿔왔던 욕망, 피붙이에 대한 집착이기도 하다. 진흙탕 속에서 몸부림치며 벗어나려고 하지만 무언가를 잃어가는 인물들을 보다보면, 특히 아버지로부터 상처를 받고 그 상처로부터 벗어나려는 주인공을 비롯한 인물들에게 연민의 정이 생기게 마련이다. 이렇게 애를 쓰고 살았다면 누구 하나쯤은 행복해도 되지 않을까? 하지만 작가는 그런 바람을 쉽게 허락하지 않았다. 그래서 책을 덮는 순간 '이 작가, 정말 독한 사람이네.'라는 생각이 든다. 독한 술을 잔뜩 마신 다음 날처럼, 책의 질긴 여운이 한동안 독자를 괴롭힐지도 모르겠다.

2007년 7월
옮긴이 민경욱

브루투스의심장

1판 1쇄 발행 2007년 8월 4일
2판 1쇄 발행 2018년 11월 16일
2판 2쇄 발행 2018년 12월 5일

지은이 히가시노 게이고
옮긴이 민경욱

발행인 양원석
본부장 김순미
편집장 김건희
책임편집 주리아
디자인 오필민디자인
해외저작권 황지현
제작 문태일
영업마케팅 최창규, 김용환, 정주호, 양정길, 이은혜, 조아라,
        신우섭, 유가형, 임도진, 김유정, 정문희

펴낸 곳 ㈜알에이치코리아
주소 서울시 금천구 가산디지털2로 53, 20층 (가산동, 한라시그마밸리)
편집문의 02-6443-8904   **구입문의** 02-6443-8838
홈페이지 http://rhk.co.kr
등록 2004년 1월 15일 제2-3726호

ISBN 978-89-255-6474-6 (03830)